AF190978

Impressum:

Deutsche Originalausgabe

Alle Rechte vorbehalten

Herstellung und Verlag:
BoD - Books on Demand
In de Tarpen 32, 22848 Norderstedt
www.bod.de

Copyright (Bild/Text): Wolfgang Hiller
ISBN: 978 3 - 739 - 211 - 732
Nationaler und Internationaler Vertrieb:
Books on Demand GmbH

Deutsche Erstauflage: April 2016

Marc Palmer

MÖRDERDORF

Killing Season

PSYCHOTHRILLER

Zum Autor:

„Marc Palmer" ist das Pseudonym eines Allgäuer Autors. Er hat in den letzten vier Jahren, drei Wanderbücher und mehrere Krimis veröffentlicht. „Mörderdorf" ist sein aktuellster Thriller. Für Sommer 2016 ist ein weiteres Wanderbuch geplant, mit dem Titel „Magische Moore". Anfang 2017 ein weiterer Kriminalroman (nach wahren Begebenheiten), mit dem Titel „Kinderschänder".

Bisherige Titel von ihm:

Spurlos, Höllentrip nach Prag, Teufel im Kopf, Kalinka - das tote Mädchen vom Bodensee, Zürich außer Kontrolle.

Unter seinem richtigen Namen:

Zauberhafte Bergseen (1 +2), Barfuss durch das Allgäu, Blutroter Chiemsee, Verfluchter Schrecksee, Paranoid.

Vorwort zum Roman:

„Mörderdorf" ist ein fiktiver Thriller. Die Geschichte und die Personen sind frei erfunden. Ähnlichkeiten mit lebenden oder toten Personen wären rein zufällig. Die Gemeinde „Hintersee" gibt es im Allgäu nicht. Sie wurde aber „angesiedelt" im Oberallgäu. Einer der Ortsteile von Bad Hindelang heißt Hinterstein, in dem es gewisse Parallelen zu „Hintersee" gibt. In dem Kurort Bad Hindelang gibt es schon seit vielen Jahren keine Polizeistation mehr, geschweige denn einen Polizeiposten. Einige Verlage, Orts- und Straßennamen, Zeitungstitel und Kliniken sind ebenfalls erfunden oder wurden umbenannt. In Neutrauchburg, einem Ortsteil der Stadt Isny, gibt es mehrere Kliniken, unter anderem auch eine psychosomatische, die ebenfalls umbenannt wurde. Der Roman spielt ausschließlich in „Hintersee" und der näheren Umgebung des Allgäus.

PROLOG

Hintersee, Ende der Neunzigerjahre.

Brunhilde Besler erwachte von dem gleißend hellen Lichtstrahl, den sie seit Jahren mit Furcht aber auch mit einer gewissen Sehnsucht erwartet hatte.

Endlich, dachte sie, ich sterbe. Und Tränen der Trauer mischten sich auf ihren Wangen mit Freudentränen. Seit ihrem Sturz hatte sie hier - oder an einem ganz ähnlichen Ort - schlaff und bewegungsunfähig gelegen und war selbst für ihre grundlegendsten Bedürfnisse auf andere angewiesen. Nahrung, Wasser, Wärme. Die Toilette - etwas, das die Schwestern handhaben, als sei Brunhildes Würde gelähmt und gefühllos, nicht ihr Körper. Gesellschaft… Die Schwestern gaben sich redlich Mühe.

„Guten Morgen, Brunhilde! Was für ein schöner Tag!"

„Guten Morgen, Brunhilde! Gut geschlafen?"

„Guten Morgen, Brunhilde! Es regnet schon wieder!"

Und dann ging ihnen entweder jeglicher Gesprächsstoff aus, oder sie plapperten munter weiter. Wie sie neulich abends unterwegs gewesen seien und zu tief ins Glas geschaut hätten, oder welche endlosen Heldentaten ihre Kinder in der Schule vollbrächten. Ein erbarmungsloser Reigen fröhlicher Geschäftigkeit mit großem Busen und schwabbeligen Oberarmen. Zuerst hatte sie sich darüber gefreut, dass das Schweigen hin und wieder gebrochen

4

wurde, doch angesichts dümmlicher Nichtigkeiten sehnte Brunhilde sich schon sehr bald danach, allein zu sein. Sie war dankbar. Selbstverständlich war sie dankbar. Dankbar und höflich - wie es eine höfliche, ältere Dame unter solchen Umständen sein sollte. Natürlich wussten sie nichts von ihrer Dankbarkeit, doch sie versuchte, sie mit den Augen auszudrücken, und sie glaubte, dass ein paar von ihnen sie verstanden. Walter, der Pfleger, verstand sie, aber die anderen schauten oft ratlos.

Jetzt - als das Licht ihr in den Augen brannte - dachte Brunhilde Besler an ihren Sohn, und die Tränen der Trauer gewannen die Oberhand. Robert war schon sechsundvierzig, doch in ihren Gedanken war er noch immer der Vierjährige, der in braunen Shorts und einem Spiderman-T-Shirt dem Nachbarn bei der Ernte in Hintersee half. Sie ließ ihren Kleinen oft allein zurück, wenn sie in die Schule ging. Jetzt wurde ihr bewusst, dass das oft töricht war, aber die Reue kam zu spät. Und jetzt? Sie starb, und er würde wieder ganz allein sein. Aber wie dem auch sei, sie starb tatsächlich. Endlich. Und es war genau so, wie sie gedacht hatte - weiß, wunderbar und schmerzfrei.

Erst als sie die Last auf dem Bett erahnte, begriff sie, dass dies nicht der Beginn ihrer Reise ins Jenseits war, sondern dass sich jemand im Zimmer befand, mit einer Taschenlampe. Jemand Ungebetenes, der sich unerlaubt Zutritt zu ihrem Heim verschaffte, zu ihrem Zimmer, zu ihrem Bett, sogar zu der Luft vor ihrem Gesicht.. Jede Faser von Brunhilde Beslers Wesen schrie sie an, auf die Gefahr zu reagieren. Unglücklicherweise war jede Faser ihres Wesens unterhalb des Halses vor zwei Jahren endgültig von ihrem

Gehirn abgekoppelt worden, als die alte Elsa - das zuverlässigste Pferd, das sie je gekannt hatte - auf einer Eisplatte ausgerutscht war und sie mit dem Kopf voran gegen einen Telefonmast geschleudert hatte. Anstatt also zu schreien, um sich zu schlagen und um das zu kämpfen, was von ihrem Leben noch übrig war, konnte sie nur entsetzt mit den Augen blinzeln, als der Mörder ihr ein Kissen aufs Gesicht drückte.

Der Mörder wollte ihr nicht wehtun. Sie sollte nur tot sein.

Während er Brunhilde Besler mit ihrem eigenen, sorgsam aufgeschüttelten Kopfkissen erstickte, spürte er, wie sich alle Spannung schlagartig löste. Als berste eine alte Uhr plötzlich auseinander, verstreue Tausende von komplizierten Einzelteilen überall und lasse gespannte Federn im Nirgendwo davonspringen, während das beengende Gehäuse um ihn herum wegbrach. Er schluchzte vor jäher Erleichterung auf. Der Kopf der alten Frau fühlte sich durch das Kissen hindurch beruhigend fern und undeutlich an. Die unnatürliche Reglosigkeit ihres Körpers erschien ihm wie die Erlaubnis weiterzumachen, also machte er weiter. Er lehnte sich sehr viel länger mit seinem ganzen Gewicht auf das Kissen, als es nötig gewesen wäre, das wusste er.

Als er es schließlich wegnahm und ihr mit der Taschenlampe ins Gesicht leuchtete, bestand die einzig erkennbare Veränderung in Brunhilde Besler darin, dass das Licht in ihren Augen erloschen war.

„So", meinte der Mörder anschließend. „Das war doch gar nicht so schlimm." Er war auch für ihren Unfall vor zwei Jahren mitverantwortlich gewesen.

1

„Verdammt, das kann doch nicht wahr sein", murmelte Peter Kelly, der Letzte und Einzige Polizeiposten in Hintersee. Er lehnte sich an die Wand und nahm seine grüne Polizeimütze ab, damit ein wenig Luft an seine dunklen Haare kam, die sich plötzlich klamm und feucht anfühlten.

Die Tote auf dem Bett hatte bei seiner Hochzeit ein Gedicht aufgesagt. Er kannte sie seit seiner Kindheit. Er konnte sich noch gut daran erinnern, wie er klein genug gewesen war, um nicht zu wissen, dass es nicht cool war, sich von irgendetwas beeindrucken zu lassen; und wie er Frau Besler zugewinkt hatte, wenn sie auf diesem aberwitzig großen braunen Pferd vorbeigeritten kam. Und wie sie immer zurückgewinkt hatte. Im Laufe der nächsten zwanzig Jahre hatte sich diese Szene Dutzende von Malen wiederholt, während alle Beteiligten sich weiterentwickelten. Frau Besler wurde älter, war aber stets quicklebendig; er wuchs und reckte sich, kam und ging - aufs Gymnasium, zur Ausbildung nach München, nach Hause, um seine Eltern zu besuchen, als diese, während er noch auf der Polizeischule war, wieder nach Biberach zurückkehrten, in ihre alte Heimat. Zwanzig Jahre Hintersee hatten ihnen gereicht, und als sein Vater in Pension ging, drängte seine Mutter, dass sie diesen langweiligen Ort wieder verließen, zumal auch beide immer kränker wurden. Er stimmte sofort zu, und mit vier Freunden blieben sie weiter in Kontakt, die sie ein - bis zweimal im Jahr besuchten, vor allem wenn Weihnachtsmarkt in Bad Hindelang oder Viehscheid im Herbst war.

Und jetzt war er der Einzige Dorfpolizist in Hintersee, der

noch für Ruhe und Ordnung sorgte. Als er seine Polizeischule letztes Jahr beendete, stand Hermann Bucher gerade vor seiner Pensionierung, und Dienststellenleiter Gogl aus Sonthofen, bot Peter sofort den Posten an, schließlich kenne er ja die Bevölkerung in - und auswendig, meinte er. Peter stimmte sofort zu, schließlich mochte er diesen idyllischen Ort. Nie gab es hier ein schlimmes Verbrechen im Dorf, dass betonte sein Vorgänger Bucher immer mit großem Stolz am Stammtisch. Und nun war Brunhilde Besler tot, vermutlich erstickt mit einem großen Kissen. Eigentlich war es ja ein Segen - die Arme. Im Augenblick jedoch war Peter Kelly bloß völlig durcheinander, und ihm war übel bei dem Gedanken, dass nachts irgendeine seltsame Magie am Werke gewesen war und Leben in Tod verwandelt hatte, Wärme in Kälte, das Diesseits ins Jenseits.

Was auch immer das Jenseits war. Peter hatte lediglich eine vage religiöse Vorstellung, dass es dort wahrscheinlich ganz schön war. Als Dorfpolizist hatte er in den wenigen Monaten die er nun im Dienst war, schon einiges zu sehen bekommen, aber meistens waren es Unfälle, wie zuletzt als ein Bauer mit dem Traktor einen Radler streifte. Was hatte der dämliche Mountainbiker auch auf diesem Feldweg zu suchen gehabt, eigentlich war es ein Wanderweg. Manche bekamen nur dass, was sie auch verdienten, und dann klagte dieser Biker auch noch. Er meinte, er wäre im Recht gewesen, und wollte auch Schadersatz für sein Bike, und Schmerzensgeld für sein gebrochenes Schlüsselbein. So waren sie halt die Leute von heute, jeder glaubte, er sei ihm Recht, aber meistens hatten sie bloß keine Ahnung, oder noch schlimmer; Ignoranz und Tomaten auf den Augen.

Aber dass, was er hier zu sehen bekam, war die erste Leiche die mit Sicherheit in Hintersee ermordet wurde, dass erkannte auch ein Blinder. Doch Brunhilde Besler dort liegen zu sehen hatte ihn unerwartet hart getroffen. Er hörte die Krankenschwester die Treppe heraufkommen und setzte die Mütze wieder auf, wischte sich hastig das Gesicht mit den Ärmeln ab und hoffte, dass er nicht so käsig aussah, wie ihm zumute war. Er war eins vierundneunzig, und anscheinend dachten die Leute, dass man umso mehr Rückgrat besitzen sollte, je größer man war.

Die Schwester lächelte ihn an und hielt die Tür für Dr. Hiddler auf, der stets Cordhosen und ein weißes Polohemd trug.

„Hallo, Peter", sagte er.

„Hallo, Dr. Hiddler."

„Wie geht's Julia?"

„Okay, danke…"

„Gut."

Peter hatte Dr. Hiddler einmal nach einer Beerdigung in einen Bierhumpen kotzen sehen, im Augenblick jedoch gab sich der geschiedene Dorfarzt ganz geschäftsmäßig. Er war hager und Anfang fünfzig. Seine ebenmäßigen, gebräunten Züge waren eine Maske professionellen Mitgefühls. Er ging zum Bett hinüber und untersuchte Brunhilde Besler.

„Tapfere Lady", meinte er, nur um etwas zu sagen.

„Tapferer geht's gar nicht", pflichtete Peter ihm bei. „Ist

wahrscheinlich ein Segen, dass sie tot ist."

Die Schwester lächelte und nickte ihm bestätigend zu, doch Bernd Hiddler antwortete nicht. Er schien sich sehr für das Gesicht der Toten zu interessieren.

Peter sah sich im Zimmer um. Irgendjemand hatte einen billigen Engel aus Silberfolie über das Bett gehängt, der sich ganz langsam drehte. Auf der Kommode war ein halbes Dutzend Weihnachtskarten achtlos beiseitegeschoben worden, um Platz für praktischere Dinge zu schaffen. Eine der Karten war umgefallen, und es juckte Peter in den Fingern, sie wieder richtig hinzustellen. Stattdessen zwang er sich, den Leichnam der alten Frau anzusehen. So alt war sie gar nicht, erinnerte er sich, maximal Ende sechzig. Doch die Bettlägerigkeit hatte sie älter und sehr viel gebrechlicher erscheinen lassen. Kein Wunder nach diesem grauenvollen Unfall mit ihrem Pferd. Er dachte daran, dass Julia eines Tages auch so gebrechlich sein würde und versuchte, sich darauf zu konzentrieren, dass Frau Besler auf diesem Bett lag, nicht seine hübsche Frau. Galle und durchweichte Schmerztabletten auf ihren Lippen…

Peter verdrängte das Bild mit aller Kraft und atmete tief durch. Er sammelte seine Gedanken und überlegte, was wohl Frau Beslers letzte Worte gewesen waren, ehe bei dem Unfall ihr Kehlkopf und ihre Halswirbelsäule mit einem einzigen knirschenden Schlag zerschmettert worden waren.

„Ich bin froh, dass Sie hier sind, Peter", sagte Dr. Hiddler - und als er sich umdrehte und ihn ansah, konnte Peter Kelly Betroffenheit auf dem Gesicht des Arztes lesen. Seine Instinkte regten sich unruhig.

„Ihre Nase ist gebrochen."

Beide sahen die Krankenschwester an, deren Lächeln augenblicklich verschwand. Sie eilte herbei und stand neben dem Arzt, als dieser ihre Finger an Brunhilde Beslers Nasenrücken führte.

„Sehen Sie?"

Sie nickte; das Stirnrunzeln machte sie hässlich.

„Es liegt keine Verletzung der Haut vor, und keine offensichtliche Quetschung oder Prellung", bemerkte Dr. Hiddler auf seine typische nachdenkliche Art. „Ich bin zwar kein Gerichtsmediziner, aber ich würde sagen, ein Schlag war nicht die Ursache. Wollen Sie mal fühlen, Peter?"

Eigentlich nicht. Aber trotzdem, er war Polizist, und er sollte doch... Er schluckte hörbar und berührte die Nase der Toten. Bernd Hiddler führte ihm die Hand, und Peter fühlte, wie die Fraktur in Frau Beslers Nasenbein unter seinen Fingern knirschte. Jäh überzog Gänsehaut seine Schultern; er ließ los und trat zurück. Unbewusst wischte er sich die Hand am grünen Stoff seiner Uniformhose ab, ehe ihm klar wurde, dass das Schweigen - kombiniert mit zwei Augenpaaren, die ihn fragend ansahen - bedeutete, dass er das Heft in die Hand nehmen sollte. Dass er etwas Professionelles, Polizeiliches tun sollte.

„Furchtbar", sagte er aber nur mit zitternder Stimme.

2

Die Polizisten aus Sonthofen sahen sich bestimmt auch jede Menge Krimis im Fernsehen an, dachte Peter, während er zusah, wie sie durch Brunhilde Beslers winziges Zuhause schritten, gegen alte Möbel stießen, sich im Flur drängten und die Treppe hinauf - und hinunterpolterten wie eine Horde Kühe, die von einem Wolf aufgeschreckt wurde. Trotz ihrer Fachkenntnisse auf dem Gebiet „mysteriöser Todesfälle" wünschte Peter sich insgeheim, er hätte sie nicht hinzugezogen. Natürlich war es gar nicht möglich gewesen, sie nicht hinzuziehen, aber trotzdem…

Peter war nicht dafür ausgerüstet, sich mit mehr als dem Alltäglichen auseinanderzusetzen. Er war als einziger Vertreter der Dorfpolizei, die bis vor fünf Jahren noch Vier-Mann stark war, übriggeblieben. Es war nur eine Frage der Zeit, wenn auch er seinen Posten verlor, und alles von dem zehn Kilometer entfernten Sonthofen aus gesteuert werden würde. Und jetzt kam sogar noch die Kriminalpolizei aus Kempten, weil es in Sonthofen nur eine „normale" Polizeiinspektion gab, die mehr auf Wirtshausschlägereien und Vandalismus spezialisiert war. Die Idylle war hinüber, und das in einem aufstrebenden Tourismus-Ort im Oberallgäu, der immer mehr Gäste in den letzten Jahrzehnten anlockte.

Peter hatte in Erfahrung gebracht, dass die Krankenschwester - eine korpulente Fünfzigjährige namens Heidi Neuner - um zwei Uhr früh nach Frau Besler gesehen hatte, ohne etwas Ungewöhnliches festzustellen, ehe sie sie um Viertel nach sechs tot aufgefunden hatte. Trotz der offenkundigen Antwort hatte er Dr. Hiddler gefragt, ob es möglich sei, dass sich eine Frau im Schlaf irgendwie selbst die Nase brechen könnte, wenn sie zudem noch vom Hals abwärts gelähmt war. Er hatte Hiddler und Heidi Neuner zur Tür gebracht und sich dabei alle Mühe gegeben, den Zugangskorridor zum Tatort einzuhalten. Dann hatte Peter das Schlafzimmer untersucht und rasch Kratzspuren um den Riegel herum entdeckt. Vom Fenstersims ging es nur anderthalb Meter hinunter bis auf das Flachdach des angrenzenden Schuppens. Er hatte den Tatort gesichert. Was hier in Hintersee bedeutete, die Haustür zu schließen und einen Zettel daran zu heften, der er aus seinem Notizbuch gerissen hatte. Über das, was auf dem Zettel stand, hatte er sich gründlich Gedanken gemacht. Von „Potenzieller Tatort" (was auf einem linierten Papierfetzen lächerlich wirkte) über „Polizeieinsatz! Kein Zutritt!" (zu herrisch) und „Zutritt verboten!" (zu unbestimmt) war er schließlich bei „Bitte nicht stören!" angelangt. Das appellierte an den Anstand der Leute. Er war zuversichtlich, dass es funktionieren würde. Und so war es auch. Er hatte nach Sonthofen gemeldet, dass beim Tod von Brunhilde Besler, wohnhaft in Hintersee bei Hindelang, möglicherweise nicht alles mit rechten Dingen zugegangen sei, und Sonthofen hatte die Kriminalpolizei in Kempten davon unterrichtet. Und jetzt sprangen hier über zehn Leute wie eine aufgescheuchte Herde umher, davon vier in weißen Overalls. Das waren die Typen von der Spurensicherung, die kamen sich besonders wichtig vor. Er wusste auch, dass seine Jugend (er war gerade erst vierundzwanzig geworden) gegen ihn sprach. Jeder Polizeibeamte in seinem Alter, der sein Geld wert war, sollte eigentlich an vorderster Front stehen. Sollte in kugelsicherer Weste bei der Verfolgung krimineller Bankräuber oder wahnsinniger Bombenleger jedes Hindernis überwinden und nicht Streife gehen, Kindern Standpauken halten und in irgendeinem Dorf verirrte Schafe einsammeln. Das war eigentlich ein Job für einen alten Mann, wie zuletzt Hermann, der kaum noch aufrecht gehen konnte bevor er seine wohlverdiente Pensionierung antrat. Ein Mann, Ende fünfzig, kam auf ihn zu. Er hatte volles, silbergraues Haar und einen deutlich sichtbaren Bauchansatz. Er trug eine rechteckige Brille mit dunkelblauem Rahmen und musterte ihn skeptisch. Alle am Tatort wussten wer er war: Helmut Höness, der Kriminalhauptkommissar aus Kempten.

„Haben Sie sie angefasst?", fragte er und wies mit seiner rechten Hand auf die Tote.

Peter blinzelte, dann nickte er - und lief gleichzeitig rot an.

Höness verengte seine Augenschlitze. „Wo?"

„An der Nase. Dr. Hiddler hat gesagt, sie wäre gebrochen, und ich habe sie abgetastet."

„Warum?"

Peter fühlte, wie sein Gesicht brannte. Alle im Zimmer schienen innegehalten zu haben, um zuzusehen, wie er durch den Wolf gedreht wurde.

„Ich weiß nicht. Nur so. Vielleicht, weil es der Arzt sagte."

„Nur so aus Spaß?"

„Nein, Dr. Hiddler hat gesagt, sie wäre gebrochen, und ich habe das überprüft."

14

„Weil Sie seine Diagnose bestätigen mussten? Sind Sie qualifizierter als er? Im medizinischen Sinne?" Der Sarkasmus drang Höness aus jeder Pore, und aus dem Augenwinkel sah Peter, wie die Polizisten aus Sonthofen und Kempten die Augen verdrehten und aneinander angrinsten.

„Nein, bestimmt nicht", antwortete Peter.

„Hat sie sonst noch jemand angefasst?"

„Die Krankenschwester."

„War die etwa qualifizierter als Dr. Hiddler?"

„Nein, bestimmt auch nicht."

Höness seufzte und hob und senkte hilflos die Arme, wie ein Mann, der die Jagd nach einem Handtaschenräuber aufgibt. „Weitere Mühe zwecklos", sagte die Geste.

„Also der Doktor hat sie angefasst. Dann haben Sie sie angefasst, und dann die Krankenschwester."

Peter wies Höness nicht auf die falsche Reihenfolge hin.

„Ja, so wars."

„Niemand sonst?"

„Nein, bestimmt nicht."

„Bestimmt nicht? Auch nicht der Postbote oder vielleicht der Milchmann? Oder sonst jemand?"

„Bestimmt nicht."

Höness räusperte sich. „Wie heißen Sie, Polizist?"

„Peter Kelly. Ich bin hier der Dorfpolizist."

„Haben Sie schon mal was von einem Tatort gehört, Kelly?"

„Ja, sicher." Jetzt hasste Peter Höness. Der Mann wollte bei seinem Team Eindruck schinden, und Peter hätte Beslers Nase nicht anfassen dürfen, aber trotzdem…

„Haben Sie schon mal etwas davon gehört, dass man einen Tatort kontaminieren kann, Kelly?"

„Ja, hab ich." Die Hitze der Verlegenheit wich allmählich aus Peter und machte einem kühlen, distanzierten Zorn Platz. Er fand es leicht, sich diesen Zorn nicht anmerken zu lassen, doch er wusste, dass er ihn für alle Zeit in jenem sehr kleinen, steinernen Winkel seines Herzens hegen würde, wo er alles aufbewahrte, was nicht freundlich, rücksichtsvoll und selbstlos war.

„Und warum haben Sie es dann nicht getan? Okay, Ihnen ist verziehen, weil Sie erst von der Polizeischule kamen, da lernt man als einfacher Streifenbeamter auch noch nicht alles. Aber dass man Getötete nicht anfassen soll, weiß jeder, außer anscheinend Ihnen."

Peter verkniff sich seinen Drang auf Höness einzudreschen, und sah über sein graues Haar hinweg.

„Es tut mir leid."

Höness betrachtete den hochgewachsenen jungen Polizisten ein wenig enttäuscht. Es wäre ihm wirklich lieber gewesen, wenn der Dorftrottel wütend geworden wäre und sich verteidigt hätte. Ein schöner Streit, so etwas gefiel Höness. Stattdessen hatte sich Kelly wie ein Welpe auf den

16

Rücken gerollt und dem Rest der Truppe seinen Bauch gezeigt. Wie schade. Höness wandte sich ab, bevor er antwortete. „Sie können gehen, Kelly."

In einer kleinen Geste des Trotzes verbiss sich Peter ein „Jawohl" und ging wortlos hinaus. Auf halbem Weg die Treppe hinunter hörte er Höness noch etwas sagen, dass er aber nicht verstand. Nur das Gelächter der anderen Polizisten schallte in seinen Ohren.

3

Toller Fall, dachte Helmut Höness, als das Gelächter verstummte. Eine tote alte Frau mit gebrochener Nase. Super, und da holte man ihn extra aus Kempten. Er, der schon einen Mafia-Clan auffliegen ließ, einen Serien-Vergewaltiger schnappte, der sich an einem Dutzend Frauen verging, und einen Irren, der erst vor kurzem den Hauptbahnhof in Kempten sprengen wollte, aus Hass über verspätete Züge. Nicht zu vergessen, die Kollegen in den eigenen Reihen, die mit Drogen handelten und den gestörten Pfleger, der für den Tod von über dreißig Patienten im Marienheim verantwortlich war. Die Liste seiner Erfolge war lang, und jetzt war er in diesem Scheißkaff an den Alpen, fünf Kilometer von Hindelang entfernt. Aber verdächtige Todesumstände waren verdächtige Todesumstände, und solche Fälle rechtfertigten die Bildung einer Sonderheit, kurz Soko genannt. Wobei sein Chef, Polizeipräsident Nussbaumer, seines Erachtens etwas zu voreilig gehandelt hatte. In der Vergangenheit wurde erst dann eine Soko gebildet, nachdem die Ermittler Wochen - oder Monatelang vergeblich nach dem oder die Täter gefahndet hatten. Hier lag ein relativ harmloses Tötungsdelikt vor, aber vielleicht wollte sich sein Chef auch nur unnötig wichtigmachen, bevor die lästige Presse wieder alles aufblähte. Wenn sie also verdächtige Todesumstände zu einem Mord „aufbauen" konnten, dann war das schon mal schön und gut. Höness war seit neunundzwanzig Jahren bei der Kripo in Kempten. Sein halbes Leben. In dieser Zeit gab es eigentlich nur dreizehn „echte" Morde in denen er ermittelte, und das immer erfolgreich. Also hundert Prozent Erfolgsquote, wer hatte ihn Bayern schon solch eine exzellente Bilanz? Niemand, und so sollte es auch bleiben. Zumindest die nächsten sechs Jahre bis er in Pension ging. Trotz seiner Erfahrung, war er bei jedem Todesfall immer aufgewühlt. Früher oder später. Sogar bei einem Fall wie diesem, das wusste er, würde er aufgewühlt sein, wenn erst ein gewaltsamer Tod bestätigt worden war. Er musste sozusagen langsam auf Touren kommen. Bis dahin ödete ihn das Ganze noch etwas an. Höness mochte die ländliche Bevölkerung nicht besonders, nur wegen seiner Frau, oder vor dreißig Jahren noch Verlobten, hatte er sich versetzen lassen von München nach Kempten. Wobei Kempten, eine kleine Stadt mit sechzigtausend Einwohnern, noch eine Weltstadt gegen Hintersee war, mit höchstens achthundert Bewohnern. Und in diesem Dorf sprang glatt noch ein Dorfpolizist rum, und was für ein Vertrottelter, dieser Peter Kelly. Den konnten sie vielleicht in Sonthofen noch besser brauchen, Brotzeit für die Kollegen zu holen, zum Beispiel. Jetzt saß er hier in diesem Scheißkaff mitten in der Prärie, von hohen Bergen umgeben

18

und musste womöglich noch einige Zeit an diesem Mordfall seine Zeit verbringen. Anstelle von vernünftigen Einrichtungen wie Tankstellen mit Selbstbedienung, verständlichen Straßenschildern und Menschen, gab es hier nur Landeier, Ginster und überall Pferdescheiße. Also galt es den Fall zügig aufzuklären, damit er hier schnellstmöglich wieder wegkam. Der Arzt hatte bereits Abschürfungen und Quetschungen im Innern von Brunhilde Besler festgestellt, wo ihre Lippen gegen die Zähne gedrückt worden waren, und der Pathologe würde vielleicht noch mehr finden. Jetzt brauchte das Labor in München nur noch zu bestätigen, dass Speichel und Nasensekret auf dem ordentlich aufgeschüttelten Kissen, das neben Brunhilde Besler gefunden worden war, von dem Opfer stammten, dann hätten sie ihre Beförderung zum Mord und die Mordwaffe gleich noch dazu. Alles in ein und demselben ordentlichen forensischen Paket.

Höness schaute zu dem mittlerweile leeren Bett hinüber, über das sich drei Spurensicherungsbeamte in weißen Papieroveralls beugten, wie Faschingsgäste, die sich als Spermien verkleidet hatten.

„Was habt ihr alles gefunden?", fragte er.

„Bis jetzt?", antwortete der dickste der Dreien. „Ein paar Haare, Körperflüssigkeiten..."

„Sperma?"

„Sieht nicht so aus. Nur das, was auf dem Kissen war, und Urin."

„Ich dachte, sie hätte einen Katheter gehabt?"

„Ich glaube, der Beutel ist geplatzt."

„Dann könnte der Täter also von oben bis unten voll Pisse sein."

„Ja, sehr gut möglich."

„Super. Fehlt irgendwas?"

„Sieht nicht nach einem Einbruch aus. Wenn irgendwas geklaut worden ist, dann hat der Mörder genau gewusst, was er wollte und wo er es findet."

Höness sah sich in dem Zimmer mit den alten dunklen Möbeln um. Die Abnutzungsspuren rund um die blinden Messinggriffe der Kommode zeugten von lebenslangem Gebrauch. Nichts sah aus, als hätte sich jemand daran zu schaffen gemacht; sogar das Spitzendeckchen auf der Kommode war glatt und faltenlos.

„Ich will die Namen von sämtlichen Pflegern und Krankenschwestern, und Haarproben von allen, die hier am Tatort waren."

„Jawohl, Chef."

„Fingerabdrücke?"

„Bis jetzt keine."

Es war März und noch bitterkalt, allein schon aus diesem Grund könnte der Mörder Handschuhe getragen haben. Doch Höness hoffte, dass es sich um einen opportunistischen Einbrecher handelte, der überreagiert hatte, als er merkte, dass ihn in einem Zimmer, das er für leer gehalten hatte, eine Frau schweigend vom Bett aus beobachtete. Höness hoffte, dass der Täter vorausgeplant hatte. Ob er einen Einbruch oder einen Mord vorausgeplant hatte, war fraglich, doch die Tatsache, dass sie wahrscheinlich keine Fingerabdrücke finden würden, machte den Fall für Höness interessanter. Er verschwendete sein Talent nur höchst ungern an die Niederen und Dummen, und seit er ins Allgäu gekommen war, hatte er die ungeschickten Säufer allmählich satt, die durch das unglückliche Zusammentreffen von Köpfen und Bordsteinkanten zu Totschlägern wurden. Und die zugedröhnten Jugendlichen, deren großzügige Bereitschaft, Besteck zu verleihen, dadurch vergolten wurde, dass ihre undankbaren Freunde neben irgendwelchen Toiletten abkratzten, mit Scheiße in der Hose und Dreck in den Venen. Nein, die Handschuhe machten den Mörder in seinen Augen zu einer lohnenderen Beute. Wie lohnend, würde sich hoffentlich bald herausstellen.

4

Dreihundert Meter vor dem Schild „Bitte fahren Sie in Hintersee langsam" stand das Haus, in dem Peter Kelly aufgewachsen war. Knapp drei Jahre war er alt, als seine Eltern von Biberach hierher gezogen waren. Sein Vater bekam einen guten Posten im Landratsamt in Sonthofen und seine Mutter war als Teilzeitkraft im Edeka-Markt in Hindelang beschäftigt gewesen. Es war ein altes Bauernhaus, dass Anfang der Neunziger umgebaut wurde um es an Feriengäste zu vermieten. Da der Tourismus aber hier in Hintersee nur schleppend anlief, entschloss sich der Eigentümer es dauerhaft an Einheimische oder Zugezogene zu vermieten. Anfänglich mietete sich die Familie Kelly ein, bis Konrad Dobler, der Eigentümer, ein Kaufangebot von Martin Kelly annahm, es für 120.000 Mark im Jahr 1993 zu veräußern. Kelly steckte noch weitere 20.000 Mark in das Holzgebäude, und machte daraus ein ansehnliches Haus, in dem eine Ferienwohnung sogar fünf - sechs Monate im Jahr, dauerhaft vermietet werden konnte. Aufgrund dessen konnte Maria Kelly sich etwas aus dem Edeka-Markt zurückziehen, um die Gäste besser zu betreuen. Drei Jahre später zogen die alten Kellys zurück in ihre Geburtsstadt Biberach, da vor allem Peters Mutter, die Idylle immer depressiver werden ließ. Nicht einmal ein erfahrener Psychologe aus Sonthofen, konnte in vielen Monaten herausfinden, woran das lag. Seitdem bewohnte Peter das Haus allein mit seiner Frau Julia, die vor einem Jahr schwer erkrankte. Peters Eltern versuchten ständig ihn zu überreden auch nach Biberach zu ziehen, schon allein aufgrund der viel besseren ärztlichen Versorgung, aber Peter und auch seine Julia lehnten immer wieder ab. Und jetzt war Julia in einem Zustand, den man durchaus als „besorgniserregend" bezeichnen konnte.

Peter parkte seinen Audi 80 mit der unübersehbaren Polizeilackierung hinter Julias Ford Fiesta, und fühlte, wie sein Herz schneller schlug. Er musste sich zusammenreißen. Musste langsam und bedächtig aussteigen und ganz normal durch die Haustür treten. Das Badezimmer putzen, die Waschmaschine anstellen, das Abendessen machen - genau so, wie Dr. Hiddler es ihm gesagt hatte.

„Julia braucht Sie. Sie dürfen nicht schlappmachen, Peter. Jetzt mehr denn je."

Er würde nicht schlappmachen. Er würde sich zusammennehmen. Auch wenn ihm während der letzten vier Wochen jeden Tag das Herz vor Furcht bis zum Hals geschlagen hatte, wenn er den Plattenweg voller Sprünge und Unkraut hinaufgegangen war und die Hausschlüssel in seinen zitternden Händen geklimpert hatten wie ein Windspiel. Die Angst war fast übermächtig - die Angst, dass er die Tür aufstoßen und sie abermals durch den Körper seiner Frau blockiert sein würde. Oder dass er hallend ihren Namen rufen und sie schließlich in einer Wanne voll lauwarmem, rosa gefärbtem Wasser finden würde. Oder dass er in ein in winterliche Dunkelheit gehülltes Haus treten und spüren würde, wie ihre nackten Füße sein Gesicht streiften, die im Treppenhaus hingen. Aber die Befürchtungen trafen nicht ein, Gott sei Dank. Im Wohnzimmer erwartete sie ihn bereits mit fragendem Blick. Er küsste sie und wusste, dass sie die Nachricht vom Tode von Brunhilde Besler bereits erreicht hatte. Vielleicht vom Zeitungsjungen Anton oder vom Milchmann Martin, beide waren sehr redselig und heiterten Julia immer wieder mit ihren Dorfgeschichten auf. In einem kleinen Dorf mit weniger als tausend Einwohnern, waren solche Vorkommnisse in weniger als sechs Stunden bei neunundneunzig Prozent der Dorfbewohner angekommen. Vor allem wenn es sich um einen Todesfall handelte. Sie lächelte ihn an mit ihrem jungenhaften Gesicht, der sommersprossigen Stupsnase und den weit auseinanderliegenden azurblauen Augen, die fast zu groß für das zarte Gesicht waren.

„Die arme Frau Besler", seufzte sie und streichelte dabei über sein Gesicht.

„Was hast du denn gehört?", fragte er, denn auf dem Land wurde häufig auch viel Unsinn erzählt, Hauptsache die Leute hatten reichlich Gesprächsstoff.

„Dass jemand sie umgebracht hat."

„Möglicherweise. Die aus Kempten sind jetzt dafür zuständig." Er drückte ihre Hand und spürte erleichtert, dass sie warm und ruhig war, dann drehte er sich herum und setzte sich neben sie auf die Sofakante.

„Wie geht's dir, Julia?" Das war eine Frage, die er seit elf Monaten zehnmal so häufig stellte als davor. Manchmal brauchte er gar nicht zu fragen. Das waren die Tage, an denen er sie beim Heimkommen zusammengekrümmt und nach Luft schnappend vorfand. Sie hatte Brustkrebs, wie auch schon ihre Mutter und Großmutter. Und keine wurde älter als vierzig, Julia war jetzt vierundzwanzig, so alt wie er. Nachdem die Krankheit vor fast zwölf Monaten, einen Monat nach der Hochzeit, diagnostiziert worden war, hatte sich alles verändert - zu Hause und bei der Arbeit. Er hatte seine Bewerbung für eine Laufbahn bei der Kriminalpolizei zurückgezogen und sich stattdessen für diesen Provinzposten beworben, wo er die Arbeit an sein Leben mit seiner kranken Frau zu Hause besser regeln konnte, anstatt es umgekehrt zu handhaben. Noch vor der Hochzeit hatten sie geplant in Isny zu bleiben, wo Julia bis zuletzt als Krankenschwester in einer Klinik in Neutrauchburg arbeitete. Dort hatte Julia seit ihrer Ausbildung eine Dreizimmerwohnung, und sie hätten sogar nach der Hochzeit in das Haus ihres Vaters ziehen können, der dort alleine lebte. Er verstand bis heute noch nicht, wie man in Hintersee sesshaft werden konnte, wo „Hund und Katz sich guad

24

Nacht sagen", wie sein Schwiegervater immer so abwertend meinte. Aber die niederschmetternde Diagnose änderte alles schlagartig. Manchmal - wenn er Wanderern den Weg zum Hinterseer Tal zeigte oder mit den Eltern eines Jugendlichen sprach, der mit einer halben Flasche Wodka und einer großen Klappe erwischt worden war - verspürte Peter ein fast überwältigendes Bedürfnis, ins Auto zu springen und nach Hause zu rasen, um nach Julia zu sehen. Als sich sein Herz zum ersten Mal so zusammengekrampft hatte, hatte er seinem Gefühl nachgegeben und war mit neunzig Stundenkilometer vom Schwarzenberger Haus über die Landstraße gerast, wo nur der Bus mit maximal Tempo fünfzig fahren durfte. Ansonsten war die Strecke für den öffentlichen Verkehr gesperrt. Nur er als Dorfpolizist durfte natürlich überall fahren, aber nur in Notfällen mit erhöhter Geschwindigkeit und angeschaltetem Blaulicht auf dem Dach. Aber wenn es um seine Julia ging, war ihm jegliche Vorschrift so ziemlich egal. Erst gestern hatte er sie mit weißem, verzerrtem Gesicht vorgefunden, und obgleich sie beharrlich behauptete, dass alles in Ordnung sei, hatte er Salz auf ihren Lippen geschmeckt, das ihm verriet, dass sie geweint hatte.

„Gut", antwortete Julia und holte ihn sanft wieder in die Gegenwart zurück. „Mir geht's gut. Ich habe Blumenzwiebeln eingepflanzt. Narzissen und Tulpen vorn vor dem Haus, und Anemonen in den Kübeln. Jetzt gibt's ja nachts immer seltener Frost und der Frühling steht vor der Tür."

Er betrachtete ihre Hände, sah die rotbraune Erde unter den kurzen Nägeln und wusste genau, wie viel Mühe es sie gekostet haben musste, diese Arbeit zu bewältigen. Der

Sack Blumenerde, die Schaufel, die sich in den immer schwächer werdenden Gelenken wie ein Vorschlaghammer anfühlen musste, die Anstrengung, die vom Winter verhärtete Erde aufzubrechen. Fast hätte er gefragt, wie lange sie dafür gebraucht hätte, doch ihm war klar, dass es den größten Teil des Tages gedauert haben musste. Stattdessen stand er auf und ging hinaus, um sich ihr „Werk" anzusehen. Dass sie nicht aufstand, um es ihm zu zeigen, war der Beweis dafür, wie viel Kraft sie das Ganze gekostet hatte. Lächelnd kam Peter wieder herein.

„Und dann hast du…?" Er ließ den Satz in der Luft hängen.

„…ein bisschen geschlafen", vollendete sie ihn pflichtschuldig, und beide lachten und sahen sich an.

Peters braune Augen standen zu weit auseinander, seine Nase war zu lang, und seine Lippen waren zu voll, als dass man ihn als auffallend gutaussehend hätte bezeichnen können. Doch Julia bekam nie genug davon, ihn anzusehen, und sie gierte nach mehr. Nachdem sie in das Haus seiner Eltern gezogen waren, hatte sie nach Kinderfotos von ihm gesucht. Als sie keine fand, hatte er herumgeblödelt, er sei „zu hässlich" für Fotos. In ihren Augen war das alles andere als wahr.

„Wer hat dir von Frau Besler erzählt?", erkundigte er sich, obwohl es keine Rolle spielte.

„Kilian."

Kilian Schweighart. Der Briefträger. Natürlich. Der Postbote und der Milchmann deckten dasselbe Territorium ab wie er, nämlich einen Radius von knapp sieben Kilometer, so lang

26

streckte sich das Hinterseer Tal mit seinen vielen Weilern. Kilian hatte Julia auch von dem „Anschiss" von Hauptkommissar Höness erzählt, worauf sie schallend lachen musste.

„Wirst du mit ihm zusammenarbeiten müssen?"

„Zwangsläufig. Wobei ich glaube, dass die sich über meine Hilfe bestimmt nicht freuen würden."

„Dann wären das aber ganz schöne Idioten, weil du hier als Einziger alle kennst, und weißt wie sie ticken."

Peter ließ sie in dem Glauben, wobei es einige Dorfbewohner gab, die ihm nicht ganz geheuer waren, und dass schon seit Jahren. Vielleicht gab es doch mehr Abgründe, als viele bisher nicht für möglich gehalten hatten.

Eine Idylle, die immer mehr bröckelte.

5

Höness wusste ganz genau, dass es bald Stunk gab. Er, und die restlichen vier der Soko; Ginkel, Kraus, Gebauer und Sternkopf, waren in dermaßen primitiven Quartieren untergebracht, dass es ihn nicht gewundert hätte, wenn einer vorzeitig verschwunden wäre. Doch das war bestimmt nur eine Frage der Zeit. Höness schloss gern kleine Wetten mit sich selbst. Die Zwänge des Polizeibudgets hatten dazu geführt, dass sie in einer einfachen Pension hundertfünfzig Meter vom Ortskern entfernt, untergebracht worden waren. Vermutlich war es ein umgebauter Pferdestall mit Blumenkästen vor den Fenstern. Und die Besitzerin, Hilde Müller, eine gebeugte, arthritische Greisin, dachte offenbar, winzige Fernseher und riesige Mikrowellen rechtfertigten die Bezeichnung „Apartment".

Scheiß-Pampa. Er sah auf die Uhr: 22.40 Uhr. Die Nacht war noch jung. Sein Team unglücklicherweise auch. Keiner über fünfunddreißig, und alle lagen schon im Bett.

Er sann über Brunhilde Besler nach. Es war ein seltsamer Fall. Seit seinem neunundzwanzigsten Lebensjahr hatte er Mordfälle bearbeitet, und seine Instinkte waren ziemlich ausgeprägt, doch man brauchte nicht besonders scharfsinnig zu sein, um zu wissen, dass es für eine behinderte, bettlägerige alte Frau schwer ist, sich Feinde zu machen. Doch er wusste auch, dass Freunde ebenso gefährlich sein konnten. Morgen früh würde er sich mit Frau Beslers Sohn Robert unterhalten. Söhne waren immer potentielle Verdächtige.

6

Nachdem er Brunhilde Besler erstickt hatte, war der Mörder nach Hause gegangen, hatte geduscht und sich ein Baguette mit Käse und Schinken gemacht. Im Fernsehen lief ein alter Film mit Humphrey Bogart; „Citizen Kane". Den hatte er schon siebenmal gesehen, und er fand ihn immer wieder sehenswert.

Amüsiert hatte er mitbekommen, dass die Bullen gleich eine Sonderkommission aus Kempten, mit einem fünfköpfigen Team gesandt hatten. Er hatte sie heute schon unter die Lupe nehmen können, in dem Dorf passierte nichts, ohne dass er es nicht mitbekam. Soviel Aufwand für eine kranke, alte Frau. Und dann quartieren sie sich glatt noch ein im „Bergblick", dem früheren Müller-Hof, einer stark renovierungsbedürftigen Pension, bei der alten Frau Müller, die ständig schlechte Laune hatte.

Wurde Zeit die Typen zu beschäftigen. Er machte noch einen kräftigen Biss, drückte auf die Fernbedienung, öffnete das Fenster und warf den Rest seines Snacks weg. Dann rollte er sich wie ein Fötus auf dem Sofa zusammen, schlief wie ein Baby, und als er erwachte, fühlte er sich wie ein neuer Mensch.

Gestärkt und bereit für neue Taten.

7

Ein erneuter Wintereinbruch der in den frühen Morgenstunden hereinbrach, verwandelte das ganze Dorf und Tal wieder in eine weiße Märchenlandschaft. Innerhalb weniger Stunden waren zehn Zentimeter Neuschnee gefallen, sodass zwei Räumfahrzeuge aus Hindelang die Straßen und Gehwege wieder befreien mussten.

Obwohl ihre Bekanntschaft nicht gut begonnen hatte, rief Peter Kommissar Höness an, bevor er das Haus verließ, um dem Soko-Team sein Wissen über Land und Leute anzubieten. Das war doch nur professionell. Am anderen Ende der Leitung entstand eine kurze Pause, dann erwiderte Höneß: „Ich denke, wir kommen auch ohne Sie klar…", ehe die Verbindung abbrach. Möglicherweise war er einfach aus der Leitung geworfen worden - im Dorf und Tal waren die Mobilfunknetze erst mäßig ausgebaut -, doch Peter war sich sehr sicher, dass Höneß einfach aufgelegt hatte. Wütend legte er den Hörer auf, und Julia sah ihn neugierig an.

„Dann halt nicht", meinte er achselzuckend, küsste seine Frau auf die Stirn und verließ das Haus.

Um zehn Uhr hatte es aufgehört zu schneien, und kurz darauf schmolz der Schnee schon wieder weg, da die Temperaturen bei knapp über null Grad lagen. Peter hatte eine übliche Routine-Runde. Er parkte am Rand des Dorfes, dann ging er seine immer wieder während Runde; Die linke Seite der Hauptstraße hinauf und auf der anderen wieder zurück. Er schaute kurz in kleine Läden oder am Postamt vorbei, sah nach betagten Dorfbewohnern, schlichtete Streitigkeiten zwischen Nachbarn, und trank dann einen Kaffee im Gasthof Hirsch. Erst wenn er sicher war, dass alles in Ordnung war, fuhr er weiter zum nächsten Weiler. So sahen die Leute, was sie an Polizeiarbeit für ihre Steuern bekamen. Im Winter brauchte er für jeden Weiler nur halb so lange wie im Sommer, da im Dorf kaum Touristen waren. In Hintersee gab es keine Liftanlagen, sodass es so gut wie keine Winter-Saison gab. Die Gäste die Skifahren wollten, zog es lieber ins viel höher gelegenere Oberjoch, wo mehrere Schlepper und ein Sessellift die Wintersportler auf die Berge hievten. Im Winter gab es in Hintersee nur eine brauchbare Langlaufloipe und ein paar gut geräumte Winterwanderwege. Sommer, das hieß stehen bleiben und plaudern, Touristen den richtigen Weg beschreiben, den Sonnenschein genießen und sich ein Eis kaufen. Doch heute beschäftigte die Einheimischen vor allem eines: Was war mit Brunhilde Besler passiert?

Natürlich gab es nichts Neues. Jedenfalls nichts, worüber er Bescheid wusste, und am frühen Nachmittag hatte Peter das ständige „Ich weiß es nicht" und die überraschten, verlegenen Mienen der Dorfbewohner gründlich satt. Nicht dass er den Leuten mehr hätte erzählen dürfen oder wollen, als es ihm jetzt möglich war, doch „wir" sagen zu können anstatt „die Kollegen", wenn er von der Suche nach dem Mörder sprach, hätte der Bevölkerung bestätigt, dass ihr Dorfpolizist Interesse an dem Fall zeigte, und er wäre sich weniger wie ein Unbeteiligter vorgekommen. Peter Kelly war kein Wichtigtuer - als bei Julia Krebs diagnostiziert worden war, hatte er seine Zukunft hinter sich zurückgelassen und nie zurückgeschaut -, doch jetzt hatte er das Gefühl, dass er die Bestätigung brauchte, ein Insider zu sein. Er schämte sich, das einzugestehen, sogar nur sich selbst. Als er wieder in der Dorfmitte war, ging er an dem flatternden rotweißen Absperrband vorbei, das Frau Beslers Anwesen am Ende der Häuserreihe abriegelte. Die Kripobeamten aus Kempten hatten es gespannt, um die Leute fernzuhalten, doch natürlich hatte es lediglich die Aufmerksamkeit auf den Tatort gelenkt. Seit es am Sonntagmorgen angebracht worden war, hatte er gesehen, wie die Buben aus dem Dorf sich gegenseitig aufstachelten, unter dem Band hindurchzutauchen. Peter sah, dass der Milchmann zwei Flaschen auf die Schwelle gestellt hatte. In einer der Flaschen war die Milch über Nacht gefroren und hatte den Foliendeckel hochgedrückt. Wie eine kecke Mütze thronte er auf einer verformten Säule aus kristallisiertem Kalzium. Peter wusste, dass Höness wegen der Milch bestimmt stinksauer sein würde. Er musste zügig was unternehmen. Sabine Egger beklagte sich über die Jungen, die unter dem Absperrband hindurchflitzten und gegen Frau Beslers Tür und ihre Fenster hämmerten. Peter versprach, dass er sofort mit ihnen reden würde. Ein paar Meter weiter öffnete Silke Wörle ihre Tür und fragte: „Was passiert jetzt eigentlich mit Brunhilde?"

Er erzählte ihr das gleiche, was er den Leuten schon den ganzen Tag erzählt hatte.

„Und was tust du?", fragte sie unverblümt.

„Nichts", antwortete er, und als Silke Wörle ihren ergrauten Kopf schief legte und unverwandt zu ihm hinaufstarrte, fügte er hastig hinzu: „Ich meine, die Kollegen aus Kempten sind doch Experten für solche Verbrechen."

Sie beäugte ihn eine ungläubige Sekunde lang, dann schnaubte sie abfällig.

„Sie kriegen ihn ganz sicher", sagte er jetzt und versuchte, so viel Gefühl wie möglich in die Worte zu legen. Sie sah nicht beruhigt aus. „Die arme Brunhilde", sagte sie anstelle eines Abschiedsgrußes. Dann wandte sie sich ins Haus und schloss die Tür.

Er sollte wirklich etwas tun. Oder sich eine bessere Antwort ausdenken als „nichts", wenn ihn das nächste Mal jemand fragte. Ihm war nicht klar gewesen, wie dürftig sich das anhörte, bis er es laut ausgesprochen hatte. Ein Stück weiter sah er den Milchwagen auf den Bordstein fahren. Martin Kessler, der Milchmann, erzählte Peter, er sei einen Monat im Voraus bezahlt worden.

„Aber da wohnt doch niemand mehr, Martin."

„Bezahlt ist bezahlt. Ich kann doch nicht einfach aufhören meine Arbeit zumachen, bloß weil sie jetzt tot ist."

Peter betrachtete den Milchmann. Er wusste, dass der alte Mann manchmal nicht alle Latten am Zaun hatte. Viele rätselten im Dorf, ob er wirklich so blöd war oder nur so tat. Er betrachtete ihn. Er war mindestens siebzig. Zaundürr, wettergegerbt und so zerknautscht wie eine Papiertüte. Seit fast fünfzig Jahren lieferte Kessler an sieben Tagen in der Woche die Milch aus im Hinterseer Tal.

„Martin, du darfst nicht an dem Absperrband vorbei, das ist ein Tatort."

„Ich hab jede Menge von diesen Rotzlöffeln an die Tür klopfen seh`n."

„Ich weiß, aber die hinterlassen keine Halbliterflaschen Milch als Beweis dafür, dass sie da waren." Peter seufzte. „Mich stört das nicht. Ich weiß, dass es harmlos ist. Aber die Kollegen aus Kempten sind jetzt für die Ermittlungen zuständig, und die stört es bestimmt."

Kessler wedelte abfällig mit der Hand und hüpfte wieder in seinen Wagen. „Sollen sie mich doch verklagen! Ich seh die dann vor Gericht wieder."

Sein Aufbruch war langsam und bedächtig, doch Peter kam es trotzdem so vor, als habe der Milchmann ihn im Regen stehengelassen.

8

Die Spurensicherung war mit Brunhildes Besler Haus fertig, daher hatte Höness in Ermangelung eines Polizeireviers - und da die Ställe zu weit weg vom Dorfkern entfernt waren, um eine brauchbare Basis abzugeben - das Treffen mit ihrem Sohn dort arrangiert. Stand erst einmal fest, dass es kein natürlicher Tod gewesen war, so konnte er eine mobile Einsatzzentrale anfordern und von dort aus arbeiten. Außerdem befragte Höness Verdächtige oder solche, die es vielleicht noch werden sollten, gern wann immer möglich direkt am Tatort. Er hatte zu viele schuldige Verbrecher unter der Last der Erinnerung straucheln sehen, um das nicht als Ermittlungsinstrument zu nutzen. Also ließ er Besler von Sternkopf ausrichten, er solle ihn vor seinem Elternhaus erwarten, und führte ihn dann in die Küche. Robert Besler war ein hochgewachsener, breitschultriger Mann, hatte jedoch bedauerlicherweise das Gesicht eines Kleinkindes. Seine Wangen waren zu rosig, sein Kinn zu pummelig, seine Augen zu blau und sein Haar zu flaumig, um Erwachsensein vorzutäuschen, selbst bei einer solchen Statur. Doch Höness bemerkte, wie die Hand des Mannes seine eigene beim Händeschütteln schier verschluckte. Sie saßen sich auf die Eckbank in der Küche. Besler holte aus dem Kühlschrank eine Flasche Mineralwasser und stellte sie mit zwei Gläsern auf den Tisch. Er goß Höneß ein Glas voll, ohne ihn vorher gefragt zu haben was er überhaupt wollte.

„Wer hat die Pflege Ihrer Mutter bezahlt, Herr Besler?"

„Sie selbst. Sie hatte was gespart."

„Was kostet so was? Tausend Mark im Monat?"

„Eher fünfzehnhundert. Da reichen Ersparnisse nicht allzu lange. Sie bekam noch die Witwenrente von meinem Vater, trotzdem hätte das nicht mehr ewig gereicht."

„Und was wäre dann passiert?"

Besler zuckte mit den Achseln und seufzte: „Hätte wohl das Haus verkaufen und ins Heim in Sonthofen gehen müssen."

„Nachdem sie ihr ganzes Erspartes ausgegeben hätte."

„Ja, so ungefähr."

„Und ihr Erbe."

„Sie wollte unbedingt hierbleiben, deshalb hab ich ihr die Schwester besorgt. Irgendwie bin ich froh, dass sie hier gestorben ist und nicht in irgendeinem beschissenen Pflegeheim."

„Ja klar. Ist doch viel besser, wenn sie in ihrem eigenen Bett stirbt, oder?", sagte Höneß lauernd. Doch der Schuss ging ins Leere; Besler starrte die welligen Fotos an, die an der Kühlschranktür hingen. Vorwiegend Pferde, meistens mit der alten Besler auf dem Rücken, wo sie noch vital war.

„Hatten Sie jemals das Gefühl, Ihrer Mutter könnte Gefahr drohen, Herr Besler?"

„Nein, warum auch? Von wem?"

„Vielleicht von einer der Pflegerinnen?"

Energisch schüttelte Besler den Kopf. „Niemals. Warum auch?"

„Wenn gibt's denn sonst noch? Sie?"

Der harsche Tonfall veränderte die Luft und Atmosphäre im Raum. Beslers Blick verhärtete sich. „Also, ich ganz bestimmt nicht. Wie kommen Sie auf so eine Unterstellung?"

„Na, die ganze Kohle, die da jeden Monat draufgeht. Eigentlich ja ihr Geld..."

„Das ist doch abartig."

„Die Menschen sind leider häufig so abartig", entgegnete Höness scharf. „Meistens werden Mordopfer von jemandem umgebracht, den sie kennen. Von jemandem, den sie lieben. Von den nächsten Angehörigen."

Schweigen. Sternkopf kam herein. Er war am Türrahmen gestanden und hatte alles mit angehört. Aussagen die zwei Polizisten hörten, waren immer besser als von „einem". Höness stand auf. In den Augen von Besler erkannte er pure Verachtung für sie beide. Vielleicht hasste er Polizisten.

„Wir melden uns", bemerkte Sternkopf an der Tür. „Sie sehen uns schneller wieder als Ihnen vielleicht lieb ist."

Der große Mann mit Babyface sah ihnen nach, als sie hinausgingen. Dann stand er auch auf, und stellte die Gläser und Flasche weg. „Dem Idiot hätte ich gar nichts hinstellen sollen", murmelte er vor sich hin, und sah sie am Fenster in einen silbernen 5er BMW einsteigen. Dann griff er zu

36

seinem Motorola-Handy und wählte eine gut bekannte Nummer.

9

Im Laden kaufte Peter sich ein Bounty und löste das Preisetikett von einer Ananasdose ab, sodass Herr Mildner sein ungenutztes Talent zum Einsatz bringen und ihm mitteilen konnte, dass die Dose 99 Pfenning kostete. Relativ günstig für einen Dorfladen fand er, und trat wieder ins Freie. Als er zu seinem Audi lief, sah er gleich den verknitterten Zettel der unter seinem rechten Scheibenwischer steckte. So lief es häufig ab in so einem Kaff - Klatsch und Tratsch über den Gartenzaun, Stille Post mit dem Briefzusteller oder dem Milchmann, müßiges Geplauder mit Herrn Mildner oder Frau Mayr beim Friseur - und solche kleinen Handzettel. Sie waren zu Hause am Computer oder bei manchen noch mit elektrischer Schreibmaschine erstellt und zeugten von stark variierender grammatikalischer Kompetenz, während sie alles Mögliche zum Inhalt hatten: ein Tanzabend für Jungbauern die verzweifelt eine Frau suchten, entlaufene Katzen, Flohmärkte oder den neuesten Schwank im Bauerntheater. Peter entfaltete den zerknitterten, leicht feuchten Zettel, und rechnete damit, ihn sogleich wieder zusammenzuknüllen und in den nächsten Papierkorb zu schmeißen, zuckte aber zusammen, als hätte er einen Schlag in den Magen bekommen als er las: *Und du willst ein Polizist sein!*

Starr vor Schreck stierte er auf die Worte. Die Nachricht bestand nur aus den Strichen eines schwarzen Stiftes auf Papier, doch Verachtung stieg von ihnen auf wie etwas Scharfes, Düsteres, Bedrohliches. Wer immer das geschrieben hatte, hasste ihn. Hasste. IHN. Einen kurzen Moment konnte Peter nicht klar denken - er umklammerte das Stück Papier so fest, dass seine Fingerspitzen kalkweiß wurden, während sein Magen sich schmerzhaft zusammenkrampfte. Dann spürte er, wie die Hitze der Scham an seinem Hals emporkroch und ihm in die Wangen stieg.

Derjenige (oder „Die"?), der diese Nachricht geschrieben hatte, hatte recht. Er war der Polizist hier. Der einzige Polizist hier weit und breit bis Hindelang. Und es war seine Pflicht, die Leute zu beschützen - seine Daseinsberechtigung. Wenn er die Menschen hier nicht beschützen konnte, hatte er kein Anrecht auf den Job. Peter biss sich auf die Lippe. Er schaute sich um, ob ihn jemand beobachtete - vielleicht ein Hinweis darauf, wer den Zettel geschrieben haben könnte, mit dieser seltsamen zackigen Handschrift. Sein Blick suchte die leere Straße ab, huschte von einem geparkten Auto zum nächsten, hielt Ausschau nach einer wachsamen Silhouette oder der plötzlichen Duckbewegung, die Schuld verraten könnte. Dann fuhr sein Blick zu den Fenstern mit den vielen bunten Schindeln hinauf, der markanten Holzhäuser, die es so nirgends in der ganzen Region gab. Er wartete auf den Blick einer zuckenden Gardine, die den Übeltäter verriet. Aber nichts rührte sich, außer der dicke Mops von Beate Kindler, der schnüffelnd auf den Dorfladen zutrottete, wo er jeden Tag vor der Tür lauerte. Peter kam sich in seinem Heimatdorf auf einmal wie ein

Fremder vor. Er riss den Zettel in kleine Fetzen und schmiss das Papier in den Mülleimer beim Dorfladen. Keine Menschenseele weit und breit. Dann sah er sich noch kurz um und fuhr in banger Ahnung langsam nach Hause.

Zur gleichen Zeit stand Julia Kelly am Fenster, und sah wie der rothaarige Zeitungsjunge kam. Anton Eichleitner war Gymnasiast in Sonthofen und besserte sich seit einem Jahr das Taschengeld auf, indem er das Allgäuer Anzeigeblatt austrug. Weil er manchmal in aller Herrgottsfrüh verschlief, erledigte er es oft erst nach Mittag, wenn er von der Schule kam. Niemand nahm es dem Jungen übel. Und die Wochenendausgabe kam meistens zwischen neun und elf Uhr in die Boxen und Briefkästen der Bewohner. Keiner beschwerte sich, und auch Julia freute sich immer, wenn der Junge mit dem feuerroten Haar bei ihr vorbeikam. Jedes Mal wenn er kam, klopfte er ans Wohnzimmerfenster, weil er wusste, dass Julia dort meistens auf der Couch lag, beim Fernsehen. Auch heute. Und sie quälte sich zur Tür, bis er dann lächelnd verkündete: „Eure Zeitung, Julia."

Dann forderte sie ihn immer auf, sich fünf Minuten zu setzen, und er tat es - immer auf dem unbequemsten Stuhl im Wohnzimmer - weil er zu schüchtern war, sich neben sie auf die Couch zu setzen. Dann wechselten sie ein paar Worte, was es denn neues im Ort gab, manchmal sah er auf auch nur Quiz - oder Gerichtsshows mit ihr im Fernsehen. Bis sie ihn dann fragte, ob er denn schon alles ausgetragen hätte, und er erschrocken meinte, dass er ja noch gar nicht fertig ist mit seiner Runde. Anton hatte Augen, die oft in weite Ferne zu blicken schienen, als belaste ihn irgendetwas. Seine Hausaufgaben, dachte sie, oder irgendwelche Mädchen, doch sie fragte nie nach. Sie hatte Angst, er würde sich dann scheuen wiederzukommen. Und Julia hatte ihn doch so gern hier.

Vor ihrer Krankheit war Julia, Pflegerin in einer Reha-Klinik in Neutrauchburg gewesen. Dort hatte sie von Anbeginn ihrer Ausbildung, bis zur Beendigung vorletzten Jahres, ständig mit Kindern und Jugendlichen zu tun gehabt, die schon seit frühester Kindheit mit psychischen Problemen zu kämpfen hatten. Unglaublich wie sich das in den letzten Jahren verschlimmert hatte. Immer mehr Kinder und Jugendlichen mit psychischen Auffälligkeiten. Gab es solche „Kranke" vielleicht auch schon in Hintersee, wo augenscheinlich noch die Welt in Ordnung war? Welcher „normale" Mensch würde schon eine herzensgute Frau, wie Brunhilde Besler töten, und noch dazu, auf eine solch abscheuliche Weise. Sie verdrängte diese düsteren Gedanken, bot Anton Kekse und Schokolade an, sie wusste, dass für ihn das leckerste auf der Welt, Marzipanschokolade war. Aus Antons (wenigen) Erzählungen wusste sie, dass er gern ins Gymnasium ging und einmal Journalist werden wollte. Geschichte mochte er gern, und er konnte gut Briefe schreiben. Einmal hatte er ihr eine Plastiktüte mit Karotten mitgebracht, die er und sein Onkel im Garten gezogen hatten. Ein anderes Mal Äpfel.

Mit der Zeit erzählte Anton ab und zu sogar etwas, ohne dass sie ihn gefragt hatte. Nach ein paar Neuigkeiten, die er vor allem von seiner Mutter wusste, verabschiedete er sich artig und wünschte Julia alles Gute, wie immer.

Manchmal dachte sie sich, wäre es doch ganz schön auch

selbst ein Kind zu haben. Sollte sie, trotz ihrer schweren Krankheit, Peter mit diesem (ernsthaften) Thema konfrontieren? Wie würde er darauf reagieren?

10

Die Heizung in ihrem Apartment-Haus war ausgefallen, und dass bei diesem verdammten Kälteinbruch, dachte sich Höness, als er vor Kälte zitternd an der Heizung drehte. Und noch schlimmer: allem Anschein nach hatte das nächtliche Schneegestöber auch die Fernsehantenne außer Gefecht gesetzt, denn selbst die wenigen verfügbaren Programme waren jetzt nur noch durch weiße Statikwirbel sichtbar. Nachdem er auch das lauwarme Wasser verflucht und das Rasieren bleibengelassen hatte, beschloss er, dass er dringend jemanden anschreien musste, um seinen Frust abzureagieren, am besten im eigenen Team. Die waren das schon gewohnt. Dann griff er zum Handy.

„Also", sagte Thomas Gebauer gelassen am anderen Ende der Leitung, und Höness wurde ganz kribbelig, als er hörte, wie sich sein Mitarbeiter eine Zigarette anzündete, ehe er fortfuhr: „Wir haben sechs Haare, Dutzende von Fasern, und den Speichel auf dem Kissen haben wir im Schnelldurchlauf erledigt."

Höness nahm das mit dem Schnelldurchlauf nicht zur Kenntniss. „Ist er von ihr?"

„Ja. Sieht so aus, als hätten Sie Ihren Mord."

„Prima", stellte Höness fest. „Fingerabdrücke?"

„Keine Fingerabdrücke, keine Fußspuren."

„Kacke", knurrte Höness. „Sperma?"

„Nein. Kein Blut, kein Sperma. Aber Urin. Sie hatte einen Urinbeutel, der ist geplatzt."

„Elende Sauerei. Und das ist alles?"

„Ja, Chef. Was sollen wir jetzt machen?"

„Nochmal suchen. Das ganze Zimmer und das Haus, aber gründlich. Von Decke, über Gardinen, bis zum Scheißhaus. Verstanden? Und wenn die Haare und Fasern im Labor untersucht worden sind, sofort melden."

„Jawohl, Chef."

Dann legte Höness auf. Er schritt über das nasse Gras des Innenhofs und klopfte an der Tür von Frau Müller, der Vermieterin. Sie öffnete in zerzaustem Haar und einem zerknitterten weißen Bademantel. In ihrem Mundwinkel klemmte eine selbstgedrehte Zigarette. Es war kurz nach sieben und es wurde langsam hell. Sie sah ihn entgeistert an, wie einen Marsmenschen.

„Frühstück gibt's erst ab acht."

„Es gibt kein warmes Wasser, und die Heizung funktioniert seit einigen Stunden auch nicht mehr", sagte er schroff.

„Na, kalt ist es aber auch nicht, oder? Lauwarm ist nicht kalt", entgegnete sie mürrisch. „Haben Sie`s laufen lassen?"

„Kurz. Es ist weder im Bad noch Zimmer warm."

„Sie müssen es mindestens drei Minuten laufen lassen. Es ist seit gestern wieder arschkalt. Sie müssen das Warme doch erst durchkommen lassen. Besonders wenn`s friert."

Höness spähte an ihr vorbei und sah die Flasche auf dem Küchentisch. Sah nach Frühstück mit Wodka-Flasche aus. Hilde Müller bemerkte seinen Blick und schob sich vorwärts, um ihn zurückzudrängen. Sie schnürte den Gürtel ihres Bademantels noch fester um ihren schwabbeligen Bauch. Höness sah zwangsläufig, dass ihre Brüste fast bis zum Gürtel schauckelten. Er schätzte die Alte auf Ende sechzig. „Und jetzt geht mir noch die ganze Wärme aus der Wohnung raus", meinte sie mürrisch.

Höness hatte keine Lust sich weiter mit ihr zu unterhalten und trat den Rückzug an. Wenn sie hoffentlich baldmöglichst aus diesem Kaff verschwanden, würde er ihr erklären, dass die Bezahlung erst nach Einreichung im Kommissariat erfolgen würde. Die Alte würde er einige Wochen auf ihre Kohle warten lassen, so viel war sicher. Und wenn die Heizung und das Wasser nicht bald warm waren, würde er noch einiges von ihrer Rechnung abziehen. Er kehrte in seine Unterkunft zurück und wünschte sich, er könnte den Morgen noch einmal von vorn beginnen. Er ließ das Wasser wieder laufen, und schließlich kam tatsächlich wieder warmes Wasser, wenn auch nicht ganz heiß. Aber es reichte für eine „Katzenwäsche", und eine nasse Schnellrasur. Danach ging er aus dem Zimmer und klopfte um acht Uhr an Sternkopfs Tür. Zwar früher als verabredet, doch sein Oberkommissar war schon frisiert und rasiert, und wartete bereits. Scheiße. Er hatte gehofft, er könnte ihn kurz rundmachen. Aber es würde sich bestimmt noch eine Gelegenheit im

Laufe des Tages ergeben.

„Ich nehme Besler fest!", verkündete Höness anstelle eines „Guten Morgen".

Sternkopf war klug genug, nicht offen zu widersprechen, wobei im klar war, dass die Beweislage gegen Besler lächerlich war. Motive waren gut, aber eindeutige Beweise immer besser. Und die fehlten absolut. Aber sollte er nur machen.

„Okay", antwortete er deshalb nur, während sie zum Auto gingen.

Als er den Zündschlüssel drehte, meinte Höness. „Wenn es ein verunglückter Einbruch war, dann hat der Mörder die zeitlichen Abläufe der Schwestern gekannt und hat gewusst, wonach er suchen musste. In diesem Fall muss es eine von den Schwestern oder ein Freund der Familie gewesen sein. Wenn`s ein Mord war, dann ist es was Persönliches. So einfach ist das."

Sternkopf verkniff sich zu fragen, warum sie dann ihren Sohn festnahmen. Stattdessen versuchte er es mit einer diplomatischen Antwort: „Wir können ja Besler zwingen eine DNS-Probe abzugeben, wenn die Resultate der Haar-Analyse da sind. Dann haben wir ihn bei einer Übereinstimmung."

Höness umklammerte das Lenkrad fester. Man konnte sich darauf verlassen, dass Sternkopf einem mit seiner sklavischen Hingabe an die Feinheiten des Beweisverfahrens alles versaute. Niemand folgte mehr seiner Intuition. Allerdings erschien ihm die Lösung des Falls, damit auch schon wieder viel zu leicht. Damit konnte man keine Lorbeeren einheimsen. Also hoffte er insgeheim, Besler war doch nicht der Mörder. Das wäre eindeutig zu simpel.

Viel zu simpel.

11

Höness konnte ihn mal kreuzweise. Das war der Gedanke, der Peter Kelly unablässig durch den Kopf ging. Das hier war *sein* Dorf, es waren seine Nachbarn, und für Brunhilde Besler war er verantwortlich gewesen. Und wenn Höness ihn nicht ins Team ließ, dann würde er eben im Alleingang weitermachen. Er hatte seine tägliche Arbeit, und niemand - weder Höness noch sonst irgendjemand - konnte ihn davon abhalten, ein paar Fragen zu stellen, die Augen offen zu halten und auf das zu reagieren, was er sah oder hörte. Dafür wurde er schließlich bezahlt.

Nach einer unruhigen Nacht stand Peter um Viertel vor sechs auf, gab der schlafenden Julia einen Abschiedskuss, vergewisserte sich, dass Frau Lacher, seine Nachbarin, ihre Milch hereingeholt hatte und demnach noch am Leben war, und ging die stockdunkle Straße hinunter ins Dorf. Um Viertel vor sieben klopfte er an die erste Tür, um auch ganz sicher die vier oder fünf Dorfbewohner zu erwischen, von denen er wusste, dass sie ebenfalls zur Arbeit fahren und leere Häuser zurücklassen würden.

Als um acht die Schulglocke läutete, hatte Peter ungefähr dreißig Häuser abgeklappert, hatte die Hauptstraße hinauf

45

und hinunter wieder und wieder dieselben Fragen gestellt. Was haben Sie gesehen? Was haben Sie gehört? Irgendetwas Verdächtiges? Irgendetwas, das uns weiterhelfen könnte? Haben Sie meine Telefonnummer?

Den ganzen Morgen hatte Peter das untrügliche Gefühl, dass er beobachtet wurde, während er sich sorgfältig alle möglichen Beobachtungen notierte.

Es war der Zettel. Die Botschaft machte ihm zu schaffen. Machte ihm mehr als nur zu schaffen. Es gab kein Haus, wo Peter Erkundigungen eingezogen hätte, ohne dass eine kleine Stimme in seinem Kopf eine ganz andere Frage stellte: War *er* es? War *sie* es? Haben *sie* den Zettel geschrieben?

Allein die Tatsache, dass er nicht mit Julia darüber gesprochen hatte, zeigte, wie sehr ihn das Ganze aus dem Gleichgewicht gebracht hatte. Es war nicht seine Gewohnheit, etwas vor Julia zu verbergen. Daher wusste er, dass dieses schuldbewusste Jucken im Nacken und das Bedürfnis, sich ganz plötzlich umzudrehen, höchstwahrscheinlich daher kamen, dass er Geheimnisse vor Julia hatte. Seitdem er die Botschaft an seinem Scheibenwischer entdeckt hatte, kniff Peter jedes Mal den Mund zusammen, wenn er auf den Audi zuging. Seine Augen suchten die Scheibe ab, fürchteten eine weitere Anklage – eine weitere Wahrheit. Und abends, wenn er Julia nach oben und ins Bett half, dachte er jetzt ebenso oft an den Zettel wie daran, wie ihm seine Frau jetzt unter seinen Händen dahinsiechte. Zuerst hatte sie Steroide genommen, von denen sie dick geworden war. Jetzt jedoch konnte er die Rippen in ihrem Rücken fühlen, die dornigen Buckel ihrer Wirbelsäule, die scharfe

Klinge ihres Beckens, die rüde dort hervorstach, wo ihre glatte, schöne Hüfte gewesen war. Seine Frau verschwand allmählich, und es war seine Aufgabe zu verhindern, dass sie rücklings in den Abgrund stürzte.

Julia braucht Sie! Jetzt mehr denn je.

Die Worte von Dr. Hiddler, hallten permanent in seinen Ohren. Sie tat so, als ginge es schon - stand jeden Tag auf und zog sich an, pflanzte zu spät Narzissen und Anemonen in bereits gefrorene Erde, las das Anzeigeblatt und fragte, wie sein Tag gewesen sei. Doch er wusste, dass das alles nur brüchige Fröhlichkeit war. Wie sie meinte, ihm zulächeln zu müssen, wenn sie merkte, dass er sie ansah. Wie sie mit den Lippen das Wort „Ich liebe dich" sagte, während ihr Blick ständig die Wände nach einem Fluchtweg absuchte.

Das Letzte was *sie* brauchte, war, sich um *ihn* sorgen zu müssen. Und wenn sie wüsste, wie ihm seit der Sache mit dem Zettel zumute war, würde sie sich Sorgen machen. Denn seit dieser Geschichte fühlte er sich grauenhaft.

Unruhig, schuldig, paranoid.

Er schämte sich. Wie konnte er ihr von dem Zettel erzählen? Das Wissen um dieses entsetzliche Blatt Papier konnte genügen, sie zu zerbrechen. Zum zweiten Mal. Nein, das konnte er ihr nicht antun. Die Botschaft würde er allein tragen.

12

Höness nahm den jungen Besler natürlich nicht fest. Er sprach nicht einmal mit ihm. Er wies Sternkopf an, in Hintersee die Befragung von Haus zu Haus fortzusetzen, und verbrachte den Morgen damit, diverse Volltrottel in der Dienststelle anzubrüllen, um eine mobile Einsatzzentrale zugewiesen zu bekommen. Hier draußen, gestrandet in all der Luft und all dem Wetter, brauchte Höness dringend die schmuddelige Enge eines Wohnwagens, um so etwas wie Zielstrebigkeit zu verspüren.

Am Nachmittag hatte die Soko mehr als genug Klatsch und Tratsch zu hören bekommen. Dem Team war, als wären sie von nutzlosen Informationen, Gesprächsfetzen und Sticheleien, von Miss-Marple-Theorien und bösem Blut geradezu überschwemmt worden.

Als das Licht am wolkenverhangenen Himmel zu verblassen begann, traf sich die Soko im Gasthof Hirsch mit Hauptkommissar Höness, um weitere Informationen auszutauschen. Sehr schnell stellten sie fest, dass ihre kollektiven Ansichten auf einen einzigen Verdächtigen, nämlich den „Dorf-Dieb" Manni Fessler, hinausliefen. Anfangs hatten sie noch gedacht, sie hätten drei vielversprechende Spuren. Nach fast einer Stunde hatten sie jedoch ausgeknobelt, dass Manni „Hinkefuß" Fessler, und „der Bursche der so komisch geht", ein und dieselbe Person waren - und dass der Kerl „bloß" Mopeds, Fahrräder und alte Autos klaute. Vielleicht aus Frust, da er seit einigen Jahren berufsunfähig und ein Krüppel war, vermutete Höness.

Trotzdem notierte Sternkopf pflichtschuldig den Namen, und kam sich dabei vor wie ein meisterhafter Pfadfinder, der Wolfsspuren entdeckt hatte.

Außerdem berichtete das Team, dass mehrere Leute ziemlich kurz angebunden gewesen seien, weil sie bereits mit dem Dorfpolizisten gesprochen hätten.

„Dieser Idiot, der an der Nase von dem Opfer rumgewackelt hat?" Höness zog die Augenbrauen hoch.

„Ich glaube, ja", antwortete Sternkopf. „Peter Kelly."

Das ohnehin schon faltige Gesicht von Höness wurde noch zerknautschter, und er schnippte wiederholt mit dem Fingernagel gegen sein Glas Cola, als wäre die Welt rundum in Ordnung, wenn er nur ein gutes Weißbier hätte.

Niemand hatte irgendetwas über Samstagnacht zu berichten, das irgendwie ungewöhnlich gewesen wäre. Denn inzwischen wussten sie ebenso gut wie jeder Dorfbewohner, dass es etwas ganz Normales war, wenn Sepp Brunner sich volllaufen ließ und umkippte, und dass - wie sie aus mindestens vier Quellen erfahren hatten - Gitti Engstler, dass Dorfflittchen, im Taumel der Leidenschaft immer miaute wie eine läufige Katze.

„Gab anscheinend schon eine Anzeige deswegen", berichtete Kommissar Ginkel, mit siebenundzwanzig der jüngste in der Soko. „Ihr Mann arbeitet in der Gemeinde in Hindelang als Kämmerer."

Höness starrte in sein Glas, während im langsam die Wahrheit dämmerte. „Die Dorftrottel hier haben uns nichts erzählt, oder belangloses Zeug. Alles Müll."

„Vielleicht gibt's ja nichts zu erzählen, außer diesen banalen Scheiß, wie in den meisten dieser Käffer", meinte Kraus.

„Oder sie haben ihrem Kumpel Kelly schon alles auf die Nase gebunden", ergänzte Gebauer.

„Wäre möglich", meinte Höness.

„Scheißlandeier!", motzte Thomas Gebauer in deutlich hörbarem Ton, sodass drei Gäste am Nachbartisch wütend auf das Team sahen, als würden sie jeden Moment aufstehen und sich die Beamten vornehmen.

Kraus und Sternkopf warfen einen schuldbewussten Blick auf die anderen Gäste, die an den ungedeckten Holztischen saßen und sie misstrauisch beäugten.

„Es scheint, als hätte die alte Besler keine Feinde gehabt", sagte Kraus und biss in eine Weißwurst.

„Ja. Allmählich glaube ich auch, dass war ein Zufallsopfer", pflichtete ihm Sternkopf bei. „Nachdem sie tot war, stellte er fest, dass die Alte keine Wertsachen im Haus hatte und suchte das Weite. Vielleicht war's eine Tourist, der schon längst wieder abgereist ist?"

„Nichts ist Zufall", knurrte Höness und trank sein Glas auf einen Zug leer. „Es gibt bestimmt einen Grund - auch wenn bisher niemand außer dem Täter diesen Grund versteht."

13

Der Mörder beobachtete Peter Kelly mit kalten Augen, während dieser unentwegt seine Hausbesuche machte. Sah, wie er einen Blick ins Fenster der Dorf-Kneipe warf, um die Männer der Soko zu beobachten.

Sah ihn von dem schmalen Gehsteig heruntertreten, dass Ingrid Herb mit ihrem fünfzig Jahre alten Kinderwagen und dem hässlichen rotblonden Säugling im Wagen vorbeikonnte. Er verachtete es, wie Kelly die Straße nach einem heimlichen Beobachter absuchte, den er spüren, aber nicht sehen konnte.

Peter Kelly wollte die Bewohner hier in Sicherheit wiegen, glaubte wahrscheinlich auch an einen Zufallsmord. Nur wenn es einen weiteren gab, war diese Theorie dahin. Hätte er getan, was er eigentlich tun sollte, dann hätte der Mörder erst gar nicht angefangen - und wäre vielleicht an seinem Vorhaben gehindert worden.

Der Mörder war hier, weil er seinen Job nicht vernünftig machte.

Und solange sich dies nicht änderte, würde er weitermachen, bis der Dorftrottel kapierte, was zu tun war.

Er hatte sein nächstes Opfer schon im Visier.

14

Peter bekam einen Anruf von Sabine Hollerweger, dass Petra Auer im Schlüpfer auf der Schaukel säße. Er erkannte Sabines Stimme sofort, schließlich war er ja mit ihr ein Jahr liiert gewesen, vor Julias Zeit.

Petra Auer hockte tatsächlich im Schlüpfer auf der Schaukel. Ungeachtet des hart gefrorenen Bodens, des bewölkten Himmels und fünf Grad Lufttemperatur. Noch schlimmer waren die glotzenden Bengel auf der nahe gelegenen Skatboard-Rampe, die die sechzigjährige Frau zusammengesunken mit grauem BH schaukeln sahen.

Nicht zum ersten Mal.

Peter holte eine kratzige graue Decke aus dem Audi und ging auf die Mutter seines früheren Schulfreundes zu. Als er näher kam, konnte er bleiche, von der Kälte blau marmorierte Gänsehaut erkennen.

„Sie sitzt schon seit einer halben Stunde so da!", rief einer der Skater ihm zu. Er schaute zu den Jungen hinüber, konnte aber nicht ausmachen, wer es gewesen war, also hob er lediglich in einer vagen Geste die Hand. Die Jungen - er waren vier - standen oben an der Rampe aufgereiht, die Hände in die Achselhöhlen und Hosentaschen gebohrt, die Skateboards mit lässiger Überlegenheit unter einem Fuß, wie erlegte Löwen der Kolonialzeit.

„Hallo, Frau Auer", sagte Peter leise. „Bisschen kalt, so leichtbekleidet auf der Schaukel. Finden Sie nicht?"

Ihr in die Ferne gerichteter Blick heftete sich auf ihn, ohne ihn wirklich zu erfassen. Sie erkannte ihn nicht, und Peter war dankbar dafür. Er dachte an den Tag, als er und Jürgen aus dem Fenster gesprungen waren, Frau Auers brandneue Bettlaken aus tunesischer Baumwolle als Fallschirme in den Fäusten. Noch immer konnte er fühlen, wie der Garten gegen seine Füße krachte - der Stoß ruckte bis in seine Achselhöhlen hinauf -, und er konnte Jürgen im Blumenbeet heulen hören.

Er konzentrierte sich auf die Gegenwart.

So, wie sie dasaß, lagen ihre Brüste fast auf den Oberschenkeln. Dazwischen wölbten sich drei deutlich sichtbare kalte, blasse Fettrollen.

„Möchten Sie eine Decke?" Peter trat vor, und als sie keinen Einspruch erhob, legte er ihr die Decke um die Schultern und zog sie am Hals zusammen. „Hier, halten Sie das mal für mich, Frau Auer", wies er sie an, während er ihre linke Hand von der Kette löste und zu der Decke hinlotste. Noch immer völlig teilnahmslos packte sie den Wollstoff, und er richtete sich auf.

„Im Auto ist die Heizung an. Und eine Thermosflasche mit Tee hab ich auch. Möchten Sie vielleicht mal da reinhüpfen und sich ein bisschen aufwärmen?"

„Na schön", sagte sie. „Aber ich hab meine Sandalen im See verloren."

„Kein Problem, Frau Auer. Ich sage einem von meinen Jungs, dass er sie suchen soll."

Es gab keinen See in Hintersee und er hatte keine Jungs.

Sie taumelte, als sie sich von der Schaukel erhob. Peter stützte sie mit einem Arm um das, was früher einmal ihre Taille gewesen war, und half ihr in den Wagen. Ganz langsam, wegen ihrer nackten Füße auf dem frostkalten Boden und dann auf dem rauen Asphalt.

Behutsam bugsierte er Frau Auer auf den Beifahrersitz und griff dann hinüber, um sie anzuschnallen. Dabei roch er ihren ungewaschenen Körper und dachte unwillkürlich an eine andere Frau Auer, die sich in ihrem winzigen Garten sonnte. Die glatte, gebräunte Haut, der Kokosnussgeruch von Sonnenmilch, der verstohlene schnelle Blick auf die Wölbung ihrer großen Brüste, und wie sie von dem knappen türkisfarbenen Oberteil ihres Bikinis eingefangen wurden…

„Ich erinnere mich an dich, Peter Kelly", sagte sie plötzlich mit schelmischer Singsangstimme, bei der er rot anlief, als wären sie wieder in jenem Sommergarten.

Er schwieg und wünschte sich mit aller Kraft, dass sie den Mund halten möge.

„Du hast Jürgen Kaugummi ins Haar geschmiert", neckte sie und klimperte mit den Wimpern. „Und meine besten Laken, völlig verdreckt, damals, als er in die Rosen gefallen ist."

Peter hoffte, dass dies nicht der Beginn eines plötzlichen Erinnerungsschauers nach einer langen Dürre war.

Doch sie lachte nur abermals und seufzte. „Ihr Lausbuben."

Er bedachte sie mit einem reumütigen Lächeln und schloss die Wagentür. Als er um den Audi herumgegangen war und die Fahrertür öffnete, hatte sie vergessen, wer er war.

Jürgen Auer öffnete auf sein Klopfen hin, und Peter sah, wie sein Gesichtsausdruck blitzschnell von Verblüffung in Wachsamkeit und dann in Betroffenheit umschlug, als ihm klar wurde, dass Peter seine fast nackte Mutter im Schlepptau hatte.

„Meine Sandalen sind im See", verkündete sie, als er sie ins Haus zog und sie sanft an seinen schmallippigen Vater weiterreichte. Dann sah er zu, wie die beiden in der Küche verschwanden, wo es immer warm war. Peter konnte Sepp Auer leise etwas sagen hören; die verwirrten Antworten seiner Frau klangen gedämpfter, als sie die Küche betraten.

Einen Augenblick lang standen er und Jürgen verlegen da und schauten ziellos den Flur hinunter. Dann räusperte sich Jürgen und sagte: „Danke, Peter."

„Kein Problem."

Es war seit fast zehn Jahren das erste Mal, dass sie wieder miteinander gesprochen hatten.

15

Während der Rest seines Teams fortfuhr, steuerte Höness seinen BMW zu Brunhilde Beslers Anwesen. Er wollte in Ruhe überlegen, ohne dass Sternkopf ihn dabei nervte.

Drei Jungen, die zusammengekauert auf einer Bank am Rand des Fußballplatzes saßen und sich eine Zigarette teilten, sahen zu.

„Da darf man ned parken, Mann", bemerkte einer.

„Solltet ihr nicht in der Schule sein, anstatt hier rumzulungern?"

Die drei sahen ihn an wie ein Marsmännchen.

Das hat gesessen, dachte er. Er wandte sich dem Fußballplatz zu. Fünfzig Meter zu seiner Linken stand ein Schild, auf dem *„Danke, dass sie in Hintersee langsam gefahren sind"*, stand. Auf dem Fußballplatz standen Torpfosten ohne Netz, und das Spielfeld neigte sich beängstigend zur am weitesten entfernten Eckfahne hin. Noch während Höness auf das Fußballfeld schaute, kam ein einsamer, fetter Schäferhund ziellos herübergetrottet und schiss einen Haufen auf den Elfmeterpunkt. Höness konnte dunkle Fußspuren im bereiften Gras sehen, die zu den Schaukeln hin - und wieder davon wegführten, und noch mehr, die zur Skateboardrampe führten. Skaten vor der Schule? Oder vielleicht anstatt Schule? Schulschwänzer? Schulabbrecher? Oder etwas Ernsteres? Abgesehen von seiner guten Spürnase für Mörder bestand die Gabe von Höness darin, dass er in jedem das Böse erkennen konnte. Wenn der junge Besler seine Mutter nicht gekillt hatte, vielleicht war es einer dieser Kids hier? Sollte er sie sich vorknöpfen? Diese Kinder und Jugendlichen von heute wurden immer schlimmer. Erst vor kurzem hatten sie in Kempten eine Gang zerschlagen, die alte Leute überfallen hatten und sie ausraubten. Dreißig Halbwüchsige zwischen zehn - und fünfzehn, die sie nach Monaten geschnappt hatten. Ihre Eltern fielen aus allen Wolken, als sie erfuhren, was sie für Früchtchen großgezogen hatten.

Er ging langsam auf die Kids zu. Sie waren alle drei zwischen zwölf und vierzehn. Einer zog wie ein Gieriger an der Kippe und meinte: „Was gibt's, Mann?"

„Skatet ihr hier?"

„Nö, wir rauchen lieber", antwortete ein pausbäckiger Rotschopf, der aussah, als könnte er keiner Fliege was zuleide tun.

Regen setzte ein, und die Jungen standen wie auf ein geheimes Kommando auf und zogen davon. Höness begriff, dass es wenig Sinn machen würde, sie daran zu hindern um ihre Personalien abzufragen. Der Ort war klein, und das nächste Mal würde er sein Team anhalten, um sich die Bengel vorzuknöpfen. Er hatte jetzt keine Lust mehr, sich mit ihnen alleine rumzuärgern.

Höness klappte den Mantelkragen um die Ohren hoch und wagte sich auf das Gras hinaus. Vorbei an Brunhilde Beslers Haus und hinten um den Garten herum, der mit verbogenem Schafdraht und Betonpfosten eingezäunt war. Und seit der Obduzierung mit einem Streifen Absperrband, das irgendjemand Übereifriges um das ganze Haus samt Garten geschlungen hatte, wie um ein Geschenkpaket. Wahrscheinlich Ginkel, der jüngste im Team. Selbiges hatte er bei einem Riesengrundstück schon einmal, bei einem Mordfall in Sulzberg, gemacht. Wurde höchste Zeit ihn wieder mal zusammenzustauchen, am besten vor versammelter Mannschaft. Der Zaundraht hing an mehreren Stellen schlaff zwischen den Pfosten herab, und es bereitete Höness keine Mühe darüberzusteigen. Dabei merkte er, dass seine braunen Halbschuhe vor Nässe dunkel und feucht wurden, und er nahm sich vor, sich schnellstmöglich Stiefel anzuschaffen. Dann ging er durch den verwilderten Garten und bemühte sich dabei einigermaßen lächelnd, nicht ins nasse Gras zu treten. Schließlich konnte auch er beobachtet werden. Er kam an geborstenen Terracotta-Blumentöpfen vorbei, aus denen tote Wurzeln ragten, an einem Haufen alter metallener Türleisten und an ein paar an den Zaun gedrückten Plastiktüten. Ein baufälliger Zwinger kündete von einem ehemaligen Hund. Wie auf Kommando begann ein kleiner schwarzer Terrier nebenan, ihn anzukläffen. Das Tier rannte am Zaun auf und ab, als wolle es durchbrechen und ihn in Stücke reißen, dabei reichte es Höness kaum bis ans Schienbein.

„Verpiss dich! Drecksköter!" Höness machte zum Schein einen Ausfallschritt auf den Hund zu, und der Terrier quietschte und sauste hinter einen Gartenschuppen, von wo aus er knurrend herüberspähte.

„Dämliches Mistvieh", brummte Höness, dann taumelte er fluchend zur Seite, um nicht in etwas zu treten, das wie Erbrochenes aussah. Einen Augenblick lang stand er da und starrte die Lache an, im Gras zwischen der Hintertür und dem an die Hauswand angebauten Schuppen, während große nasse Eistropfen wie kleine Meteoriten darauf niedergingen. Kotze! Am Tatort war Kotze, und niemand hatte sie gesehen. Diese verdammten Penner! Nicht gerade überraschend - eigentlich konnte man das Zeug nur sehen, wenn man direkt von oben durchschaute; es war wie moderne Kunst in das ungepflegte, büschelige Gras gekleckert. Höness bückte sich darüber, und schützte es vor den Graupeln; dann wurde ihm klar, dass er das nicht würde durchhalten können, bis jemand vom Labor hier eintraf. Das würde von Kempten fast eine Stunde dauern. Sie hatten bisher Glück gehabt, dass das Wetter ziemlich trocken gewesen war, seit die Leiche gefunden worden war.

Eine alte Mülltonne aus Metall lag umgekippt da, und er sah sich nach dem Deckel um. Als er ihn fand, legte er ihn vorsichtig über den Kotzhaufen.

Dann zog er sein Handy hervor und funkelte die fehlenden Netz-Balken auf dem Display wütend an. Er hatte festgestellt, dass die „Balken" anscheinend nach Belieben kamen und gingen, manchmal blieben sie stundenlang, dann wieder blinkten sie kurz und spöttisch auf und verschwanden so schnell, wie sie gekommen waren.

Scheißkaff. Scheißpampa.

Höness schaute zum Schlafzimmer hinauf. Von hier aus konnte er sehen, wie leicht es für den Mörder war, ins Haus zu gelangen. Der grasgrüne Müllcontainer, der als Trittleiter gedient haben musste, war sorgfältig verpackt und ins Labor geschickt worden. Sein Blick folgte dem offenkundigen Weg vom Schuppendach zum Fenster. Man musste gut in Form sein, um sich da hochzuziehen, das Fenster aufzubrechen und sich dann übers Fenstersims zu schwingen. Also, ein fitter Mörder. Das grenzte das Täterprofil nur geringfügig ein.

Höness drückte versuchsweise auf die Klinke der Hintertür, und ihn packte kurz der Zorn, als sie aufging. Er würde herausfinden, wer dafür zuständig war, das Haus zu sichern, und ihn das nächste Mal im Vorfeld schon, von einem Soko-

Team ausschließen.

Innen fühlte sich das Haus bereits düster und verlassen an. Die Küche, wo er und Sternkopf erst gestern noch gesessen hatten, war jetzt kalt und schmuddelig. Die Becher und Tassen standen noch in der Spüle. Der junge Besler war zwar nach ihnen noch hier gewesen, aber der hatte bestimmt lieber die Kekse gefressen, als sich um das Geschirr zu kümmern.

Er versuchte es mit dem Lichtschalter, und das Licht ging an, allerdings kam es ihm trübe und schwach vor.

Im Obergeschoss stand er in der Schlafzimmertür und starrte mehrere Minuten lang das Bett an, wo Brunhilde Besler gestorben war. Die Bettwäsche war abgezogen und ins Labor gebracht worden. Alles, was übrig war, war eine blaue Matraze mit einem alten, gelb-braunen Fleck darauf. Auf dem Nachttisch stand eine Lampe mit einer angeschlagenen Gipsputte als Fuß und einem Schirm, der dieselbe Farbe hatte wie der Fleck.

Außerdem gab es dort einen Wecker, eine Schachtel mit Papiertaschentüchern und ein zerlesenes Exemplar von „Krieg und Frieden". Hatte das jemand vom Pflege-Personal gelesen oder die alte Besler? Wobei das in ihrer körperlichen und geistigen Verfassung kaum noch möglich war.

Ein Blitz zuckte auf, und das Licht ging mit einem resignierten Klick aus. Aufgrund des düsteren Tageslichts und des Unwetters war es jetzt im Haus ziemlich dunkel, und er konnte fühlen, wie sein Herz heftiger pumpte. Höness hatte Dunkelheit noch nie leiden können. So ein Kacke, ausgerechnet wenn er im Haus war. Er zog sein Nokia-Handy und schaltete die Taschenlampen-Funktion ein. Kein besonders heller und kräftiger Lichtschein, aber besser als nichts. Die Ermittlerarbeit war nun mal kein Wunschkonzert. Trotzdem fühlte er sich auf einmal unwohl, und bekam eine Gänsehaut, als er sich vorsichtig im Raum umsah. Als wäre alles außerhalb des schmalen Lichtstrahls jetzt noch schwärzer und gefährlicher als vorher.

Ein halbes Dutzend Weihnachtskarten wellte sich neben dem Bett vor Feuchtigkeit. Er betrachtete jede einzelne; es standen harmlose, bedeutungslose Sätze darauf, und unterschrieben waren sie mit den Namen alter Leute.

Herzliche Grüße von Balbina und Adolf. Alles Liebe von Genoveva, Franz-Xaver und der ganzen Familie.

Höness zog die Schubladen auf und begutachtete die Überbleibsel eines Lebens. Der Schrank enthielt nur wenige Kleidungsstücke, doch das, was da war, roch modrig und klamm. Seine Mutter, die seit zwei Jahren nicht mehr lebte, hatte ähnlich gemieft in ihren letzten Lebensjahren. Da halfen auch die besten Duftkerzen nichts mehr dagegen.

Drei Mäntel, zwei Kleider, ein Rock, vier Blusen, fünf Paar Schuhe und sorgsam zusammengelegte Unterwäsche. Eine Schublade voller einzelner Ohrringe, alter Lippenstifte, ausländischer Münzen, und zwei versiffte Schmuckschatullen. Dann noch ein altes Fotoalbum mit geblümtem Cover.

Ein Wunder, das Licht ging wieder an und er steckte das Handy wieder in die Tasche. Überall sah er das Fingerabdruckpulver, manches hatte er jetzt selbst an den Händen.

Der Fensterrahmen und das Fensterbrett waren ebenfalls

mit dem Pulver bestäubt, und er musterte den Rahmen mit geübtem Blick, hielt Ausschau nach irgendetwas, das die Leute von der Spurensicherung übersehen haben konnten. Immer dachte er, er würde vielleicht etwas finden. Etwas was ihm mehr Antworten zu diesem merkwürdigen Fall geben konnte. Nichts. Scheiße.

Draußen hatten sich die Graupeln in Regen verwandelt. Na wenigstens etwas. Wurden sie wenigstens nicht in diesem verdammten Dorf noch eingeschneit.

Er sah aus dem Fenster und schaute zu den Bergen hinüber, die steil und imposant gen Himmel ragten. Ein kleiner heller Fleck in den dunklen Wolken ließ erahnen, dass sich die Sonne verzweifelt einen Weg zu bahnen versuchte, durch das düstere und dunkle Wolkenmeer. Chancenlos, zumindest am heutigen Tage. Was hatte die alte Besler zuletzt gesehen, bevor sie das Kissen erstickte? Hatte sie ihren Mörder erkannt, bevor bei ihr das Licht ausging?

Hier leben und sterben müssen.

Höness schauderte und wandte sich vom Fenster ab. Bevor er wieder herkam, würde er Kraus die Sicherungen im Haus überprüfen lassen; der Mann hielt sich für handwerklich begabt, weil er ein Licht an seinem Rad anbringen konnte.

Auf halbem Weg die Treppe hinunter hörte er plötzlich ein Geräusch. Er erstarrte und hielt den Atem an. Wieder war das Geräusch zu vernehmen - ein Kratzen, ein Klirren. Sein Blick folgte dem, was er hörte, zur Haustür, und er setzte sich wieder in Bewegung - überraschend geräuschlos für einen Mann seines Alters und seiner Größe. Wieder ein Geräusch. Da war jemand an der Tür. Versuchte, leise zu sein. Versuchte einzubrechen? Er schob die Hand in die Tasche, fühlte sein Handy, wusste jedoch, dass es so gut wie keinen Empfang hatte. Idiotisch, einen Versuch zu starten. Er wusste, er musste jetzt mit der Situation allein zurechtkommen. Fühlte, wie sein Herz bei diesem Gedanken noch schneller schlug und seine Hände feucht wurden.

Trotz seines langjährigen Jobs bei der Polizei, war es lange her, dass Höness je tatsächlich in ernsthafter Gefahr gewesen war. Gemäß der Natur ihrer Arbeit tauchten Mordermittler erst auf, wenn der Mörder die Tat bereits begangen hatte, und rekonstruierten das Verbrechen. Gewiss, manchmal war der Täter noch am Tatort - in Gestalt eines volltrunkenen Jugendlichen oder eines Ehemannes, der durchgedreht hatte und bereits dabei war, ein Geständnis abzulegen. Unmittelbar in Gefahr war Höness jedoch selten gewesen, sodass er sich gar nicht mehr erinnern konnte, wann dergleichen zum letzten Mal passiert war.

Jetzt erschreckte es ihn, wie nervös er war. Wie sein Atem plötzlich viel zu kurz und zu geräuschvoll ging, und wie ihm schlagartig bewusst wurde, wie laut er war. Seine Schuhe knarrten, seine Handfläche quietschte auf dem Geländer, sein wadenlanger Mantel schabte an der Rauhfasertapete entlang. Alles verriet ihn. Und in gewisser Weise wollte er es auch so. Er wollte, dass derjenige, der gerade versuchte, sich Zutritt zum Schauplatz des Mordes an Brunhilde Besler zu verschaffen, ihn hörte und sich davonmachte. Dann konnte Höness die Haustür öffnen und streitlustig die schmale Straße hinauf - und hinunterblicken und so tun, als bedauere er es, dass er diese Gelegenheit verpasst hatte.

Er erreichte die unterste Stufe, den düsteren, gefliesten

Flur, musterte das Schloss der Haustür - ein stinknormales Sicherheitsschloss - und stellte sich breitbeinig hin, um das Gleichgewicht besser halten zu können. Dann hob er die Hände und sah, dass sie zitterten wie die eines Säufers. Draußen war abermals das Kratzen zu vernehmen. Ein leises Wispern von Stoff auf der anderen Seite der Tür. Höness hielt den Atem an. Er brauchte nur ganz leise den Knauf zu drehen, fest zupacken und die Tür mit einem kräftigen Ruck aufzureißen…

Der Messingknauf rutschte aus seinem verschwitzten Griff, die Tür knallte gegen seinen Fuß und prallte zurück, sodass er unwillkürlich die Augen schloss. Er griff danach und klemmte sich die Fingerspitzen zwischen Türblatt und Rahmen; eine Schmerznadel zuckte wie ein Stromschlag Schulter und Nacken hinauf.

Verdammte Scheiße!

Endlich bekam Höness die Tür zu fassen und fing sich wieder.

Peter Kelly stand mit schuldbewusster Miene auf der Türschwelle und drückte drei Milchflaschen an die Brust!

„Was zum Teufel machen Sie hier?", brüllte der Kommissar.

Höness knallte die Haustür hinter Kelly zu und stapfte durch das Haus in die Küche. Dabei verwandelten sich Furcht und Schmerz übergangslos in Wut, die noch durch die Angst angefacht wurde, der junge Dorfpolizist könnte die Panik in seinem Gesicht gesehen haben, in jenen paar Sekunden, die er gebraucht hatte, um die Tür aufzubekommen, wie ein mieser Zauberer, der einen Taschenspielertrick versaut.

Kelly folgte im unbeirrt, mit seinen drei Flaschen an sich gepresst, in die Küche.

In der Küche sah ihn Höness mit tiefrotem Kopf an und presste mühsam hervor: „Ich verlange sofort eine Erklärung, Kelly!"

Stockend erklärte Peter das Problem mit Martin Kessler, dem unerbittlichen und etwas geistig zurückgebliebenen Milchmann. Er versuchte Höness auch zu erklären, dass das Absperrband die Dorfkinder herausfordern würde, darunter hindurchzukriechen. Dann bot er Höness kameradschaftlich einen Ausweg in Gestalt einer Bemerkung, dass jeder im Dorf verständlicherweise nervös sei, wo doch der Mörder noch frei herumlaufe. Höness ignorierte aber die angebotene „Kameradschaftlichkeit" von Peter Kelly.

Und so - da er wirklich nicht wusste, was er noch Nützliches sagen konnte - machte Dorfpolizist Peter Kelly einen gravierenden Fehler.

„Es tut mir leid, Herr Höness, dass ich Sie erschreckt habe."

„Sie haben mich nicht erschreckt, Sie Dorf-Trottel! Ich hätte Sie bloß bald kaltgemacht, das ist alles. Sie haben ja keine Ahnung, wie verdammt knapp das für Sie war." Höness umrundete den Tisch und hielt Daumen und Zeigefinger eine Haaresbreite voneinander entfernt dicht vor Peters Nase.

„So knapp! So verdammt knapp!"

„Sorry." Was anderes fiel Peter nicht mehr ein. Er war außerstande, dem Blick von Höness zu begegnen, um seiner Antwort genügend Aufrichtigkeit zu verleihen.

Höness funkelte wütend zu ihm hoch, und Peter merkte, wie er anfing, sich innerlich von dem Ganzen zu lösen. Er hatte getan, was er konnte. Er hatte das Richtige getan, glaubte er zumindest. Wenn es nicht funktioniert hatte, dann musste er eben Höness entscheiden lassen, wie das hier weitergehen sollte. Zwangsläufig.

Höness sah, wie die Miene von Peter Kelly ausdruckslos wurde, und wusste, dass er seine wahren Gefühle verbarg. Wusste, dass der Jüngere ihn im tiefsten Innern hasste. Irgendwie fühlte er sich bei diesem Gedanken ein bisschen besser - dass Kelly seine Gefühle verbergen musste, während er als der Ranghöhere den seinen freien Lauf lassen durfte.

„Wie heißen Sie noch mal?"

„Peter Kelly."

Jetzt war Kelly ganz ruhig. Hatte nicht das Bedürfnis, sich oder sein Handeln zu rechtfertigen. Er hatte die Panik in den Augen von Höness vorher bemerkt, als dieser den simplen Akt des Türöffnens vermasselt hatte. Er hatte dem Mann, der sein Vater sein konnte, einen eleganten Ausweg aus dieser peinlichen Lage angeboten, und Höness hatte dieses Angebot nicht nur ausgeschlagen. Peter hegte außerdem noch den dringenden Verdacht, dass der Kommissar ihm dafür die Hölle heißmachen würde.

„Was halten Sie von dem Ganzen, Kelly?"

„Wovon?"

„Von dem Fall, Sie Idiot! Von was wohl sonst?"

66

„Äh, ich weiß noch nicht so genau, was ich davon halten soll. Alles sehr merkwürdig, würde ich sagen."

„Keiner von uns weiß irgendwas genau, Kelly. Wenn wir`s genau wüssten, hätten wir den Täter schon geschnappt."

„Ja, bestimmt."

„Glauben Sie, es ist jemand von hier?"

„Nein, glaube ich nicht."

Höness zog die Augenbrauen hoch. „Interessant", stellte er fest.

Es gefiel Peter nicht, dass Höness ihn ausfragte. Er kam sich vor wie ein junges Kalb, das in die Ecke einer Scheune getrieben wird. „Ich meine nur, ich kenne jeden hier in Hintersee, außer die Touristen, die einmal und nie wieder kommen. Und zurzeit sind kaum Touristen hier, März ist ein sehr ruhiger Monat. Und von den Dorfbewohnern fällt mir wirklich niemand ein, der das getan haben könnte."

Höness schürzte die Lippen und nickte, als würde er all dies erstmal verdauen. Was auch der Fall war.

„Was ist mit diesem Typ der hinkt?"

„Der klaut vorwiegend nur Mopeds und Fahrräder."

„Vielleicht wollte er diesmal was anderes klauen? Schmuck, Uhren oder sonstiges von der alten Besler. Dann wachte sie auf, und er murkste sie ab."

„Wurde er schon vernommen?"

„Noch nicht."

„Er ist harmlos", meinte Peter. „Er ist nicht…ganz…richtig." Kelly tippte sich mit dem Zeigefinger gegen die Schläfe. „Verstehen Sie?"

„Viele Mörder und Totschläger sind auch nicht ganz dicht, Kelly."

„Ja, stimmt auch wieder."

„Was ist mit Robert Besler?"

„Als Mörder?"

„Nein, als Bürgermeister. Sie können vielleicht blöd fragen."

Peter überging den Sarkasmus. „Das halte ich für sehr unwahrscheinlich."

„Weil Sie ihn kennen?"

„Nein, weil ich weiß, wie er drauf ist."

„Und wie ist er drauf, Kelly?"

„Er ist in Ordnung. Nichts Besonderes. Er ist, glaube ich, ein anständiger Kerl."

„Also, der Dieb ist harmlos, und Besler ist ein anständiger Kerl. Wissen Sie was, Kelly? Ich glaube, Sie haben total beschissene Menschenkenntnisse."

Peter war es bald leid, als Volltrottel hingestellt zu werden. „Haben Sie denn keine forensischen Spuren?"

„An denen Sie nicht mit Ihren dreckigen Pfoten rumgekrabbelt haben?"

Peter lief tiefrot an und begriff, dass der Mann seine Wut und Frust bei ihm auslassen wollte. Höness wollte nicht

68

nett sein. Er wollte sich nicht mit ihm austauschen. Er hatte lediglich auf eine Chance gewartet, Peter für den Schrecken, den er ihm an der Tür eingejagt hatte, eins auszuwischen. Jetzt erkannt er das, aber es war zu spät.

„Und jetzt erfahre ich, dass Sie unseren beschissenen Job übernehmen, Kelly - in der Gegend rumlatschen und Frauugen stellen, bevor wir es tun können."

„Die Leute wollen ständig von mir wissen, was wir, äh ...die Polizei, unternehmen. Was ich unternehme. Und als zuständiger Polizeibeamter und Dorfpolizist dachte ich, ich müsste irgendetwas tun. Das ist alles."

Nach ihrer ersten Begegnung hatte Höness Peter Kelly als charakterlos und beschränkt abgestempelt. Jetzt erweiterte er seine Meinung auf „anmaßend". Kelly hatte etwas an sich, das den Tyrannen in Höness zum Vorschein brachte - das in ihm den Wunsch weckte, den schlaksigen, jungen Mann gehörig zurechtzustutzen. Oder vielleicht sogar noch mehr. „Sie meinen wohl, Sie sollten einbezogen werden, Kelly, oder? Frei nach dem Motto; ohne mich geht's nicht."

„Ich habe bloß..."

„An den Ermittlungen beteiligt sein? Ein bisschen Abenteuer in ihr Leben bringen, was? Mutiger Dorfpolizist schnappt Killer?"

„Das habe ich nicht..."

„Na schön!" Höness klatschte die Hände zusammen und rieb sie dann, als wolle er gleich bei einem Tauziehen mitmachen. „Nicht liegt mir ferner, als einem mutigen Mann Steine in den Weg zu legen, Kelly. Ich habe genau den richtigen Job für Sie."

Peter sagte nichts. Er hatte das Gefühl, er könne es nur noch schlimmer machen. Doch selbst sein Schweigen stachelte Höness weiter an.

„Mörder", verkündete der Kommissar, „kehren doch gern an den Tatort zurück. Stimmt`s?"

„Manche schon."

„Dann möchte ich, dass Sie auf ihn warten, Kelly."

Peter war verwirrt.

Höness ging zurück zur Haustür und bedeutete Peter mit einer Geste, ihm zu folgen. Er öffnete die Tür und zeigte auf die jetzt leere Schwelle.

„Ich möchte, dass Sie bis auf Weiteres hier stehen!"

„Das soll wohl ein Witz sein!" Mühsam konnte Peter seine Wut unterdrücken. Bald wäre ihm ein verbaler, übler Ausdruck über die Lippen gekommen, aber dann wäre seine Laufbahn als Polizist wohl zu Ende gewesen.

Höness sah ihn emotionslos an. Dann ergänzte er mit Nachdruck: „Bewahren Sie die Unversehrtheit des Tatorts. Melden Sie verdächtige Aktivitäten. Betrachten Sie sich als sofort in die Ermittlungen einbezogen."

Peter schwieg. Höness legte den Kopf zur Seite und legte eine Hand hinters Ohr. „Ich habe Sie nicht verstanden, Herr Dorfpolizist."

Peter versuchte ein letztes Aufbegehren. „Und was ist mit meinem Job? Ich unterstehe nicht Ihrem Befehl, Herr Kommissar."

„Was denn für ein Job? Schulschwänzer jagen? Katzen von Bäumen holen und Kindern Zigaretten abknöpfen? Das hier ist ein Mordfall, und ich bin der Leiter einer Sondereinheit, die den Mörder jagt. Und Sie als Dorfpolizist unterstehen so lang meinem Kommando, bis wir den Kerl geschnappt haben und wieder abgezogen sind. Verstanden?"

Wieder legte Höness den Kopf schief, und wieder legte er die Hand hinter sein Ohr.

„Ja, Chef. Ich hab`s kapiert."

16

Die Schuhe von Höness waren hinüber, und es waren die einzigen, die er mitgenommen hatte. Er drehte den Heizkörper voll auf und stellte die Halbschuhe auf den Heizkörper, ausgestopft mit Zeitungspapier.

Als er aus dem Fenster sah, dachte er an seine Ex-Frau Carmen. Was würde sie wohl gerade machen? Sie hatte am Anfang immer gesagt, sie würden perfekt zusammenpassen. Und jetzt: Er saß mit feuchten Füßen in einem Dreckskaff am Rande der Alpen, und sie bei ihrer senilen Mutter in Pasing, wie eine abgebrannte Studentin. Und das mit fünfundfünfzig. Hatte ihre Ledercouch ihm und seiner stetig wachsenden Sammlung von Wodkaflaschen vorgezogen. Die perfekte Ehe. Dein Job macht dich krank und cholerisch, hatte sie ihm zuletzt vorgeworfen, bevor sie mit einem

Koffer in der Hand die Tür zuschmiss.

Scheiße! Urplötzlich fiel ihm die Kotze wieder ein. Er zog sein Handy, freudig überrascht, dass er vier Netzbalken sah, und rief Frank Sternkopf an. „Sternkopf, ich bin`s.

Oberkommissar Sternkopf hatte offenkundig geschlafen, und Höness warf einen raschen Blick auf seine Uhr. Es war doch erst zehn Uhr abends. Verdammter Penner.

„Ja. Was gibt's, Chef?"

„Ich hab da was gefunden, an der Hintertür des Opfers, sieht aus wie Kotze."

„Kotze?", stammelte Sternkopf und konnte mühsam ein Gähnen unterdrücken.

„Ja. Habt ihr, und die Jungs der Spurensicherung bestimmt übersehen." Höness erwähnt nicht, dass er es auch übersehen hätte, wenn er nicht beinahe darauf ausgerutscht wäre.

„Okay, ich schicke morgen Gebauer runter, dass er es in einen Beutel tut und ins Labor bringt."

„Was spricht denn gegen jetzt, Sternkopf?"

Der junge Oberkommissar lachte, als müsse er über einen guten Witz lachen. „Jetzt ist doch schon dunkel, Chef."

„Na, frischer wird das Zeug nicht mehr", entgegnete Höness. „Außerdem schifft`s wie aus Kübeln."

„Ja, hier auch", antwortete Sternkopf, wohlwissend, dass er damit seinen Chef noch mehr in Rage brachte. Das Zimmer von Sternkopf, lag keine zehn Meter Luftlinie von dem seines Chefs entfernt.

„Ja, und bei der Kotze ist es noch viel nasser. Schwingen Sie Ihren fetten Arsch dahin oder schicken Sie einen der anderen", schnaubte Höness und legte auf.

Den Typen würde er bald auf Streife schicken, wenn er ihm noch einmal widersprach. Dann zog er die Nase hoch und schnupperte wie ein läufiger Hund, ehe ihm aufging, dass der Gestank von seinen dampfenden Schuhen kam. Morgen war das Wichtigste, dass er sich endlich Gummistiefel besorgte. Und danach gleich dann den Mörder schnappen.

17

Peter hatte das Bad und die Küche geputzt, eine Ladung Wäsche in die Maschine geschmissen, ein Hemd für morgen früh gebügelt und Rindersteak mit Pommes und Salat zum Abendessen gemacht. Erstaunlicherweise war das Lieblingsgericht von Julia, Big Mäc und Cheeseburger von McDonald`s. Auf die Teile war sie manchmal so scharf, wie eine Schwangere im achten Monat, wo zwei Körper zu sättigen hatte. Wobei ihm bei ihr, durchaus eine Wölbung am Bauch seit einigen Wochen auffiel. Das konnte aber nur wegen Bewegungsmangel kommen, sie hatten schon seit Monaten nicht mehr miteinander geschlafen.

Der nächste McDonald`s war in Sonthofen, eine knappe halbe Stunde mit dem Auto entfernt. Manchmal machten sie auch einen Tagesausflug daraus, damit Julia auch mal wieder was anderes sah als nur Hintersee.

Wenigstens konnte man einen Burger in beide Hände nehmen, dachte Julia wehmütig, während sie sich abmühte, ihr Steak zu schneiden. Manchmal konnten ihre Hände so etwas, und manchmal ging es einfach nicht. Peter beugte sich zu ihr herüber und tat es für sie, wie bei einem kleinen Kind, ohne dass sie sich aber bevormundet oder erbärmlich vorkam. Er erzählte ihr, dass er jetzt in die Ermittlungen einbezogen würde. Wie es dazu gekommen war, erzählte er lieber nicht. Außerdem verschwieg er ihr, dass seine Mitarbeit darin bestehen würde, in der Eiseskälte vor einer Haustür zu stehen mit dem dämlichen Ziel, den Mörder auszumachen, wenn dieser zwanghaft wieder am Schauplatz des Verbrechens vorbeischlenderte. Im Großen und Ganzen behielt er sämtliche Details für sich, von denen er wusste, dass sie sie unheimlich wütend machen würden. Seinetwegen.

Und obgleich sie wusste, dass er etwas verbarg, fragte Julia nicht. Sie drückte ihm bloß die Hand, so gut sie konnte, beteuerte, sie fühle sich sicherer, weil er an dem Fall nun mitarbeite, und dankte ihm dafür, dass er die zusätzliche Milch mitgebracht hatte.

18

Genau um sieben Uhr dreißig stand Peter vor Brunhilde Beslers Haustür, was bedeutete, dass ein stetiges Rinnsal Kinder fast eine halbe Stunde Zeit hatte, ihn auf dem Schulweg flüsternd und kichernd anzuglotzen. Die Grundschule lag nur achtzig Meter von Beslers Anwesen entfernt, und bestimmt war er heute das Tagesgespräch in allen Klassen. Das Absperrband war bereits eine Attraktion gewesen, die er nun zwangsweise, toppte.

Barbara Lacher, die alte Lady von nebenan, brachte ihm um neun einen Becher Pfefferminztee. Er nahm ihn höflich entgegen und musste weiter sinnlos Wache stehen, bis er merkte, dass ihm langsam die Füße wehtaten. Um halb zehn begann es auch noch zu regnen, eisige Tropfen, die auf seine Mütze trommelten. Peter hatte über seine Uniform eine wasserdichte Regenjacke angezogen, seine Beine jedoch waren von den Schenkeln abwärts bald völlig durchnässt. Frau Lacher holte um zehn den Becher und brachte ihm einen Regenschirm. Um zehn Uhr dreißig beschloss Peter, die Grundstücksgrenze abzuschreiten, um seine kribbelnden Beine zu aktivieren. Wenn der Mörder zurückkam, sagte er sich, dann könnte er schließlich genauso gut zur Rückseite des Hauses zurückkehren wie zur Vorderseite.

Er stiefelte durch das nasse Gras des Fußballplatzes neben Beslers Haus und dann hinten herum - ganz so, wie Höness es am Vortag getan hatte. Genau wie Höness ging er den Gartenweg hinauf, vorbei an einem kleinen Haufen Metallleisten, und bemerkte den alten Zwinger, als prompt der Terrier von nebenan an den Zaun geschossen kam. Jedes Mal, wenn er bellte, vibrierte sein kleiner Körper.

„Hey, Timmy", sagte Peter ruhig, und der Hund wedelte mit dem Schwanz und hörte auf zu kläffen, als er seinen Namen hörte.

Der Müllcontainer war weg - wahrscheinlich im Labor -, doch vor seinem inneren Auge sah er ihn immer noch neben dem Anbauschuppen stehen, ein leichter Zugang zu dem Flachdach und dem Schlafzimmerfenster. Er kletterte mühelos auf das Dach. Wie einfach das Ganze gewesen war. Alles, was der Mörder brauchte, war da. Selbst die kleinere Mülltonne aus Metall, die zurückgeblieben war, hätte es einem einigermaßen sportlichen Mann ermöglicht, auf das Schuppendach hoch zu klettern. Dann machte er ein paar knarrende Schritte zum Fenster hinüber. Von hier aus waren die Kerben und Kratzer um den Fensterriegel herum deutlicher sichtbar als von innen, und Peter sah, dass zitronengelbe Lacksplitter auf das dunkle Dach heruntergerieselt waren. War der Riegel erst überwunden, bräuchte man nur noch das Fenster hochschieben. Peter packte den Rahmen, um zu sehen, wie viel Kraft das erfordern würde. Nicht viel, aber vielleicht war dieses Fenster auch besonders leichtgängig. Seine Handflächen quietschen leise auf der Glasscheibe. Das Geräusch des emporgleitenden Fensters hätte die alte Besler wecken können, aber wen interessierte das schon? Selbst wenn sie es gehört hatte, sie konnte sich doch kaum bewegen, konnte nicht Alarm schlagen, konnte nicht um Hilfe schreien…

76

Grauenhaft.

Langsam trat Peter zurück und sah vor seinem geistigen Auge das Fenster kaum noch. Er blickte zum Himmel hinauf, damit der Regen auf sein Gesicht fiel. Große Tropfen auf seinen Augenlidern. Dann öffnete er den Mund und ließ ihn volllaufen, ging zum Rand des Daches und spuckte in den Garten. Danach fühlte er sich gereinigt.

Als er sich vom Dach wieder auf die Mülltonne hinunterließ, bemerkte er etwas Kleines, Rundes aus Plastik in der Regenrinne. Er legte den Kopf schräg, um das Ding besser in Augenschein nehmen zu können, und sah, dass es ein Knopf war, der halb im Schmutz begraben lag. Wäre er nicht auf Augenhöhe gewesen, so hätte er ihn nicht gesehen. Vielleicht zwei Zentimeter im Durchmesser, vier Löcher, schwarz - ganz ähnlich wie der Knopf an seiner eigenen Uniformhose. Rasch vergewisserte er sich, dass er sich den Hosenknopf nicht abgerissen hatte, als er auf das Dach geklettert war, doch der saß vorschriftsmäßig an Ort und Stelle. Peter widerstand dem Drang, den gefundenen Knopf aufzuheben und in den Fingern zu drehen, doch er konnte auch von hier sehen, dass nichts Besonderes an ihm war — abgesehen von der Tatsache, dass er hier auf dem Dach lag, vor dem Fenster des Zimmers, in dem eine Frau ermordet worden war. Abgesehen davon…

„Hallo!" Peter zuckte wie bei einem Blitzschlag zusammen, und schaute nach links unten. Fast unbemerkt hatte sich ein Mann an ihn herangeschlichen. Mittleres Alter mit runder Brille.

„Kripo. Thomas Gebauer", stellte sich der Mann mit lächelndem Gesicht vor. „Ich soll die Kotze holen."

„Kotze?"

„Anscheinend direkt vor der Hintertür", erklärte Gebauer.

Peter ärgerte sich, dass Höness ihm nicht gesagt hatte, dass hier hinter dem Haus etwas war. Er hätte hineintreten, hätte alles verderben können. Oder hatte er es ihm gesagt, und Peter nur vergessen? Nein, bestimmt wollte ihn Höness wieder ins offene Messer laufen lassen.

„Davon hat mir niemand etwas gesagt", erklärte er, als er sich wieder auf den Betonbelag fallen ließ.

Beide suchten nach dem Erbrochenen, setzten die Füße jetzt achtsam auf und wechselten dabei freundliche Worte, hauptsächlich über das beschissene Wetter. Aber im Vergleich zu Höness war Gebauer ein richtig netter Typ. Das war aber auch keine Kunst, dachte sich Peter, während sie krampfhaft jeden Zentimeter des Bodens absuchten.

„Scheiße", meinte Gebauer nach fünfzehn Minuten. „Die Kotze wäre wirklich sehr wichtig. Könnte ein exzellentes Beweismittel sein."

„Warum? Was lässt sich damit anfangen?", fragte Peter.

Wenn der Urheber ein Sekretor ist, kriegt man ziemlich sicher DNS. Oder zumindest findet man raus, wie er sich ernährt hat."

„Auch nachdem das Zeug vollgeregnet worden ist?"

„Es ist weniger der Regen als das Alter. Die Säure in dem Erbrochenen zerfrisst die DNS, bricht sie auf. Trotzdem, kann es sehr wichtig sein, ähnlich wie Blut."

Sie suchten über eine Stunde. Sie konnten nichts finden.

Thomas Gebauer griff zu seinem Hardy und rief Höness an. Er musste ihn über das Resultat in Kenntniss setzen. Angestrengt verzog er das Gesicht, als er sich bemühte, den Soko-Leiter trotz der schlechten Verbindung zu verstehen. „Hier liegt kein Mülleimerdeckel", sagte er und sah Peter fragend an.

„Nur der auf der Mülltonne", meinte Kelly.

Als Gebauer diese Information an Höness weitergab, konnte Peter Kelly hören, wie der Blutdruck des Mannes zusammen mit seiner Stimmlage anstieg. Eigentlich war es komisch, obwohl das Ganze ja Ernst war.

Gebauer lauschte und bedeckte das Mikrofon seines Handys mit der Hand. „Er sagt, er hat den Mülleimerdeckel drübergelegt."

Peter zuckte die Achseln. „Der Deckel lag auf der Tonne, wo er hingehört, als ich hierhergekommen bin. Ich musste ihn runternehmen, um die Tonne umzudrehen."

Gebauer gab dies an Höness durch, dann betrachtete er mit gerunzelter Stirn sein Handy. „Ich glaube, er ist weg", sagte er zu Kelly.

Ein kurzes Schweigen entstand, während Kelly eine gewisse Verbundenheit mit Gebauer empfand, entstanden durch die gemeinsame Erfahrung, dass Hauptkommissar Helmut Höness mitten im Gespräch einfach aufgelegt hatte. Dann berichtete Peter von dem Knopf auf dem Schuppendach. Gebauer meinte, dafür sei er ja kein Experte, schien dann aber doch ziemlich eifrig bereit zu sein, trotzdem einen

Blick darauf zu werfen. Er war fast einen Kopf kleiner als Kelly mit seinen eins fünfundneunzig, deshalb formte Peter einen Steigbügel mit den Händen, und wuchtete Gebauer damit aufs Dach. Dann kletterte er hinterher und zeigte ihm das entsprechende Dachrinnenstück.

„Oh", stieß Gebauer hervor. „Haben Sie irgendwie mit dem Ding rumgemacht?"

„Nein."

„Ausgezeichnet."

Er bat Peter, ihm seine Tüten zu reichen, und lamentierte über seine eigene Blödheit, nur Plastikbeutel dabeizuhaben, anstatt auch Papiertüten mitzubringen.

„Ich habe nur mit der Kotze gerechnet, verstehen Sie? Aber man sollte immer auf alles vorbereitet sein."

Fröhlich plauderte Gebauer weiter, während er etliche Minuten darauf verwendete, den Knopf zu vermessen und zu fotografieren. Dann nahm er eine Pinzette und steckte den Knopf in eine Beweismitteltüte, bevor ihm klar war, dass auch Kelly den Knopf in den Fingern gehabt hatte. Dann steckte er die Tüte ein, ehe er sich vom Dach auf die umgedrehte Mülltonne hinunterließ, die Kelly für ihn festhielt. Als er unten war, hielt er die Tüte ins Licht, und beide studierten den Knopf, als wäre es ein Goldfisch, den sie eben in der Zoohandlung gekauft hatten.

„Gut aufgepasst", lobte Gebauer, wohlwissend, dass sich Kellys Fingerabdrücke auf dem Teil befinden würden. Der junge Polizist hingegen, kam sich zum ersten Mal seit Tagen wie ein richtiger Polizist vor.

19

„Er lag genau hier!" Höness stand im eisigen Regen, hielt den Mülltonnendeckel wie einen Schild vor sich und zeigte auf seine Füße. „Genau hier!"

Böse funkelte er Peter Kelly an, der zu Thomas Gebauer hinüberschaute, welcher für sie beide die Achseln zuckte.

„Vielleicht hat ihn jemand weggenommen", meinte Gebauer in hilfsbereitem Tonfall, der Peter zeigte, dass er noch keine unmittelbare Erfahrung mit Höness hatte.

„Glauben Sie das im Ernst?", grollte Höness wütend. „Der Deckel liegt auf dem Gras über der Kotze. Dann liegt der Deckel auf der Mülltonne, und die ganze Kotze ist weggespült worden. Sie glauben, jemand hat den Deckel weggenommen? Das glauben Sie? Sie verschwenden ihr Talent mit dieser Forensikscheiße, falls Sie überhaupts jemals welches hatten. Sie sollten verdammt nochmal Hellseher werden, Gebauer!"

Er schleuderte den Deckel durch den Garten. Der Terrier kam mit Riesengetöse und gebleckten weißen Zähnchen aus seinem Versteck geschossen, als der Deckel gegen den Zaun rollte und liegen blieb.

„Hätten wir nicht Fingerabdrücke von dem Ding nehmen können, um rauszufinden, wer das getan hat?", erkundigte sich Sternkopf versuchsweise.

„Scheiße. Elende Scheiße!"

Während Höness über den nassen Rasen stampfte, um den

Deckel zu holen, wechselten Kelly und Gebauer einen schuldbewussten Blick, als wären sie gemeinsam für das verantwortlich, was Höness ihnen anlasten wollte, was immer es auch war.

„Ich habe den Deckel angefasst", sagte Peter Kelly leise.

Sternkopf verdrehte die Augen. „Ich sag`s ihm."

Höness kam zurück und hielt den Deckel am äußersten Rand.

„Kelly hat auf dem Dach einen Knopf gefunden", meldete Gebauer mit genau dem richtigen Maß an Unterwürfigkeit.

Sternkopf zog interessiert eine Braue hoch, doch an Höness ging diese Nachricht glatt vorbei.

„Es ist mir scheißegal, ob Kelly den verkackten Stein von Rosette auf dem Dach gefunden hat. Ich will wissen, was mit dem Erbrochenen passiert ist."

„Ich weiß es nicht", sagte Peter, als klar wurde, dass Höness eine Antwort erwartete und dass Gebauer zu eingeschüchtert war, um ihm eine zu geben.

„Es war Ihre Aufgabe den Tatort zu sichern, Kelly. Ihr verdammter Job", knurrte Höness mit hochrotem Kopf.

Peter begehrte ein wenig auf. „Bei allem Respekt, Herr Höness, Sie haben gesagt, es wäre mein Job vor der Tür zu stehen und darauf zu warten, dass der Mörder zurückkommt."

Aus dem Augenwinkel sah er, wie Sternkopf und Gebauer einen verdutzten Blick wechselten. Gut so. Sollten Sie ruhig wissen, dass Höness ein Arschloch war.

Der Hauptkommissar funkelte ihn finster an, dann wandte er sich geringschätzig ab und brummte dabei: „Kann nicht mal ´ne beschissene Kotzlache bewachen…"

Niemand wusste, was geschehen war - und kein Toben seitens Höness konnte Licht in dieses Dunkel bringen. Schließlich ruckte er mit dem Kopf in Richtung Sternkopf und stakste in seinen porösen Schuhen durch den Garten davon. Als Sternkopf ihn einholte und fragte, wohin sie gingen, verkündete er, sie würden sich jetzt Robert Besler zur Brust nehmen.

Peter half Gebauer, seine Tüten im Auto zu verstauen, und verspürte fast das Bedürfnis, ihn zum Abschied zu umarmen. Er war der erste verständige Mitarbeiter an diesem Fall, dem Peter begegnet war.

Es gab doch noch gute Menschen.

20

Das „Zur-Brust-Nehmen" von Robert Besler verlief nicht ganz nach Plan.

Zuerst einmal war der Besler, der in der Küche seiner verstorbenen Mutter geflennt hatte, während er die Kekse suchte, ein ganz anderer Mensch, als der Vollzugsbeamte Besler. Dieser war wütend, peinlich berührt und verteidigungsbereit, nachdem er aus seiner Schicht in einem Trakt voller neugieriger Ganoven herausgeholt worden war, um mit zwei Kommissaren einer Mordkommission zu sprechen.

Höness machte Druck, Besler stemmte sich dagegen, und die Sorgenfalten auf Sternkopfs Stirn wurden immer tiefer. Sie kündigten unmittelbar bevorstehenden Haarausfall an, je deutlicher es wurde, dass sie eigentlich im Trüben fischten.

„Natürlich sind Haare von mir auf dem Bett!", fauchte Besler. „Sie ist meine Mutter. Ich stehe doch nicht in der Tür und brülle sie von da aus an!"

„Aber am Samstag haben Sie sie nicht besucht?"

„Das hab ich Ihnen doch gesagt."

„Waren Sie überhaupt am Samstag in Hintersee?"

„Nein, verdammt noch mal."

Höness nickte bedächtig, als stimme er dem, was Robert Besler ihnen gesagt hatte, hundertprozentig zu. „Weil wir nämlich einen Zeugen haben, der Ihren Wagen in Hindelang an der Imberg-Bahn hat parken sehen, um …". Er hielt inne, damit Sternkopf ihm die Details liefern konnte, wandte jedoch den Blick nicht von Robert Beslers Gesicht ab. So war er bestens in der Lage zu sehen, wie die helle Haut des massigen Mannes dunkelrot anlief.

„Zwischen 20.45 Uhr - und 6 Uhr früh", sagte Sternkopf.

„Quatsch!" Besler schob seinen Stuhl mit einem lauten Scharren von dem Tisch im Aufenthaltsraum zurück.

„Wir haben einen Zeugen", wiederholte Höness.

„Wen? Wo? Der lügt!"

„Kein Grund sich aufzuregen, Herr Besler", bemerkte Höness in einem Tonfall, der garantiert jeden aufregen würde.

„Sie können mich mal."

„Wollen Sie damit sagen, Sie waren nicht dort?"

„Ja, das will ich damit sagen."

„Na ja, vielleicht irrt sich der Zeuge ja."

„Ja, das tut er, verdammt noch mal. Oder er will Ärger machen."

„Wieso sollte denn jemand Ihnen Ärger machen wollen, Herr Besler?", erkundigte sich Höness. „Sie haben doch gerade erst unter ungeheuer traurigen Umständen Ihre Mutter verloren. Wieso sollte irgendjemand Ihnen das Leben noch schwerer machen wollen?"

Robert Besler stand auf, ohne Sternkopf oder Höness anzusehen. „Ich weiß es nicht. Manche Leute sind eben abartig, das haben Sie doch selbst gesagt. Ich muss wieder an die Arbeit."

„Herr Besler", sagte Sternkopf beschwichtigend, „wir führen hier doch nur ein Ausschlussverfahren durch. Wir reden mit allen."

„Blödsinn."

„Doch, bestimmt", versicherte Sternkopf und hoffte, dass diese Beteuerung in nicht allzu ferner Zukunft wahr sein würde. „Das ist unser Job. Sie sind doch auch im Vollzugsdienst, Herr Besler. Sie verstehen das doch. Wir spielen im selben Team."

Die Schmeichelei wirkte, und Besler war ein wenig besänftigt. Er war seit zwanzig Jahren in der JVA Kempten. „Ja, okay."

Etwas von der Spannung wich aus dem Raum.

Sternkopf räusperte sich. „Bevor Sie gehen, bräuchten wir allerdings noch eine DNS-Probe von Ihnen."

Besler starrte die beiden Männer mit unverhohlenem Abscheu an. Sternkopf schaute weg und holte die Probestäbchen hervor. Wortlos holte er sie aus der sterilen Plastikverpackung. Ohne weitere Aufforderung öffnete Besler den Mund und ließ es zu, dass Sternkopf die Innenseite seiner Wange abschabte.

„Ich muss wieder an die Arbeit. Und Sie auch, denn je mehr Zeit Sie mit mir verschwenden, desto länger dauert es, bis Sie den Mann schnappen, der meine Mutter umgebracht hat. Und das macht mich echt stinksauer."

In dem Schweigen, das auf seinen türenknallenden Abgang folgte, klappte Sternkopf sein Notizbuch zu, drehte die Handflächen himmelwärts und seufzte. „Kann man ihm wohl nicht mal übelnehmen."

„Ich nehme dem verdammt noch mal übel, was ich will", schnappte Höness.

Als ob Sternkopf das nicht wüsste.

21

Brigitte Neuner, eine der Pflegerinnen von Frau Besler, war noch am Tatort befragt worden und hatte bereits eine neue Pflegestelle in Unterjoch angenommen. Maria Stecher und Walter Göbel arbeiteten beide Teilzeit in Hinterbrunn, im „Josefinenheim". Um ihr Gehalt aufzubessern, nahmen sie immer wieder private Pflegefälle an, wie zuletzt bei Brunhilde Besler, um über die Runden zu kommen. Der Weiler Hinterbrunn lag zwischen Hintersee und Hindelang, und das dortige Heim war mit größten Widerständen der Bevölkerung vor fünfzehn Jahren gebaut worden. Das Seniorenheim war ein großes Steingebäude, das ein Stück von der Straße zurückversetzt auf einem Grundstück stand, welches praktischerweise an den Friedhof hinter der Kirche grenzte. Als die Kripobeamten ausstiegen, sann Höness über das Grauen nach, nur einen geriatrischen Steinwurf von der letzten Ruhestätte entfernt alt und gebrechlich zu werden.

Der Eigentümer des Seniorenheims, der Bauunternehmer, Richard Frommknecht, war ein korpulenter Mann mit Vollglatze, der bestimmt schon deutlich über sechzig war. Er sah bereits älter aus, als einige der Heimbewohner, die gemächlich mit Rollatoren über die Gänge schlurften. Frommknecht bot Höness und Sternkopf sofort sein Büro an, aufgrund der Angelegenheit des Besuches, die sie ihm vorab am Telefon bereits ausführlich geschildert hatten. Sternkopf bedankte sich für das Entgegenkommen.

„Ich rufe die beiden Pfleger an", erbot sich Frommknecht.

„Lassen Sie nur", erwiderte Höness. „Wir finden sie schon.

Dabei können wir uns gleichzeitig ein wenig umsehen."

„Wenn Sie nichts dagegen haben", ergänzte Sternkopf sofort, als er sah, dass sich die Miene von Frommknecht schlagartig verfinsterte.

„Natürlich nicht, solange Sie die Leute nicht zu sehr von der Arbeit aufhalten. Ich meine, dass übrige Personal, außer den beiden Damen natürlich."

„Geht klar", antwortete Höness. „Keine Sorge."

Frommknecht erklärte ihnen wie sie laufen mussten, und sie wanderten durch die großen, luftigen Räume, wo ein paar Heimbewohner saßen und Puzzles legten oder Zeitungen lasen. Ein alter Mann mit einer Sauerstoffmaske und so großen Ohren, dass er wie ein Cocker-Spaniel aussah, blickte starr auf einen großen Fernseher, der so leise gestellt war, dass man so gut wie nichts hörte. Allem Anschein nach war ein funktionsfähiges Sinnesorgan ab einem gewissen Alter alles, was man als Bewohner dieses Hauses erwarten durfte.

Sternkopf spähte in ein großes Aquarium. „Die haben da einen japanischen Kampffisch drin. Herrlich."

Höness beachtete ihn nicht. Ein lachhaftes Hobby, Fische zu halten, fand er. Sich davon zum Sklaven zu machen, nur um immer wieder rein zu sehen, wie sie schwammen. Eine Frau mittleren Alters in weißer Pflegerinnenkluft kam auf sie zu.

„Maria Stecher?", mutmaßte Sternkopf, als sie vor ihnen stand.

„Im Wintergarten", erwiderte die Frau und wies mit der

Hand, dass sie ihr folgen sollten, in die Richtung in die sie lief. Der Wintergarten war der beliebteste Treffpunkt der Heimbewohner. Nicht nur, weil es hier sehr warm war, Höness schätzte dreißig Grad, sondern auch weil es eine klasse Aussicht auf die Berge gab, und eine Dame an einem Klavier saß und spielte. Höness traten die Schweißperlen auf die Stirn, und er konnte es nicht fassen, dass trotzdem fast die Hälfte der alten Leute noch Decken über ihren Beinen hatten. Mit seinen hohen Fenstern und dem Glasdach war der Wintergarten nicht mehr und nicht weniger als ein Treibhaus für Greise.

Maria Stecher saß an dem Klavier an der gegenüberliegenden Wand auf einem Klavierhocker und spielte eine holprige Version von Heinos „Blau, Blau, Blau blüht der Enzian", und die Alten waren verzückt. Eine Pflegerin als Klavierspielerin hatte auch Höness noch nicht gesehen. Sternkopf ging auf Stecher zu und sie teilte den Anwesenden mit, dass sie in circa einer Stunde wieder kommen würde. Missmutig sahen ihr die Greise hinterher.

Fünf Minuten später saßen sie in Frommknechts Büro und unterhielten sich keine zehn Minuten lang mit ihr. Wegen ihres fast unverständlichen Hindelanger Akzents, sie war gebürtig aus Vorderhindelang, verstanden sie maximal die Hälfte, aber das reichte, um sie aus dem Kreis der Verdächtigen auszuschließen. Die Frau war in ihren Augen, viel zu dumm und zu dick für solch eine Tat, obwohl das zahlreiche Verbrecher waren, aber nicht bei so einem Mordfall wie an der alten Besler. Ausnahmsweise waren sich beide Polizisten einig, dass so ein Bauerntrampel unmöglich die Killerin sein konnte.

Walter Göbel fanden sie zehn Minuten später im Oberge-schoss, wo er Betten bezog; ein kleiner, zierlicher Mann von Mitte vierzig. Er hatte dunkles Haar, bräunliche Haut und schmale braune Augen. Trotz des effizienten Erinnerungs-vermögens, war Göbel fast ebenso unergiebig wie Maria Stecher, was die Einzelheiten von Beslers Tod anging.

Er hatte Frühdienst gehabt, bevor sie umgebracht worden war - von sieben Uhr morgens bis drei Uhr nachmittags -, und war an jenem Abend im Kino gewesen.

„Allein?", wollte Höness wissen.

„Nein", antwortete Göbel, „mit meiner Freundin."

„Und was haben Sie gesehen?"

„Stadt der Engel, mit Nicolas Cage und Meg Ryan. Im Kur-filmtheater in Hindelang. Danach sind wir noch zu mir."

„Ihre Freundin kann das natürlich bestätigen, oder? Wie heißt sie denn? Wohnt sie bei Ihnen?"

Göbel gab ihnen Namen und Anschrift und Sternkopf ver-merkte es auf seinem Notizblock.

„Wie sind Sie mit Brunhilde Besler ausgekommen", wollte Hoeness wissen.

„Da gab`s nicht viel, womit man auskommen konnte, sie konnte ja nichts sagen oder einen auch nur wissen lassen, wie`s ihr geht."

„Dann glauben Sie, es war vielleicht Mord aus Mitleid?", fragte Sternkopf behutsam.

„Könnte sein."

90

„Sie hätten Verständnis für so etwas?", fragte Höness.

Walter Göbel zögerte nicht. „Wenn es meine Mutter gewesen wäre, hätte ich es selbst getan."

Höness und Sternkopf sagten lange nichts, als sie zu ihrer Pension zurückfuhren. Sternkopf brach schließlich das Schweigen. „Glauben Sie, das war ein Geständnis? So eine Art doppelter Bluff?"

„Ich weiß es nicht." Das war etwas, das Höness nicht oft zugab, bei dieser Gelegenheit jedoch fand er, es sei okay, ein bisschen durcheinander zu sein.

„Er hatte einen Hausschlüssel, er fand den Job grauenhaft, er hat eindeutig kein Problem mit Sterbehilfe. Aber das einfach so zu sagen - zu uns!"

„Ich weiß", meinte Sternkopf. „Dafür müsste er doch ein Psychopath sein."

Höness zuckte die Achseln. „Ja, das stimmt."

Keine Stunde, nachdem Höness und Sternkopf in der Pension angekommen waren, kehrten auch Gebauer und Kraus von ihrer Unterredung mit dem Dorfdieb Manni Fessler zurück, und alle quetschen sich in das Zimmer von Höness, um zu hören, wie es gelaufen war.

„Er ist es nicht", verkündete Kraus.

„Ja, Chef, ich glaube nicht, dass er unser Mann ist", meinte Gebauer etwas vorsichtiger. „Er ist ein Krüppel, der wär gar nicht auf`s Dach gekommen."

Höness war nicht gewillt, die einzige dürftige Spur, die ihnen ihre Befragungen im Dorf eingebracht hatten, so einfach sausen zu lassen.

„Hat er ein Alibi?", fragte er die beiden.

Die beiden wechselten einen Blick. „Na ja, er sagt, er hat geschlafen", meinte Kraus.

„War die ganze Nacht zu Hause", fügte Gebauer hinzu.

„Ungemein überzeugend", bemerkte Höness sarkastisch.

„Der Kerl ist durch und durch Dieb, fast krankhaft. Aber ein Mord, dass glaube ich nie und nimmer. Zumal ja auch gar nichts gestohlen wurde bei der Alten.", ergänzte Gebauer weiter.

Ohne etwas von dem Gedankengang seines Chefs zu ahnen, beschloss Kraus, eine weitere hilfreiche Bemerkung beizusteuern. „Er scheint einfach nicht… ganz richtig zu sein", meinte er und tippte dabei mit dem Zeigefinger gegen seine Stirn.

„Nein." Gebauer bekräftigte. „Nicht ganz richtig."

Kellys Worte aus Gebauers Mund zu hören war für Höness der Auslöser. Er gab einen abfälligen Laut von sich, griff sich die Schlüssel des BMW und stampfte hinaus, um sich selbst ein Urteil von Manni Fessler zu bilden.

Der junge Mann stand vor der Haustür und blinzelte in die

trübe Sonne, die hinter den Bergen versank. Fessler war dürr, so ausgezehrt, dass er aussah wie ein Statist aus einem Holocoust-Film. Er hatte dichtes schwarzes, in Heimarbeit geschnittenes Haar und eine Stirn, die von dem Wirrwarr, den sein Leben darstellte, dauerhaft zerfurcht war. Er sah Höness vorfahren, ließ die selbstgedrehte Zigarette fallen, die er gerade rauchte, und humpelte zur Tür zurück.

„Ich will mit Ihnen reden!", brüllte Höness ihn durch das Beifahrerfenster an, und der junge Mann blieb stehen und wartete. Höness mochte unterwürfige Diebe. Er stieg aus und ging den von Unkraut überwucherten Weg hinauf.

„Hauptkommissar Höness. Sind Sie Manni Fessler?"

„Ja", antwortete Fessler. „Ich hab nichts gemacht, das habe ich doch schon Ihren Leuten gesagt, Mann."

„Sagen Sie mir, wo Sie Samstagnacht waren."

„Hier. Hab gepennt. Was haben Sie denn für einen BMW?"

„Hören Sie auf, so blöd wegen dem Auto zu fragen. Haben Sie Zeugen für Samstag?"

„Nein. Ist das der neue 5er BMW, den Sie da fahren?"

„Hören Sie, Fessler. Sind Sie eigentlich noch ganz dicht? Es geht hier um Mord, nicht um irgendwelche scheiß Autos! Also, wir werden uns wiedersehen." Dann stapfte er wieder zum Auto und fuhr davon. Seine jungen Kollegen lagen ausnahmsweise richtig; Manni Fessler hatte wirklich nicht mehr alle Tassen im Schrank. Er war sich auch ziemlich sicher, er war nicht der Mörder, er war … nicht ganz richtig.

Außerdem hätte er mit seinem Hinkefuß wirklich Probleme

gehabt, das Dach hochzukommen.

Obwohl, ist ein Mörder überhaupt noch als „normal" zu bezeichnen? Und eine Behinderung nicht ein gutes Alibi?

Die Fragen konnten vermutlich die wenigsten beantworten.

22

Die mobile Einsatzzentrale traf auf Wunsch von Höness ein, in Form eines Wohnwagens, den nur er allein bewohnte. Gott sei Dank hatte er nicht das ganze Team hier ständig am Hals, und hatte mehr Ruhe und Muße um nachzudenken. Es war nichts anderes als ein Wohnwagen, und er kam zum zweiten Mal nach 1995 zum Einsatz. Damals, vor drei Jahren, hatten sie im Ostallgäu einen Kinderschänder gejagt, und sich in einem Kaff namens Lengenwang stationiert. Weil das Nest noch kleiner und abgelegener war als Hintersee, und nicht mal eine Pension oder ähnliches hatte, wurde der Wohnwagen am Ortsrand eingesetzt, was sich letztendlich bezahlt machte, da der Täter tatsächlich vom Ort war und nachts geschnappt werden konnte, als er in das Zimmer eines Jungen klettern wollte. Sozusagen auf frischer Tat ertappt, und Höness konnte sich im Ruhm der erleichterten Bevölkerung brüsten, die ihn damals überschwänglich lobten nach dem Einsatz.

Der Wohnwagen war am Rand des Fußballplatzes geparkt, unmittelbar neben Brunhilde Beslers Haus. Nichtsdestotrotz fuhr Höness die dreihundert Meter bis zum Dorfladen mit dem Auto. Er fragte nach Gummistiefeln, doch man sagte ihm, dafür müsste er nach Hindelang fahren oder in irgendein Geschäft, das der massige Mann hinter dem Ladentisch, der Mildner hieß, als „den Bauernladen" bezeichnete.

„Sind Sie der Ermittlungschef?", fragte Mildner und Höness nickte. „Irgendwelche Fortschritte?"

„Ist ja noch früh am Tag", meinte Höness. Das war alles, was er in der Regel auf solche Fragen antwortete.

„Die arme Brunhilde", sagte Mildner. „Obwohl`s ja eigentlich ein Segen war. Trotzdem viel Erfolg bei der Suche."

Höness verließ mürrisch den Laden und sah den kleinen Terrier, der ihn sofort heftig ankläffte, als er stehenblieb. Er stellte sich kurz der Besitzerin vor, eine junge Frau, namens Ulrike Rietzler. Da sie unmittelbar neben Beslers Haus wohnte, fragte er sie, ob der „niedliche" Hund in der Nacht des Mordes gebellt hätte, worauf sie Verneinte.

Typisch, dachte sich Höness. Mich kläfft die Töle an, aber den verdammten Mörder nicht. Höness fuhr zum Wohnwagen zurück, dann klingelte sein Handy. Freddy Holzer vom Labor meldete sich, und teilte ihm die Ergebnisse der Haarproben mit. Zwei von Robert Besler, zwei von Dr. Hiddler, und jeweils ein Haar von Brigitte Neuner und Maria Stecher.

„Keine von Sternkopf?", knurrte Höness. „Normalerweise haart der doch den Tatort voll wie ein Pudel."

„Keins von Sternkopf. Definitiv."

95

„Sie sagten doch gestern, es waren sieben Haare. Das waren sechs."

„Eins ist nicht identifiziert", sagte Holzer.

„Was ist mit Fasern?"

„Noch nichts Signifikantes."

„Das lassen Sie mal lieber mich beurteilen, Holzer", herrschte Höness ihn an.

„Okay", begann Holzer herunterzuleiern: „Mikrofasertuch, Läufer, weiße Baumwolle, rote Baumwolle, blaue Wolle, schwarze Wolle, Ge…"

„Hören Sie auf, Holzer! Und schicken Sie mir ein Fax."

Dann legte Höness auf.

23

Thomas Gebauer und seine ungewöhnliche Begeisterung für Kotze, erwiesen sich als das Highlight von Kellys ersten Tagen an Brunhilde Beslers Haustür. Sein Neuigkeitswert bei den Schulkindern nutzte sich rasch ab. Jetzt machten sie keinen Umweg mehr, nur um ihn anzustarren und miteinander zu tuscheln. Er hatte versucht, die Illusion aufrechtzuerhalten, dass er irgendwann vielleicht den Mörder erspähen würde, doch eigentlich war nicht einmal er selbst auf seiner Seite. Er hielt das Ganze für ein sinnloses Unterfangen und wollte nicht, dass Höness durch irgendeine merkwürdige Fügung des Schicksals recht behielt. Selbst wenn das tatsächlich bedeutete, jemanden zu fassen, der ein grauenhaftes Verbrechen begangen hatte. Nein, das stimmte nicht, dachte Peter beschämt. Den Mörder von Brunhilde Besler zu fassen wäre jede Demütigung wert. Doch es wäre ihm lieber, wenn sie den Kerl auf andere Weise erwischen würden - auf eine Weise, die Höness keine Gelegenheit für ein „Ich hab`s ja gesagt" geben würde.

Als Peter nach dem kalten Tag mit schmerzenden Beinen nach Hause kam, fand er Julia mit dem Telefonhörer schlafend auf dem Sofa vor.

„Wie geht`s dir, Schatz?", fragte er leise, als sie sich regte.

Ein paar Sekunden lang blinzelte sie verwirrt, und Peter sah, wie das Erkennen in ihre Augen zurückkehrte.

„Mein Magen tut weh", erwiderte sie. „Robert Besler hat angerufen und wollte dich sprechen. Hat aber nicht gesagt, warum."

Sie rutschte ein Stück hoch, und er setzte sich, zog ihre nackten Beine auf seinen Schoß und deckte sie von Neuem mit der braunen Fleecedecke zu. Dann begann er schweigend ihre Waden zu massieren.

„Rufst du ihn zurück?", wollte sie wissen.

„Gleich." Er zuckte die Achseln.

„Lass uns ein Baby kriegen!", sagte Julia.

Er hörte nicht auf, ihre Waden zu massieren, doch er antwortete auch nicht. Stattdessen starrte er nur an die weiße Wand, als hätte er die Frage nicht begriffen.

„Peter? Hast du mich verstanden?"

„Können wir später darüber reden?" Noch immer massierte er, doch jetzt konnte sie fühlen, dass es rein mechanisch geschah.

„Ich will aber jetzt darüber reden."

„Das haben wir doch schon besprochen", meinte Peter. „Du bist krank..."

„Darum geht`s doch gar nicht." Sie zog die Beine an, weg von ihm, und klemmte sie unter ihren Körper. Er schwieg. Das letzte Mal hatten sie dieses Gespräch vor fast elf Monaten geführt, kurz nachdem ihre Krankheit festgestellt wurde. Doch Julia ließ nicht locker. „Du wolltest doch Kinder, bevor wir geheiratet haben."

„Wollte ich nicht." Er sagte das ganz automatisch und sah, wie ihre Augen groß wurden.

„Du hast gesagt, du wolltest welche."

Jetzt gab es keinen Ausweg mehr. Sein Mundwerk hatte ihn verraten, und er konnte das Gesagte nicht zurücknehmen.

„Du hast gesagt, ich wollte welche."

„Du hast nie gesagt, dass du keine willst."

„Na ja..." Peter zuckte mit den Achseln und hob hilflos eine Hand. „Ich will aber keine."

Julia biss sich auf die Lippe, entschlossen, sich mit diesem Thema auseinanderzusetzen wie eine Erwachsene. Dies hier war ein Gespräch zwischen zwei Erwachsenen. Sie durfte nicht zeigen, dass sie ihn ohrfeigen und auf dem Boden Rotz und Wasser heulen wollte wie ein kleines Kind.

„Warum nicht?", fragte sie, und das Zittern in ihrer Stimme widerte sie an.

„Ich will eben keine", kam es fast trotzig zurück.

„Ich finde, ich habe eine bessere Antwort verdient als das, Herr Kelly!"

Das fand Peter auch. Er wusste, dass sie eine bessere Antwort verdient hatte. Doch er blieb stumm wie ein Feigling.

Normalerweise ließ Julia es irgendwann gut sein. Sie stritten eigentlich nie und wussten gar nicht recht, wie das ging, aber heute Abend war Julia unnachgiebig. „Willst du denn nichts haben, was dich an mich erinnert?"

Jäh stand Peter auf, und sobald Julia sein Gesicht sah, wünschte sie, sie könne ihre Worte zurücknehmen. Einen Moment lang hatte sie richtig Angst.

Er verließ das Zimmer, und sie hörte, wie er seine Autoschlüssel und sein Handy von dem Tisch im Flur nahm und ging. Fast hätte sie nach ihm geschrien, doch sie hielt sich zurück. Sie hatte das Recht zu sagen, was sie empfand! Wäre er krank und sie gesund gewesen, so hätte Julia Himmel und Hölle in Bewegung gesetzt, um ein Kind von Peter zu bekommen. Sie konnte es kaum glauben, dass er - ausnahmsweise - nicht dasselbe wollte wie sie. Anderer Meinung zu sein war eine Sache, aber sich zu weigern, über ein so lebenswichtiges Thema auch nur zu reden, das war etwas ganz anderes. Wie würde er wohl reagieren, wenn er die Wahrheit wüsste? Sie spürte, wie ihr das Selbstmitleid die Kehle zusammenzog. Noch war sie doch nicht tot! Ihre Stimme zählte doch noch. Oder etwa nicht? Sie hörte, wie die Haustür leise hinter ihm ins Schloss fiel.

Peter fuhr los. Er hatte keine Ahnung, wie er ihr die Wahrheit beibringen sollte. *Zum „Schluss" bin ich allein mit dem Kind und kann es nicht verkraften, wenn ich beim Anblick des Kindes immer dich sehe,* dachte er. Dr. Hiddler hatte ihm vor Monaten schon erklärt, dass, wie auch immer sich ihr Gesundheitszustand entwickeln sollte, die Schwangerschaft, geschweige denn die Geburt eines Kindes, ihr geschwächter, kranker Körper niemals überleben würde. Wusste sie das? Hatte Doktor Hiddler ihr das vielleicht mitgeteilt, obwohl er ihm versprochen hatte, es nicht zu tun? Falls nicht, war es seine verdammte Pflicht, es selbst zu tun. Im Kopf hörte er sie ständig fragen: Warum nicht?

24

Höness saß da, eine ungeöffnete Flasche Wodka in seinen Händen, und hörte wie jemand an dem Fenster des Wohnwagens klopfte. Er glaubte, seinen Augen nicht zu trauen.

Peter Kelly! Was wollte der am frühen Abend?

Er stellte die Flasche weg und öffnete die Tür.

„Ich muss mit Ihnen über Robert Besler sprechen."

Als Einladung hielt Höness die Tür auf und fühlte augenblicklich, wie kalte Luft in seine Behausung drang. Doch Kelly trat nicht ein. Stattdessen stand er bewegungslos da und fragte dann, ob sie in die Dorfkneipe gehen könnten.

Höness schnappte sich seinen Mantel und sein Handy, und sperrte dann den Wohnwagen ab, als er ihn verließ.

Als er vor Kelly stand, meinte Höness: „Wir gehen aber nicht in den Gasthof hier im Ort."

„Warum nicht?"

„Fahren wir lieber nach Hindelang. Ich will nicht, dass wir ständig von den Kneipengängern und Dorfbewohnern hier beobachtet werden. Ich nehme an, Ihr Anliegen ist dienstlich?"

„Natürlich. Gut, dann fahren wir halt zum „Löwen". Da sind vorwiegend Touristen drin. Fahren wir mit meinem Wagen", sagte Kelly. Dann liefen sie zu seinem Audi.

Fünfzehn Minuten später befanden sie sich im Gasthof Löwen, einer alteingesessenen Hindelanger Gaststätte, direkt neben dem großen Dorfbrunnen. Außer ihnen saß nur noch ein älteres Paar in einer Ecke, die aber keinerlei Notiz von ihnen nahmen, was Höness gefiel. Die blöde Gafferei der Bewohner von Hintersee, ging ihm schon seit der ersten Stunde seines Aufenthalts auf den Zeiger.

„Robert Besler hat mich angesprochen", sagte Peter. „Er ist der Meinung, dass er schikaniert wird."

„Der Typ versteht wohl das Ausschlussprinzip nicht", entgegnete Höness. „Er hatte ein Motiv, die Gelegenheit und wahrscheinlich auch die Neigung."

„Sie ist seine Mutter!"

„Glauben Sie vielleicht, niemand bringt seine Mutter um?

Wie naiv sind Sie eigentlich, Kelly?"

Peter überhörte die Anspielung. „Er war zum fraglichen Zeitpunkt mit einer Frau zusammen."

Höness zuckte zusammen. „Und warum hat er uns das nicht bei der Vernehmung erzählt? Ist das ein Geheimnis? Geht die Frau vielleicht fremd, damit`s niemand wissen darf? Wie heißt die Dame?"

„Er hat es mir auch nicht gesagt. Keine Ahnung, warum."

„Toll, und warum sagen Sie das nicht gleich? Dann hätten wir nicht extra hierherfahren brauchen, oder? Verdammte Kacke, dann hätte ich wenigstens die Tagesschau anschauen können. Oder, haben Sie sonst noch was brauchbares? Aber bitte irgendwas, was auch Sinn macht und zur Aufklärung beiträgt. Falls nicht, fahren wir wieder, ich habe keine Lust mit Ihnen hier rumzusitzen. Sie sind nicht mein Typ, Kelly! Verstehen Sie?"

Der Kopf von Helmut Höness war dunkelrot und Peter war bewusst, dass er wieder einen Fehler gemacht hatte. Vielleicht hatte der Disput mit Julia seinen Verstand getrübt. Sie zahlten und liefen zum Auto. Auf der Rückfahrt schwiegen sie sich nur an. Mittlerweile war es stockdunkel.

Einen Kilometer vor Hintersee passierte es.

Peter sah nur für Bruchteile von Sekunden einen großen Schatten im Scheinwerferlicht. Das Pony kam aus dem Nichts, füllte sein Gesichtsfeld aus und knallte gegen den Wagen, alles in einer einzigen hektischen Sekunde. Als Peter auf die Bremse trat, war es bereits hinter ihnen.

Der Audi schleuderte kurz und würgte mit einem Ruck ab.

„Scheiße!", schrie der geschockte Höness.

Der Motor tickte leise in der Stille. Höness schaute in den Außenspiegel und sah zwanzig Meter hinter ihnen den dunklen Umriss des Tieres auf der Straße, schwach angestrahlt von ihren Bremslichtern.

„Ich glaube, es lebt noch", sagte Höness. „Wir gehen lieber mal nachsehen."

Er sah Peter an, doch der junge Mann starrte ihn lediglich verständnislos an, als hätte er ihn nicht gehört.

„Wir sollten aussteigen und uns das Vieh ansehen", wiederholte Höness, und diesmal bekam Kelly mit, was er gesagt hatte, und sah in den Rückspiegel. Dann setzte er zurück, bis sie nur noch ein paar Meter von dem Pony entfernt waren. Dann stiegen sie aus. Im trüben Schein der Rücklichter konnte selbst Höness sehen, dass das Vorderbein des Tieres in einem widerlichen Winkel gebrochen war. Das Pony versuchte trotzdem aufzustehen, wälzte sich herum und strampelte nutzlos. Seine Hufe scharrten auf dem Asphalt und hinterließen helle Spuren darauf, ehe es wieder auf die Seite sank. Seine Rippen hoben und senkten sich heftig unter dem zottigen Winterfell, und die Augen rollten weißgerändert wild umher.

„Sein Bein ist gebrochen", stellte Höness fest. Auf Anleitung hoffend, schaute er zu Peter Kelly auf und war überrascht, ihn nicht neben sich zu finden. Er sah sich um. Kelly war mit ihm zusammen aus dem Wagen gestiegen, stand aber noch an der Fahrertür, eine Silhouette vor den Sternen. Er hob die Stimme. „Das Tier hat sich das Bein gebrochen."

Durch die rötlich schimmernde Dunkelheit sah er die Silhouette nicken. „Was machen wir jetzt, Kelly?"

„Ich weiß es nicht."

„Na, Sie sind doch verdammt noch mal von hier! Diese Viecher werden doch bestimmt andauernd von irgendjemandem angefahren. Oder etwa nicht?"

„Ponys eher selten. Am häufigsten Rehe. Ich rufe am besten den Jagdverein an."

„Was?"

„Ich rufe den Jagdverein an. Die kommen her und erschießen es, zum Verfüttern."

„Verfüttern?" Höness war völlig perplex.

„An die Hunde."

„Das soll doch wohl ein Scheißwitz sein!"

„Nein", antwortete Kelly. „Bestimmt nicht."

Höness versuchte, das alles geistig zu verarbeiten. Vor dreißig Minuten noch war er zu einer Wirtschaft unterwegs gewesen. Jetzt sah er sich mit einem verendenden Pony, einem weggetretenen Begleiter und der Vorstellung von einer Hundemeute konfrontiert, die einem noch warmen Tier das dunkelbraune Fell herunterriss, während gesichtslose Männer mit Jagdgewehren und Gamshütten lachend danebenstanden. Und er war noch nicht einmal betrunken.

Vielleicht hatte er einen Schock? Vielleicht hatte Kelly auch einen, das würde seine monotonen wirren Antworten erklären. Er musste das Ganze nüchtern betrachten. Praktisch denken.

„Wir sollten es von seinen Qualen erlösen", schlug er deshalb vor, und wusste genau, dass er nicht dazu imstande wäre. Doch er hoffte, ein Mann vom Lande wie Kelly würde das Ruder übernehmen. Höness hatte keinerlei Ahnung von Pferden, ihm war es schleierhaft, wie man reiten konnte. Früher, vor zweihundert Jahren oder noch früher, machte so ein Tier noch einen Sinn. Irgendetwas veranlasste ihn jetzt dazu, sich neben dem Kopf des Ponys niederzukauern und die Hand auszustrecken. Das Tier schrie ein schrilles Wiehern aus, woraufhin seine Hand kurz zurückzuckte. Doch weil Kelly ihn schon einmal ziemlich verängstigt erlebt hatte, streckte er sie abermals aus. Diesmal berührte er den Hals des Ponys. Das Fell war dicht, aber verblüffend weich und ein wenig feucht. Er ließ seine Hand darin versinken, bis er die heiße Haut spüren konnte. Einen Augenblick lang schien seine Berührung das Tier zu beruhigen, und er fühlte das schwache Pochen des Pulses unter seinen Fingern. Dann quietschte es auf und fing an, um sich zu schlagen, ließ Höness mit einem heftigen Stoß mitten auf der Straße auf dem Hintern landen. Leicht benommen öffnete er die Augen und sah die Hufe des Ponys dicht vor seinem Gesicht vorbeizucken. Unwillkürlich hob er schützend die Hand, und sie wurde augenblicklich zur Seite getreten. Er brüllte vor Schmerz auf, dann spürte er ein grobes Zerren am Kragen, und wurde außer Reichweite der trommelnden Hufe geschleift. Seine Hand schmerzte unerträglich. Im Kopf ging er jedes Schimpfwort durch, das er jemals gehört hatte, presste die Hand in die Achselhöhle und bemühte sich, den

Tränen des Schmerzes Einhalt zu gebieten, die seine Augen zu überfluten drohten.

Wie betäubt starrte Kelly auf den Todeskampf des Ponys. Es musste innere Verletzungen haben, denn jetzt strömte Blut aus seinen Nüstern, und es gab blubbernde Quietschlaute von sich. Immer wieder versuchte es sich hochzurappeln, aber es waren die letzten verzweifelten Versuche des Tieres. Endlich gab das Pony auf. Sein Kopf sank vor Peters Füßen auf den Asphalt, und seine Augen blickten ins Leere. Wie aus weiter Ferne sah Kelly zu, wie die Blutlache aus der Nase des verendenden Ponys auf seinen Schuh zustrebte. Das Tier ächzte ein letztes Mal, dann seufzte es abgrundtief, als der letzte Atem aus seiner Lunge entwich.

„Ist es tot?", fragte Höness. Kelly antwortete nicht, und er interpretierte es als „Ja".

„Es hat mir die Hand zu Brei getreten."

Die Stimme von Höness war zittrig, und er beugte sich vor, um seine Hand im Licht des Autos zu begutachten. Kelly sagt immer noch nichts und starrte wie apathisch das tote Tier an. In dem roten Lichtschein konnte er keine größere Verletzung an der Hand feststellen. Hoffentlich hatte er Glück im Unglück und kam mit einer Prellung davon. Nicht auszudenken, falls es was Schlimmeres wäre. Man würde ihn krankschreiben und den Fall an einen anderen Ermittler übertragen. Oder Sternkopf würde weiter ermitteln mit dem Rest der Truppe. Er rieb an seiner Hand und sah Kelly an. „Wir sollten es besser von der Straße runterschaffen. Nehmen Sie auch ein Bein?" Er sagte es, obwohl er wusste, dass er nur mit einer Hand ziehen konnte.

„Es ist zu schwer", sagte Peter. „Wir schaffen das nicht."

„Haben Sie ein Abschleppseil im Fahrzeug?"

„Ja, das wäre eine Möglichkeit. Und morgen soll es jemand von der Gemeinde mit einem Laster holen. Ziehen wir es ins Feld."

Kelly befestigte das Abschleppseil um die Hufe und den Abschlepphaken am Fahrzeug. Dann fuhr er vorsichtig an, und bewegte den Audi mit dem über den Boden schleifenden Tier in einen Feldweg. Höness sah zu, und winkte ein vorbeifahrendes Fahrzeug vorbei, das verlangsamte, als der ungläubige Fahrer die „Abschlepp-Aktion" sah. Nach zehn Minuten setzte sich Peter erschöpft hin, und rief den Förster aus Hindelang an. Norbert Stiefenhofer, der erfahrene Förster, versprach, sich schnellstmöglich um den Kadaver und die Suche nach dem Eigentümer des Ponys, zu kümmern. Irgendwoher musste das Tier ja schließlich entlaufen sein.

Sie schwiegen beide bei der Rückfahrt, und Höness fragte sich, wohin ihn der ganze Irrsinn hier, noch führen würde.

25

Am nächsten Morgen ging Peter um acht Uhr zu Fuß ins Dorf hinunter und war trotz der Tragik des gestrigen Abends zufrieden. Als er heimkam, hatte er Julia nichts von dem Unglück mit dem Pony erzählt, und sie hatten sich noch beim Fernsehen über das Thema „Kinderkriegen" ausgesprochen. Sie beschlossen, dass sie noch warten würden, wie sich der Zustand von Julia die nächsten Monate entwickeln sollte. Vielleicht meinte es Gott doch gut mit ihnen, und eine Besserung trat ein. Außerdem wollten sie noch die Meinung von Dr. Hiddler einholen.

Peter beschloss, seinen üblichen Rundgang im Dorf auf den Uferweg an der „Ostrach" auszudehnen. Hier befanden sich die breiten Rad - und Wanderwege, die vor allem im Sommer und Herbst, stark von den Touristen frequentiert waren. Heute jedoch, bei starker Bewölkung und höchstens fünf Grad plus, war keine Menschenseele unterwegs. Auf der gegenüberliegenden Seite der Ostrach, setzte sich die immer heller scheinende Sonnenkugel gegen schwarzgraue Wolken zur Wehr, und erhellte zunehmend das triste Bild, das sich seit einigen Tagen im Dorf bot.

Dann sah er plötzlich einen roten Fetzen Stoff am Ufer, wie von einer Jacke, die am Uferrand lag. Daneben dass, was ihm das Blut in den Adern gefrieren ließ: Eine leblose Gestalt! Mit zitternden Knien stieg Peter die drei Meter hohe Uferböschung hinunter, und wäre beinahe noch auf der dünnen Schneeschicht ausgerutscht, bis er sich stolpernd und um Gleichgewicht bemühend, vor der Leiche befand. Dass es sich um eine Leiche handelte, hatte ihm sofort sein Gefühl gesagt, als er die verrenkte Person dort unten liegen sah. Die Hälfte der Person lag noch mit den Beinen im Wasser. Er drehte den Körper um und erschrak.

Petra Auer!

Die Frau, die seit einigen Jahren den Verstand zunehmend verloren hatte, und häufig halbnackt in der Gegend herumsprang. Hatte sie, in einem weiteren Anflug geistiger Umnachtung, ihr unwürdiges Leben beenden wollen? Wie würde Jürgen, sein damaliger bester Freund, darauf reagieren? Wie, ihr Ehemann, Sepp Auer, der vergeblich versuchte hatte, mit Hilfe eines Psychologen aus Sonthofen, seine Gattin wieder zu „normalisieren".

Er zog den Körper komplett aus dem Wasser, legte die Frau auf den Rücken, dann begann er sie zu beatmen, obwohl ihm bewusste war, dass nichts mehr an diesem Leben zu retten war. Die Leiche war schon ganz kalt, und lag bestimmt schon seit einigen Stunden hier am Uferbereich. Unbeholfen hielt er sie im Gleichgewicht und presste rhythmisch auf ihren Brustkorb, dann beatmete er sie von Neuem. „Frau Auer!" Er schlug ihr mit der flachen Hand zweimal ins Gesicht, beatmete abermals, spürte, dass das alles sinnlos war.

Dann hörte er vom Wanderweg, Schritte. Drei kleine Jungen, vielleicht um die acht, neun Jahre alt, sahen ihm bei seinem Versuch entgeistert zu.

„Ruft den Notarzt", brüllte er, bis ihm einfiel, dass er ja selbst ein Handy hatte, die Kinder aber bestimmt keines. Von den Dorfkindern hatte noch niemand ein Handy, die waren ja viel zu jung. Zumal auch der Netzausbau hier im Tal noch stark im Aufbau steckte.

Er griff selbst zu seinem Telefon und rief Dr. Hiddler an, der hatte seine Praxis im Ort, und war bestimmt schneller hier, als der Notarzt aus Sonthofen. Mit zitternden Fingern wählte er die Nummer, während die Kinder weitergafften.

Fünfzehn Minuten später kniete Dr. Hiddler neben der

Leiche, und konnte auch nur ihren Tod feststellen. Er bestätigte nur, was Peter schon ahnte; Die Frau war seit mehreren Stunden tot. Toter konnte man nicht mehr sein. Wieviel Stunden genau, konnte erst eine genauere Obduktion ergeben, sagte ihm Hiddler. Während er die Leiche noch genauer betrachtete sah Peter, wie zwei weitere Personen die Böschung herunterkamen: Helmut Höness und sein Mitarbeiter Sternkopf.

„Haben Sie die informiert, Dr. Hiddler?"

„Das war Zufall, Peter. Gerade als Sie anriefen, stand der Herr Hauptkommissar bei mir in der Praxis. Er hat sich an der Hand verletzt, warum wollte er partout nicht sagen. Als er mitbekam, dass Sie anriefen, sagte er, er informiert seinen Kollegen und kommt dann auch. Aber jetzt, nachdem ich was an der Leiche sehe, ist es bestimmt auch besser so."

Den letzten Satz bekamen die Beamten mit, und Höness fragte, als sie vor ihnen standen: „Was haben Sie entdeckt, Dr. Hiddler?"

Peter sah die bandagierte Hand von Höness, als er auf die Leiche zeigte. Alle starrten die Tote an, bis Hiddler das Haar von Petra Auer am Nacken zur Seite schob.

„Sehen Sie, meine Herren?"

Alle konnten dunkel verfärbte, fingerförmige Quetschungen auf der Haut sehen. „Nicht am Hals, sehen Sie. Sie wurde mit einer Hand zwischen Nacken und äußerem Halsbereich gedrückt. Die zweite Hand war vielleicht am Kopf. Ich befürchte, die Frau wurde unter Wasser gedrückt und ertränkt!"

Alle hielten inne und sahen die Leiche an. Peter konnte die Worte nicht fassen, die Nachricht brachte ihn ins Taumeln. Nur mit Mühe konnte er seine Tränen unterdrücken. Warum Petra Auer? Sie hatte doch niemandem etwas getan, und war selbst krank? Welcher Mensch tut sowas? So einen Tod hatte niemand verdient. Höness fand als Erster seine Stimme wieder. „Haben Sie sie angefasst, Kelly?"

„Ich habe versucht, sie wiederzubeleben."

„Na prima, dann sind ja wieder überall Ihre Fingerabdrücke drauf. Sternkopf, rufen Sie die Gerichtsmedizin und einen Pathologen an. Sie sollen sich die Frau exakt ansehen. Dass sie mir ja keiner mehr von euch anfasst!"

Bei Höness kamen zum ersten Mal Zweifel auf; Nämlich die, ob er dieser Sache hier noch gewachsen war.

26

„Es tut mir leid, Jürgen. Mein Beileid, Herr Auer."

Beide standen zwanzig Minuten später vor der Leiche, und begriffen nicht was hier geschehen war. Sternkopf hatte sie informiert, obwohl es lieber Peter getan hätte.

„Wie ist das passiert?", fragte Sepp Auer. Er war siebenundzwanzig Jahre mit seiner Frau verheiratet gewesen.

„Wie wissen es noch nicht genau. Ich habe sie bei einer meiner Rundgänge kurz nach acht hier entdeckt."

„Sie ist ertrunken?", fragte Jürgen Auer.

„Wird sich noch rausstellen, Jürgen. Die Leiche wird von Experten genau untersucht. In ein - bis zwei Tagen kriegen wir die Ergebnisse." Peter Kelly musste aufpassen, dass er nichts Falsches sagte, da Höness immer noch in der Nähe war, und auf die Spurensicherer wartete.

„Sie fand es schrecklich, *so* zu sein", meinte der alte Auer.

Peter nickte.

„Weißt du noch, wie sie bis vor zehn Jahren war, Peter?"

Peter nickte.

„Manchmal, aber immer seltener, hat sie sich auch noch daran erinnert", stellte Sepp Auer fest. „Wie sie früher war. Das war das Schlimmste, weißt du? Nicht dass sie verrückt geworden ist, sondern dass sie gewusst hat, dass sie verrückt wird."

„Wenigstens ist das jetzt vorbei", betrachtete Jürgen die Situation, während mittlerweile fast das ganze Dorf wusste, was passiert war.

„Sternkopf, Sie sorgen mir dafür, dass niemand mehr außer uns, das Gelände betritt. In wenigen Minuten kommt die Spurensicherung, nicht dass uns die Bewohner und Schaulustigen hier, eventuelle Spuren vernichten", knurrte Höness.

„Klar, Chef." Sternkopf besorgte ein Absperrband und befahl zwei Polizisten von der Inspektion aus Sonthofen, die mittlerweile auch eingetroffen waren, jeden vom Tatort zu vertreiben der hier nichts zu suchen hatte.

Peter sah, dass irgendjemand eine Decke über die Leiche gelegt hatte, und war unsinnigerweise dankbar, denn es war ein kalter Tag, trotz des Sonnenscheins.

„Wo ist die Verbindung, Kelly?", fragte Höness auf einmal neben ihm.

„Verbindung?"

„Ja, Verbindung. Verbindet die beiden Frauen irgendetwas? Sie kennen doch die Bevölkerung hier seit frühester Kindheit. Ist Ihnen zwischen den beiden Frauen irgendeine Verbindung bekannt, die uns ein Motiv erahnen lässt. Keiner, der die beiden Frauen hasste?"

„Mir ist niemand bekannt, der sowas Furchtbares getan haben könnte."

Er sah zu den Auers, die horchten, was er von sich gab.

„Niemand", wiederholte er, „aber wir finden ihn."

27

Nachdem Peter bei einem der Soko-Beamten eine ausführliche Aussage gemacht hatte, lief er nach Hause zu Julia. Er erzählte ihr, was geschehen war, und sah, wie sie ganz still wurde. Julia war stets gefasst - auch jetzt, als er ihr von etwas berichtete, was aussah wie der zweite Mord im Dorf innerhalb weniger Tage.

„Du musst dich aufwärmen", lautete ihr Urteil. Sie bestand darauf, mit nach oben zu kommen ins Bad, also trug er sie, auf Beinen, die jetzt schmerzhaft pochten und krampften, weil die Durchblutung wieder in Gang kam. Ohne ihre Krücken bewegte sich Julia vorsichtig, mit stockendem Gang, sodass es aussah, als könnte sie jeden Augenblick hinfallen. Sie ließ ihm ein Bad ein, während er sich auszog und seine Kleider in den Wäschekorb stopfte. Er konnte hören, wie sie mühsam eine frische Uniform auf dem Schlafzimmerbett zurechtlegte, während er in die Wanne stieg und heiße Schmerznadeln seine Beine hinaufschossen. Als seine Beine warm wurden und er Julia herumhantieren hörte, überkam ihn eine gewaltige Erschöpfung. Der Schrecken der letzten Tage und der noch größere Schock vor einigen Stunden. Zwei Morde! Irgendwo dort draußen war ein Mörder. Es schien unglaublich, doch ein Mörder war ins Dorf gekommen und hatte allem Anschein nach beschlossen zu bleiben.

Und so was nennt sich Dorfpolizist. Wieder trafen ihn die Worte, doch diesmal schienen sie nicht nur eine Anklage zu sein, sondern eine Warnung. War es der Mörder, der ihm eine Nachricht hinterlassen hatte? Der Gedanke schockierte ihn. Verspottete der Täter ihn? Ließ ihn wissen, wie ineffizient er war? War Petra Auer eine weitere Demonstration seines zweifelhaften Könnens? Wenn ja, wie viele Menschen plante der Mörder möglicherweise noch zu töten? Wo würde seine Mordlust enden?

Ein lautes Schluchzen entfuhr ihm, und er hielt sich den Mund zu und spürte, wie die Tränen seine Augen genauso wirkungsvoll erhitzten, wie das Bad seine Beine erwärmt hatte.

„Peter?"

114

Er beugte die Knie und rutschte rasch an der Emaille hinab unter Wasser, damit es einen guten Grund dafür geben würde, damit sein Gesicht nass war, wenn sie hereinkam.

Der Killer war erregt und wütend!

Brunhilde Besler war in gewisser Weise nicht zu vermeiden gewesen, Petra Auer jedoch hätte vermieden werden können. Hätte Kelly die erste Botschaft verstanden, und hätte er seinen Job vernünftig gemacht, dann wäre die verrückte Auer noch am Leben. Dem Mörder erschien das alles sehr einfach. Er wusste nicht, warum Peter Kelly es so kompliziert machen musste.

Aber auch er würde es noch verstehen.

28

Am nächsten Tag wachte Peter um sechs Uhr auf, während Julia noch leise schnarchend neben ihm schlief.

Er stand leise auf und machte sich einen Kaffee in der Küche. Er öffnete die Haustür, um sich die Tageszeitung hereinzuholen. Wie befürchtet, stand in riesiger Schrift auf der Titelseite: **MÖRDERDORF!**

Nach dem ersten Mord hatte sich die Presse noch zurückgehalten, wahrscheinlich weil sie noch nicht wussten, was sie davon halten sollten. Jetzt geschah aber der zweite Todesfall, und erstmals wurde das Wort „Serientäter" benutzt. Die Pressemeute würde das Dorf bevölkern wie ein Schwarm Bienen, gierig die nächste Schreckensnachricht zu hören und zu sehen. Er musste das verhindern, sonst würde bald kein einziger Gast mehr diese Region besuchen und der Tourismus zum Erliegen kommen. Noch schlimmer als die Schlagzeile, war jedoch dass, was an der Haustür stand. Ein Satz mit hässlicher Schrift, wahrscheinlich mit Kreide geschrieben. Ein Satz, der ihn wie ein Hammerschlag traf: **Du machst deine Arbeit beschissen!**

Ein Kribbeln wie eine Horde beißender Ameisen auf seiner Haut, durchzuckte ihn. Wer wusste hier Bescheid? Wer verspottete ihn so? Noch ein Mord. Noch eine an ihn gerichtete Botschaft. Wo sollte das hinführen? Was bezweckte der Killer damit?

Plötzlich wollte Peter das Haus nicht mehr verlassen. Bei dem Gedanken, ins Freie hinauszumarschieren, begann er zu zittern. Denn derjenige, der die Nachricht geschrieben hatte, saß höchstwahrscheinlich dort draußen und beobachtete ihn mit Sicherheit mit einem Fernglas von einem Hügel oder gegenüberliegenden Fenster aus. Er machte seinen Job wahrscheinlich wirklich nicht gut. Wäre er überhaupt in der Lage seine Julia zu beschützen? Wie konnte er wissen, ob der Mörder nicht sein Zuhause aufsuchte, um über seine Frau herzufallen, während er Streife ging?

Peter machte einen Lumpen in der Spüle feucht und wischte die Kreide von der Tür. Er durfte Julia nichts davon erzählen, sie brauchte ihn jetzt dringender denn je. Sie durfte nicht in Panik verfallen, und er musste versuchen kühlen Kopf zu bewahren. Nur wenn er nicht durchdrehte, hatte er eine Chance den Irren zu stoppen. Auch die Dorfbewohner brauchten ihn jetzt mehr denn je. Er musste das Böse, dass Einzug gehalten hatte, von ihnen fernhalten. Höness und sein Team würden es nicht schaffen, die Bevölkerung hier zu schützen. Er musste die Zügel in die Hand nehmen und Stärke beweisen.

Er betrachtete sein Gesicht im Spiegel und kam sich um Jahre gealtert vor. Er schüttete sich Wasser mit beiden Händen ins Gesicht und sah seine geröteten Augen an. Dr. Hiddlers Worte klangen immer wieder in seinen Ohren, immer und immer wieder; *Julia braucht Sie, mehr denn je!*

Er musste Herr der Lage und Herr seiner Sinne bleiben.

29

Hintersee machte zu.

Im Sog zweier Verbrechen innerhalb kürzester Zeit, zog sich die Gemeinde in einem irrealen Gefühl der Ungläubigkeit in sich selbst zurück. Einem Fremden wäre außer verstohlenen Blicken nichts aufgefallen; jedoch jeder, der hier lebte, wusste, dass nichts mehr so war wie vorher und dass nichts so war, wie es sein sollte.

Die Menschen gingen wie immer ihren alltäglichen Dingen nach. Sie arbeiteten, gingen einkaufen, führen ihre Hunde aus und junge Mütter gingen mit Kinderwagen spazieren. Doch sogar die Luft in Hintersee war anders geworden, und alle die dort lebten, nahmen jetzt mit jedem Atemzug ihre Toxine in sich auf. Misstrauen, Furcht und Verwirrung begannen, ihr Dasein zu durchdringen, und sie betrachteten einander mit ganz neuen Augen, die nach Hinweisen auf die Identität des Mörders suchten.

„Ich hätte da eine Theorie", sagte Sternkopf zu seinem Chef.

Du, und deine beschissenen Theorien, dachte sich Höness.

Sie saßen beide in der mobilen Einsatzzentrale, so dicht an der Standheizung, wie es nur möglich war, und tranken Kaffee. Eben hatte der Pathologe angerufen und bestätigt, was Höness schon am Tatort vermutet hatte - dass Petra Auer ertrunken war und dass sie mit an Sicherheit grenzender Wahrscheinlichkeit unter Wasser gedrückt worden war. Das erkannte sogar dieser Kurpfuscher im Dorf. Und jetzt kam Sternkopf mit seiner beschissenen Theorie.

„Also, reden Sie, Sternkopf. Welche Theorie?"

„Könnte es nicht sein, dass der Mörder eine Person ist, mit der überhaupt niemand rechnet? Jemand, der eigentlich für Recht und Ordnung sorgen sollte?"

„Werden Sie konkreter, Sternkopf."

„Vielleicht einer von *uns*?"

„Einer von *uns*? Sind Sie noch bei Trost? Sie glauben doch nicht im Ernst, dass ein Polizist der Täter ist?"

„Nicht einer unserer Soko, sondern der, der hier im Ort für Recht und Ordnung sorgen sollte."

„Peter Kelly?" Höness verschüttete fast seinen Kaffee.

„Nein, nicht Kelly. Sondern einer, der noch über ihm steht. Einer, der hier wirklich das Sagen hat, und auch Kelly indirekt bezahlt."

„Der Polizei-Dienstleiter von Sonthofen?"

„Nein, wer hat denn in jeder Stadt oder Gemeinde das Sagen. Wer setzt sich dafür ein, dass Straßen gebaut und die Infrastruktur stimmt?"

Höness stand auf dem Schlauch und wurde langsam wütend. „Reden Sie nicht solange um den heißen Brei, Sternkopf. Sie meinen doch nicht etwa den Bürgermeister?"

„Doch, genau den."

„Seit wann sorgt ein Bürgermeister für Recht und Ordnung? Mann, Sternkopf. Sie reden manchmal einen Blödsinn. Abgesehen davon, wer ist überhaupt der Bürgermeister? Mit dem haben wir ja noch gar nicht geredet."

„Sepp Auer!"

„Der Mann der Getöteten? Petra Auers Mann?"

„Genau der."

„Kann das Kaff hier überhaupt einen Bürgermeister tragen? Der Ort hat doch nicht viel mehr als tausend Einwohner?"

„Klar, geht das. Ehrenamtlich. Balderschwang, die kleinste Gemeinde Bayerns, hat übrigens auch einen Bürgermeister und nur 280 Einwohner."

„Klugscheißer. Was hätte Auer für ein Motiv, seine Frau zu töten?"

„Belastung. Sie war seit einigen Jahren nur eine Belastung

für ihn und seinen Sohn. Ein klassisches Motiv."

„Warum?"

„Sie war geistig äh… nicht mehr ganz auf der Höhe, wenn Sie verstehen, was ich meine?"

„Also, verrückt?"

„So könnte man es auch sagen. Sie wusste nicht mehr so ganz, was sie immer tat."

Höness kam ins Grübeln. Sternkopf hatte nicht ganz Unrecht. Eine geistig umnachtete Frau bereitete nicht nur Kummer und Sorgen, sondern kostete auch viel Nerven und vor allem Geld.

„Und eine Verbindung zwischen den beiden Morden? Auer hätte ja nichts davon, auch die alte Besler zu killen?"

„Wir kennen die Verbindung nur noch nicht. Möglichkeit Zwei wäre; es gibt zwei Täter, was dem „Zweiten" nur recht wäre, so fällt der Verdacht nur auf einen."

Höness war irritiert. „Sie meinen, weil die alte Besler umkam, packt Auer die Gelegenheit beim Schopf, und denkt sich; Töte ich auch meine Alte, dann fällt`s nicht so auf. Also, ein sogenannter Trittbrettfahrer?"

„So könnte man es ungefähr sagen. Auch Robert Besler ist noch nicht raus aus dem Kreis der Verdächtigen. Kraus hat sein Alibi überprüft, es hat Lücken."

„Welche?"

„Unser Rechtsmediziner sagte, der Todeszeitpunkt von Brunhilde Besler war zwischen 21 Uhr - und Mitternacht.

Noch genauer will er sich nicht festlegen. Besler war zwar mit seiner Bekannten im Kino, aber die Vorstellung war um 22 Uhr zu Ende. Dann gingen sie noch beim „Alfredo" in Hindelang was trinken. Gabi Hauser, die Bekannte von Besler, sagte aus, dass sie sich gegen 23 Uhr wieder getrennt haben und in ihre eigenen Wohnungen fuhren. Die beiden sind nicht liiert, sondern nur befreundet. Besler hätte also durchaus noch Zeit genug gehabt, seine Mutter zu töten."

Höness grübelte. Die Erklärungen klangen durchaus plausibel. Die beiden Männer saßen in seltener Harmonie da und hielten inne. Vielleicht waren die beiden Fälle doch einfacher als erwartet zu lösen?

30

Der Boden war wieder über Nacht gefroren, und sie hätten keine Grube für Petra Auer graben können, selbst wenn ihr Leichnam nicht als Beweismittel beschlagnahmt worden wäre, doch die Bestattung fand trotzdem statt.

Sepp Auer saß mit seinem Sohn Jürgen in der vordersten Bank der kleinen Dorfkirche. Beide trugen schicke, schwarze Anzüge und stierten auf den Altar.

Peter sah sich um und begegnete ganz hinten dem Blick von Höness. Zweifellos war dieser hier, weil der Mörder vielleicht an der Trauerfeier für „sein Opfer" teilnehmen könnte. Für Brunhilde Besler war auf Wunsch ihrer Familie noch kein Gottesdienst abgehalten worden, Sepp Auer jedoch hatte auf einen bestanden. Verständlich, schließlich war er auch seit neun Jahren der Bürgermeister von Hintersee. „Sie ist tot", hatte er zu Pfarrer Sattelberger gesagt, „und ich will mich mit meinem Sohn auch anständig von ihr verabschieden."

Peter hatte Höness nicht gefragt, ob es in Ordnung wäre, wenn er zum Gottesdienst kam, und er lächelte bei dem Gedanken, dass der Mörder womöglich gerade vor Brunhilde Belsers Haus auf und ab lief, an die Tür hämmerte und den kleinen Terrier von nebenan ärgerte. Das ganze Wacheschieben war sowieso Schwachsinn, und er empfand keine Schuldgefühle dabei, nicht mehr ständig um das Haus rum zu lungern. Auch Höness sah das inzwischen ähnlich, deshalb hatte er ihn diesbezüglich auch gar nicht mehr angesprochen, beziehungsweise zusammengeschissen.

Der Gottesdienst war wie immer, eine traurige Angelegenheit. Während die Orgel erklang, und die Hälfte der zweihundert Anwesenden mitsang, drückte Julia seine Hand. Auch sie war mit ihren Krücken mitgehumpelt und wollte auf keinen Fall mit dem Auto hierherfahren. Bewegung und frische Luft täten ihr gut, versicherte sie Peter immer wieder. Ein harter Klumpen stieg ihm in die Kehle, und er wagte es nicht, sie anzusehen. Danach war ein „Leichenschmaus", so nannte es Peter, im Gasthof Hirsch geplant. Peter und Julia gingen nicht hin. Sie sahen, wie Sepp Auer seinen Sohn aus der Kirche führte, dann machten sie sich langsam auf den Heimweg. Das dämmrige Dorf wirkte bedrückend still, bis die Kirchenglocke erklang. An Tagen wie diesem kam Peter sich vor wie der letzte Mensch auf Erden. Als Julia im Wohnzimmer saß, zog er seinen dunkelblauen Anzug aus, und zog seine grüne Uniform wieder an um auf Streife zu gehen. Nur wegen einer Beerdigung würde er seine Pflichten nicht vernachlässigen, schließlich wurde er dafür bezahlt. Die Bürger sollten sich nicht noch unsicherer fühlen, als sie eh schon waren. Vielleicht konnte er durch seine sichtbare Präsenz etwas von ihrer Angst nehmen.

Es war schon fast dunkel, als Peter den Fremden erblickte. Im Sommer war ein Fremder ein gesichtsloser Teil eines größeren Ganzen, das in einheitliche Wandershorts gekleidet und mit Kartentaschen ausgerüstet im Dorf einfiel wie eine Armee. Im Winter und Frühjahr jedoch war ein Fremder in Hintersee etwas Eigenartiges und irgendwie Seltsames. Wieso sollte jemand in diesen Jahreszeiten nach Hintersee kommen? Meistens lag der Schnee bis Mitte April auch in Tallagen, und außer einer Langlaufloipe war nichts Besonderes im Dorf geboten. Der Wintersportler verpönte geradezu Hintersee und strafte den Ort mit Missachtung, fuhr viel lieber ins zehn Kilometer entfernt gelegene Oberjoch. Dort gab es auch viele Wellnesshotels, was bei vielen Gästen immer beliebter wurde. Die Beweggründe für jemanden, der jetzt Anfang März nach Hintersee kam, mussten einfach verdächtig sein. Bei einer Frau oder einem Kind war es leicht, sich vorzustellen, man hätte es mit einer Schwester oder Nichte zu tun, die zu Besuch kam. War es ein Mann, so war es verlockend, sich so viel mehr auszumalen - und nicht alles davon war gut und freundlich. Peter hatte nicht die Erfahrung von Höness oder seinen Zynismus, doch selbst er wurde misstrauisch, als der Mann ihn erblickte und daraufhin ohne Umschweife kehrtmachte und eilig den Weg zurückging, den er gekommen war.

Er folgte dem Mann in einer Entfernung von ungefähr hundert Metern und prägte sich sein Äußeres nach besten Kräften ein. Eher klein, eher schmächtig, eine lange grüne Wildlederjacke über dunklen Hosen und braunen Wanderschuhen. Ein breitkrempiger Hut, den er bei einem Faschingscowboy zuletzt so sah. Solche Hüte trug hier niemand im Ort, das wäre ihm schon längst aufgefallen. Die breite Krempe warf einen Schatten auf das Gesicht des Fremden, wenn er unter den orangegelben Straßenlaternen hindurchging. Die nassen Abdrücke auf dem Pflaster zeigten Peter, dass die Füße des Mannes klein waren - wahrscheinlich Größe 40 oder 41 - und dass seine Sohlen ein deutliches Fischgrätmuster aufwiesen. Der Mann hastete rasch dahin; er schaute sich einmal um - was Peter nur in seinem Entschluss bestärkte, ihm weiter zu folgen, auch wenn es ihm ein bisschen so vorkam, als täte er das nur, weil ihm kalt war, er sich langweilte und weil der Mann ein Fremder war, mit dem Hut eines Fremden.

Der Mann bog in die schmale Straße neben dem Dorfladen ein, die, wie Peter wusste, eine Sackgasse war. Jetzt näherte Peter sich langsamer; er wartete darauf, dass der Mann wieder herauskam, doch er tat es nicht. Nach ein paar Minuten folgte Peter ihm in die Gasse.

Der Mann war verschwunden!

In dem düsteren kleinen Innenhof hinter dem Laden standen ein paar Müllcontainer, ein paar alte, mit Erde gefüllte Bierfässer, und eine Recyclingtonne voller Glasflaschen. Ein Zaun, über dem ein Brombeerdickicht eine höchst wirkungsvolle Barriere bildete, begrenzte die Rückseite des Innenhofes. Der einzige Weg hier heraus - abgesehen von der Hintertür des Dorfladens - führte über eine anderthalb Meter hohe Mauer zwischen diesem Grundstück und dem daneben. Fußspuren zeigten Peter, dass der Fremde diesen Weg gewählt hatte. Peters Herz begann zu rasen. Der Mann war lieber über die Mauer geklettert und die Gasse hinuntergegangen, die sich an dem Haus entlangzog, als kehrtzumachen und ihm gegenüberzutreten. Das war bestimmt nicht das Verhalten eines harmlosen Besuchers, der aus Versehen falsch abgebogen war.

Gerade wollte Peter über die Mauer flanken und ihm nachsetzen, als er draußen auf der Straße ein Auto zum Leben erwachen hörte. Scheiße! Er rannte durch die Gasse zurück, und rutschte unbeholfen auf dem Kopfsteinpflaster. Dann schoss er über den Gehsteig hinaus, kam mitten auf der weißen Fahrbahn schliddernd zum Stehen und schaute die schmale Straße hinauf und hinunter.

Von dem Mann oder dem Auto war nichts mehr zu sehen.

Scheiße, Scheiße, Scheiße. Entwischt.

Peter war es einfach nicht gewöhnt, so misstrauisch zu sein, nicht einmal Fremden gegenüber. Bei dem Gedanken, dass ihm der Mörder entwischt sein könnte, weil er sich nicht der Peinlichkeit hatte aussetzen wollen, ihn in Herr Mildners Garten zu stellen, krümmte er sich unwillkürlich. Rasch ging er zur Schule hinauf und dann zurück zu Brunhilde Beslers Haus, ohne eine Menschenseele zu Gesicht zu bekommen, geschweige denn den Fremden. Abends und um diese Jahreszeit, blieben die Menschen hier lieber zu Hause. Wenigstens hatte er den Mann genau in Augenschein nehmen können: seine Statur, seine Kleidung, seinen Gang mit diesen kurzen Schritten. Wahrscheinlich Ende Dreißig oder Anfang Vierzig. Er würde ihn wiedererkennen. Vielleicht. Ganz kurz erwog er, Höness davon zu erzählen, dann verwarf er diesen Gedanken sofort wieder. Letzten Endes hatte er wegen einer minimalen Ahnung und maximaler Langeweile seinen Posten verlassen - und hatte nichts erreicht. Und für Höness wäre das lediglich eine Aufforderung, ihm abermals eins reinzuwürgen. Bisher hatte der Mann dafür ja nicht einmal einen Anlass gebraucht; Peter hatte keine Lust, ihm jetzt einen zu geben. Niedergeschlagen kehrte Peter zu seinem Türposten zurück.

Gerhard Kraus, einer der Kommissare, sah von seinem Dienstwagen aus, dass Peter Kelly wieder zu Brunhilde Beslers Haus ging. Wahrscheinlich war ihm langweilig geworden und er war daheim gewesen, um was zu Essen. Total idiotisch, den Dorfpolizisten dort als Wachposten einzuteilen. Solch einen Schwachsinn konnte sich auch nur Höness ausdenken. Kraus wunderte sich schon seit drei Jahren, als er zur Kripo Kempten stieß, dass Höness dort angesehen und erfolgreich war. Wahrscheinlich hatte er bisher mehr Glück als Verstand gehabt. Er beschloss, ein paar Worte mit dem jungen Polizisten zu wechseln, und fuhr mit dem BMW vor das Besler-Haus. Der junge Polizist sah ihn kommen und lächelte ihn an.

„Hi", sagte Kraus und streckte ihm seine Hand entgegen. Kelly drückte sie, und Kraus hatte das Gefühl, als drücke er einen Eisblock, so kalt war die Hand.

„Ich habe mich noch gar nicht vorgestellt. Ich heiße Gerhard Kraus, einer der Team-Mitglieder von der Soko."

„Angenehm, Herr Kommissar. Peter Kelly, aber das wissen Sie ja schon. Hat Höness Sie geschickt, um mich zu vernehmen?"

„Quatsch, er weiß gar nicht, dass ich Sie jetzt aufsuche. Das hab ich nur spontan gemacht, um zu sehen, wie es Ihnen geht."

Peter Kelly spürte, dass der Mann die Wahrheit sagte. Er schätzte ihn auf Anfang dreißig. Kraus war eins fünfundsiebzig und hatte eine hagere Figur wie ein Langstreckenläufer. Sein blondes Haar war von starkem Haarausfall gekennzeichnet und eine beginnende Stirnglatze breitete sich immer weiter auf seinem kantigen Schädel aus.

„Ja?" Kelly zog eine Augenbraue hoch.

„Wenn Sie nicht diesen Eindruck haben, dann tut es mir leid", sagte Kraus behutsam. „Aber wenn Sie irgendetwas auf dem Herzen haben oder über irgendeinen Aspekt dieser Fälle reden möchten, dann rufen Sie mich bitte an."

Er zog eine Visitenkarte hervor und reichte sie Peter. „Da steht auch meine Handynummer drauf, Sie müssen nicht mit Höness sprechen, wenn Sie nicht wollen."

Peter betrachtete die Karte, die für eine normale Polizei-Visitenkarte viel zu dick war. Ihm war sofort klar, dass Kraus sich selbst hatte welche drucken lassen.

„Okay", antwortete er. „Mach ich. Vielen Dank."

Kraus wandte sich zum Gehen.

„Ich habe einen Fremden gesehen", platzte Peter heraus.

Sofort wurde ihm klar, wie dämlich das sich für jemanden anhören musste, der nicht im Dorf wohnte. Wie dem auch sei, er schilderte, was geschehen war.

Kraus hörte sich Kellys Geschichte mit interessierter Miene an und machte sich kurze Notizen in seinem Mini-Schreibblock, den er aus der Jackentasche zog. „Cowboy-Hut", „lange Jacke", „kleine Statur", „Sohlenabdruck mit Fischgrätmuster", „in Seitengasse abgesetzt", notierte er sich, wobei er sich bei dieser Detektiv-Nummer fast ein wenig albern vorkam.

„Ich weiß ja nicht, ob das relevant ist", sagte Peter am Schluss, und Kraus dachte im Stillen, dass dem wohl nicht so war. Über eine niedrige Mauer zu hopsen war ja wohl etwas anderes, als mit einem Motorrad zum Sprung über einen hohen Drahtzaun anzusetzen. Er dankte Kelly trotzdem. Sollte der Mann ruhig glauben, man nähme ihn ernst. Konnte ja nicht schaden.

31

Peter Kelly glaubte, er hätte noch alles im Griff. Aber das Gegenteil war der Fall, die Zügel entglitten ihm immer mehr. Der Mörder grübelte und beobachtete ihn. Nicht zum ersten Mal überlegte er, ob er mit Peter reden sollte. Vielleicht wäre ein Gespräch von Angesicht zu Angesicht ja nützlich. Sollte Peter nur sehen, mit wem er es zu tun hatte.

Mal sehen, ob sie nicht zu einer Art Übereinkunft kommen konnten. Er war ja kein unvernünftiger Mann. Obgleich der Killer Peter wegen seiner Schwäche verachtete, kam ihm der Polizist trotzdem irgendwie häufig in die Quere. Zweimal war er jetzt wegen Kelly von seinem Vorhaben abgebracht worden, und dafür zollte er ihm widerwillig Respekt. Trotzdem konnte er ihn nicht aufhalten. Heute Nacht war es wieder soweit, er verspürte wieder ein „Bedürfnis".

Er stieg auf einen Fenstersims und schwang sich von dort mit Leichtigkeit auf das Dach aus gehärtetem Glas. Dort stemmte er die Füße haltesuchend gegen die Streben und schob einen Brieföffner in die Fuge des alten Holzrahmens. Er hatte sich gut vorbereitet und genau ausgekundschaftet, dass es das einzige Fenster im Heim war, das nicht durch ein Kunststofffenster mit Doppelverglasung ersetzt worden war.

Dann drückte er den Riegel zur Seite, schob das Fenster nach oben - und stieg leise durch das Fenster ins Josefinenheim hinein. Er wusste, wo die lagen, die er wollte.

Die, die er töten wollte.

32

Walter Göbel gefielen die Nächte im Josefinenheim. Am Tag herrschte hier ständig geschäftiges Treiben, die Nächte jedoch ließen ihn an alte Kriegsfilme denken, in denen die Pfleger mit Kerzen in den Händen ruhig zwischen leise hustenden Patienten dahinschritten. Nachts hatten nur drei Leute Dienst. Normalerweise reichte das völlig. Die meisten Hausbewohner schliefen durch, gelegentlich brauchte mal einer Hilfe beim Gang zur Toilette oder hatte einen Albtraum. Nur einmal in zehn Jahren war einer nachts gestorben an Herzschwäche und am nächsten Morgen tot geweckt worden. Konnte bei den Greisen immer mal vorkommen. Die Älteste war immerhin hundert Jahre.

Heute Nacht hatte er Dienst mit Anette und Konstanze. Er mochte Anette, sie war unkompliziert und lustig. Konstanze dagegen mochte er weniger. Sie war eher das Gegenteil und roch ständig nach Nikotin. Außerdem zog sie ihn ständig wegen seiner „Freundin" auf. Wie geht`s deiner Freundin, Walter? Wieso bringst du sie denn nicht zur Weihnachtsfeier mit? Ständig stellte sie ihm diese blöden Fragen, als ob sie das was anging. Keiner durfte je erfahren, dass seine „Freundin", nur ein Alibi seiner Vorlieben war, denn er stand seit seiner Jugend nur auf Männer. Da er aber keine Lust hatte, sich von den anderen als „Schwuchtel" titulieren zu lassen, zeigte er sich ab - und zu, gern in weiblicher Begleitung. Gerüchte waren in diesen Scheiß Käffern nämlich schnell gestreut, vor allem in der Allgäuer Provinz.

Das Radio spielte leise den Harpo-Klassiker „Movie-Star". Filmstar wäre er auch lieber, als das alte Elend hier täglich zu sehen. Die Arbeit als Pfleger ging ganz schön an die körperliche Substanz und die Psyche. Manchmal musste er sich stark zusammenreißen, nicht in den kurzen Kaffeepausen einzuschlafen vor lauter Erschöpfung.

Es gab vierzehn Zimmer im ersten Stock, und Göbel wusste,

dass Erika Maurer, ständig schlafwandelte und andere Zimmernachbarn schon öfter zu Tode erschreckt hatte. Sie hatte seit fünf Jahren Demenz, und war seit vier Jahren hier im Heim, da die einzige berufstätige Tochter Yvonne, mit der Betreuung ihrer Mutter völlig überfordert war. Seitdem geisterte sie manchmal nachts durch die Gänge, und wusste später nicht mehr was sie getan hatte. Jeder Pfleger bekam den Auftrag, auf sie besonders zu achten und häufiger ihr Zimmer aufzusuchen. Langsam schlich er zu ihrer Tür und öffnete sie. In seiner rechten Hand hatte er nachts immer eine leuchtstarke Taschenlampe dabei, um nicht die Zimmerbeleuchtung anschalten zu müssen, was manche Bewohner zu Tode erschrecken konnte.

„Erika", zischte er, obwohl sie selten auf solche Rufe reagierte. Wenn sie schlafwandelte, befand sie sich in einem anderen Kosmos, hatte sie schon häufiger erzählt. Wenn man sie wieder ins Bett brachte, und sie dann einschlief, konnte sie sich später nur noch an andere Träume erinnern, aber nie an ihre „Ausflüge". Er hatte damit gerechnet, sie neben dem Fernseher stehen zu sehen, aber sie lag friedlich schlummernd in ihrem Bett. Göbel blieb kurz an der Tür stehen. „Alles klar, Erika?", fragte er nochmals flüsternd. Eigentlich Blödsinn, sie zu rufen, wenn sie schon artig schlief sollte man sie auch lassen. Aber Göbel hatte ein merkwürdiges Gefühl, in der Regel schnaufte Erika deutlich hörbar oder schnarchte. Nur heut war sie mucksmäuschenstill. Er ging näher an ihr Bett, ließ den Strahl der Lampe über ihre schlafende Gestalt wandern und runzelte die Stirn. Da war die winzige Wölbung im Bett, die Erika Maurers Körper war, doch er konnte ihren Kopf nicht sehen. Wie bei allen alten Frauen hier, war Erikas Haar schneeweiß, nur die alte Balbina Melzer, tönte sie regelmäßig mit ihren neunundachtzig Jahren. Eigentlich müsste er doch ihren Kopf sehen können.

Göbel trat noch näher an das Bett heran und richtete die Taschenlampe aus. Nichts als das weiße Kopfkissen.

„Erika?", fragte er vorsichtig und unterdrückte die törichte Panik, die ihm sagte, dass Frau Maurers Kopf irgendwie abgefallen war.

Er beugte sich über die alte Frau und lachte erleichtert auf. Sie schlief nur mit dem Kopf unter dem Kissen - obwohl sie das eigentlich nie tat.

Behutsam hob er das Kissen hoch.

Darunter lag Erika Maurer - die Augen geschlossen, den zahnlosen Mund ordentlich zugekniffen, und auf ihrer Stirn lag eine blutige Rose! Blut!

Walter Göbel starrte zuerst das Blut, dann das Kissen und dann die alte Dame verwirrt an. Egal, in welcher Reihenfolge er sie ansah, es ergab keinen Sinn.

Ich muss den Arzt verständigen. Der weiß bestimmt, was zu tun ist. Das war der einzige Gedanke, den Göbels verschwommenes Gehirn zu fassen vermochte. Er war wie paralysiert und begann heftig zu zittern. Er hatte zwar schon alte Leute in ihren letzten Lebensminuten erlebt, aber dass hier war was anderes. Hier ging es nicht um Krankheit, Unfall oder Altersschwäche.

Hier ging es um Mord! Um einen abscheulichen Mord!

Irgendwo in dem langen Tunnel seiner getrübten Sinne hörte Göbel den Alarm vor der Tür piepsen. Er setzte dazu an, sich umzudrehen, den Mund zu öffnen, zu denken, zu schreien. Doch ehe er auch nur eine dieser Handlungen vollenden konnte, wurde alles schwarz um ihn.

33

Hinter ihm waren Spuren in den kümmerlichen Schneeresten auf dem Feld, die zum Josefinenheim führten, doch der Mörder wusste, dass sie ihn nicht verraten würden. Nächsten Morgen würden alle Spuren vermatscht und verschmolzen sein. Keiner konnte dann noch ein Profil erkennen, geschweige denn die Spur von Hinterbrunn nach Hintersee noch nachverfolgen. Hinterbrunn gehörte zur Gemeinde Hintersee, bestand aber nur aus vier Bauernhöfen, einem kleinen Friedhof und dem Seniorenheim. Eigentlich eine beschissene Lage für ein Altersheim, aber der Baugrund war fünfzig Prozent billiger als im benachbarten Hindelang, und in Hintersee war kein Platz, denn den gaben der Bürgermeister und die Landbesitzer lieber den einheimischen Familien, damit das Dorf nicht in einigen Jahren ausstarb. Am Waldrand über die noch leicht schneebedeckten Felder entlang, betrug die Wegstrecke nach Hintersee etwa anderthalb Kilometer. Die Nacht war bewölkt und mondlos, und das Dorf schlummerte in seliger Unwissenheit, ohne zu ahnen, wie verändert es morgen früh sein würde.

Gerade wollte er aus der stockdunklen Gasse heraustreten, als er eine Bewegung am Ende der Straße bemerkte, Es brannten nur zwei Straßenlaternen im ganzen Dorf, die einen orangegelben Lichtschein abwarfen. Aus der Schwärze, am Rande des Lichtscheins, kam ein Hund. Es war der Schäferhund der Grubers, der öfter herumstrich. Er war bestimmt schon fünfzehn Jahre alt, was man seinem schlurfenden Gang auch ansah. Keiner nahm es den Grubers übel, dass der Hund selten angeleint war. Vielleicht waren sie auch froh, wenn er mal nachts überfahren wurde. Der schlanke Körper des Tieres schimmerte im Laternenlicht, und selbst von hier aus konnte der Mörder sehen, wie das glänzende Fell leicht über den Rippen des Hundes vor und zurück glitt. Der Schäferhund würde ihm nichts tun. Er war harmlos - und umgerechnet bestimmt älter - als seine letzten beiden Opfer. Der Killer verharrte, wo er war, im Schatten, wie hypnotisiert vom Herannahen des Tieres.

Die Augen des Tieres leuchteten feuerrot im Schein der Lampe. Langsam schnuppernd blieb er vor ihm stehen.

„Timmy, alter Rumtreiber. Konntest du wieder mal nicht schlafen? Alte Hunde sind halt nicht wie alte Menschen."

Er mochte Hunde, den Schäferhund kannte er bereits seit seiner Jugend. Das Tier schleckte seine Hand ab, wo immer noch ein kleiner Blutfleck daran klebte. Nachdem er ihn gestreichelt hatte, trabte der Hund weiter. Der Mörder sah den Hund unter der Laterne davonschleichen, als hätte er nie existiert. Der Killer seufzte, als hätte er etwas verloren, das ihm lieb und teuer gewesen war.

Er würde ihm vielleicht morgen oder übermorgen wieder

was zum Fressen schenken. Die Grubers, wo der Hund hingehörte, waren ein nettes Paar mit zwei kleinen Kindern. Sie wohnten nur fünf Häuser weiter. Dann ging er wie ein Schatten der Nacht langsam weiter, sorgsam darauf bedacht, keine Fährte zu seiner Unterkunft zu hinterlassen.

Seine Mission war für heute beendet.

34

Die Heimbewohner weinten immer wieder krampfhaft, und wenn sie nicht schluchzten, trösteten sie mit zittrigen, bebenden Stimmen, die sich fast genauso anhörten wie Weinen, andere, die gerade Tränen vergossen. Richard Frommknecht war mit roten Augen kurz nach Höness und seinem Team eingetroffen, und war seitdem alle paar Minuten in Tränen ausgebrochen. Kurz nach dem Auffinden von Erika Maurer war einen Stock tiefer, eine weitere Leiche ermordet aufgefunden worden! Bettina Wölfe hatte der Killer mit einem aufgesetzten Kissen auf den Kopf, mit einem Hammer den Schädel eingeschlagen. Wölfle war seit vier Jahren im Heim, und war mit vierundachtzig Jahren, zwei Jahre länger auf der Erde gewesen als Erika Maurer.

Pfarrer Ewald Sattelberger versuchte, Worte des Trostes zu finden, während er unverhohlen den Tod, als nicht das Ende aller Tage erklärte. Immer wieder beschwor er die bessere Welt, die es vielleicht nur nach dem Tode gäbe, wie auch immer er das meinte.

Einer der wenigen, der nicht weinte, war anscheinend Dorfpolizist Peter Kelly, und das, dachte Höness bei sich, könnte durchaus daran liegen, dass der junge Polizist unter Schock stand. Heimleiterin Sonja Burger hatte zuerst ihren Chef Richard Frommknecht, und dann Peter Kelly informiert, was Höness zuerst erstaunt hatte. Schließlich hatten sie Frommknecht ja erst vorgestern aufgesucht. Anscheinend war Kelly auch hier bei der Heimleitung schon bestens bekannt. Kelly hatte sofort Höness und Sternkopf kontaktiert und an der Tür empfangen. Dann hatte er mit leiser, bedrückter Stimme erklärt, wie er den Tatort gesichert hatte. Er hatte dafür gesorgt, dass alle in ihren Zimmern blieben, soweit das bei verwirrten alten Leuten möglich war, und hatte Herrn Frommknecht gebeten, sein gesamtes Personal zum Dienst zu beordern, um bei der Organisation zu helfen, falls das Heim wegen der Ermittlungen geräumt werden musste.

Er hatte sich vergewissert, dass es in den Zimmern im Erdgeschoss und im ersten Stock keine weiteren Opfer gab, und die Leute davon abgehalten, unnötig im Haus herumzulaufen. Er selbst hatte seine Stiefel ausgezogen und erklärte: „Ich dachte, man kann vielleicht Abdrücke vom Teppich nehmen."

„Kelly hat seine Sache diesmal gutgemacht", meinte Sternkopf in Richtung Höness.

„Das war auch sein Glück", erwiderte Höness. „Sonst wäre seine Laufbahn als Dorfpolizist zu Ende gewesen." Irgendwas schmeckte Höness an dem ganzen Ablauf nicht, er konnte sich nur noch nicht erklären, was. Höness beobachtete den jungen Polizist. Kelly hatte alles in seinem

Notizbuch festgehalten und zog dieses immer wieder sehr viel länger zurate, als notwendig schien - er starrte die Seiten an, als wüsste er nicht mehr, wo er gerade gewesen war. Einmal war Höness ungeduldig geworden und hätte ihm beinahe das Notizbuch weggerissen. Doch dann hatte er gesehen, wie der Adamsapfel des anderen heftig arbeitete, und er hatte ihm die Zeit gelassen, die er anscheinend brauchte, um sprechen zu können, ohne das seine Stimme in unzählige Stücke zersprang.

Er selbst war ganz nahe dran. Nahe dran an den Tränen. Noch nie hatte er im Job geheult, hatte niemals auch nur gefühlt, wie seine Unterlippe im Rhythmus des Kummers um ihn herum zitterte.

Aber das hier...

Das hier war...

Einfach.

Nur.

Grauenvoll.

Die alten Leute, hilflos in ihren Betten, die Brillen und Zahnprothesen auf dem Nachttisch.

Am liebsten hätte er Walter Göbel mit bloßen Händen die Visage zu Brei geschlagen. Aber das ging nicht. Er durfte sich nicht herablassen auf das Niveau dieses kranken Mörders. Gewalt nicht mit Gewalt vergelten. Der Mann, oder, dieses ... Monster, musste lebenslang hinter Gittern. So schnell wie möglich. Aber Göbel war verschwunden! Er hatte sich wohl aus dem Staub gemacht, sie mussten sofort eine Groß-Fahndung nach ihm einleiten. Er befahl es Stern-kopf, bis dieser ihm sagte, dass dies bereits geschehen war.

Sie hatten Walter Göbel hier zurückgelassen. Das hieß, sie hatten diese armen Leute in der Obhut eines Serien-mörders gelassen. Wenn man es so betrachtete, war es ein Wunder, dass es nur zwei Leichen waren.

Höness wünschte, er könnte das Heim vernünftig räumen lassen, aber über zwanzig alte, gebrechliche Bewohner zu verlegen war leichter gesagt als getan.

Kraus meldete, sie hätten die Tatwaffe noch nicht gefun-den, bestätigte jedoch, dass sie sich das Grundstück und den Friedhof draußen vornehmen würden, sobald es hell genug war, und dass sie in einem Gitterraster mit der Suche beginnen würden, bis Verstärkung eintraf.

Höness zückte sein Handy und rief Gebauer an. Er hatte ihn abgestellt vor vierundzwanzig Stunden, damit er die Auers beschattete. Er wollte sich nicht nur auf Göbel einschießen, wenn ihm Gebauer berichtete, dass beide Männer sich nachts aus dem Haus geschlichen hätten und von oben bis unten voller Blut zurückgekommen wären. Insgeheim hof-fte er wirklich, dass es so sein möge, das würde alles so viel leichter machen. Er sagte, dass er vom Auto aus einen vorzüglichen Blick auf beide Hauseingänge hatte und keine Minute geschlafen hätte. Aber nach 18 Uhr war alles mucksmäuschenstill gewesen und sie hätten bis Mitter-nacht vor dem Fernseher gesessen. Höness hatte leichte Zweifel bei Gebauers Bericht. Die beiden Auers hielt er für gerissene Burschen, aber warum in Gottes Namen, sollten sie zwei alte Weiber im Altersheim killen, dass ging über

138

seinen logischen Verstand hinaus. Irgendetwas musste es hier im Dorf geben, dass in die Vergangenheit führte und die ganzen Vorgänge erklären konnte. Nur was?

Unten saß Peter Kelly mit kalkweißem Gesicht und geröteten Augen auf einem Stuhl, eine unberührte Tasse Tee auf dem Knie.

Um ihn herum spiegelten die riesigen dunklen Fenster des Gartenzimmers die Szenerie in alle Richtungen wider, ließen es so aussehen, als stünden Hunderte von Menschen herum und flüsterten, beugten sich übereinander und weinten abwechselnd. Eine Cocktailparty der Trauer.

„Nehmen Sie Zucker?", erkundigte sich Höness.

Wie in Zeitlupe sah Kelly zu ihm auf. „Was?"

„Möchten Sie Zucker?"

Peter blickte dumpf auf seine Tasse und schüttelte den Kopf. Höness nahm die Zuckerschale von einem Tablet, das ganz in der Nähe stand, tat zwei gehäufte Löffel in Peters Tee und rührte energisch um. Der Tee schwappte in die Untertasse. „Austrinken!", befahl er.

Peter tat wie geheißen und zuckte bei dem süßen Geschmack zusammen. Höness zog den Klavierhocker vom Klavier weg und setzte sich ihm gegenüber.

„Kennen Sie Walter Göbel?"

„Nicht sehr gut, aber, ja, ich kenne ihn. Er wohnt hier, also in Hindelang. Ich kenne ihn, aber eher oberflächlich."

„Erzählen Sie mir was von ihm."

Peter starrte lange in seine Tasse. „Ich kann einfach nicht glauben, dass er das getan hat."

Höness spreizte die Hände und erwiderte knapp: „Man kann nicht glauben, dass irgendjemand das getan hat - aber oben im ersten Stock liegen zwei Tote, und Göbel ist abgehauen. Sieht nicht gut aus."

„Ich weiß."

„Hatte er jemals Ärger?"

„Eigentlich nicht. Einmal sind ein paar Sachen verschwunden. Aus den Zimmern der Heimbewohner. Ein paar Schmuckstücke, so was in der Art. Ich habe vorbeigeschaut und mit allen Mitarbeitern gesprochen. Es gab keine Beweise, obwohl ich den Verdacht hatte, dass es Walter gewesen war. Also ging`s mehr darum, alle wissen zu lassen, dass der Diebstahl aufgefallen war. Es hat dann aufgehört. Das war alles. Keiner weiß, ob er es war."

„Ist irgendwas von den Sachen jemals wieder aufgetaucht?"

„Meines Wissens nicht."

Höness kratzte sich am Kinn. „Haben Sie eine Vermutung, wo Göbel sich aufhalten könnte?"

Kelly zögerte kurz und sah ihm in die Augen. „Bei seinem Freund. Ich glaube, er ist bei seinem Freund." Das „seinem" betonte er ungewöhnlich lang.

„Warum betonen Sie das so komisch? Wollen Sie damit zum Ausdruck bringen, dass er schwul ist?"

„Ähm… ja, ich weiß es. Sie wurden schon häufig gesehen. Er hatte eine sogenannte „feste Freundin", rein als Alibi, dass kein Verdacht auffällt. Auf dem Land wird man schnell diskriminiert. Aber behalten Sie das lieber für sich."

Höness starrte ihn ungläubig an. „Ach, so ist das. Auch noch ein schwuler Bruder. Also, geben Sie mir schleunigst seine Adresse, dass gleich eine Streife hin kann."

Peter nannte ihm die Adresse und Höness griff zum Telefon. Felix Ginkel meldete sich von der Tür. „Wir haben eine Spur, Chef!"

35

„Da ist Blut auf dem Dach."

Höness folgte dem Finger seines Mitarbeiters Ginkel, zu etwas, das wie schmale Schmierstreifen auf dem Glasdach aussah, zwischen einem kleinen Fenster oberhalb des Gartenzimmers und dem Fallrohr über der Regentonne. Er fragte sich, wie sie das von hier unten hatten sehen können, oder ob sie schon auf dem Dach gewesen waren.

„Könnte vom Mörder stammen", meinte Sternkopf hoffnungsvoll, obgleich sie alle wussten, dass das sehr weit hergeholt und eigentlich eine Verzweiflungsvermutung war. Trotzdem.

„Sieht aus, als wäre er da rein und wieder raus", bemerkte Ginkel. „Und hier sind Fußabdrücke, die da entlangführten."

Der schmale Betonweg, der um das Gebäude herumführte, war glatt und bot dem Schnee eine perfekte Oberfläche.

„Wir können keine genauen Profilabdrücke mehr erkennen, da der Schnee schon seit Stunden wieder leicht schmilzt."

Scheiß saublöde Übergangszeit, dieser März, dachte sich Höness. Nachts meistens um die Null Grad mit gelegentlichen Schneefällen, die aber sofort wieder am frühen Morgen abschmolzen, da es wieder Plusgrade hatte. Scheiß Spiel. Das wusste natürlich der Mörder, und machte sich gar keine große Mühe mehr, alle Abdrücke und Spuren zu beseitigen.

Das Sohlenprofil des Mörders interessierte Höness nicht. Ihn interessierte nur, wo er hinwollte.

Im Halbdunkel, es war halb sieben, folgten Höness und Sternkopf der vermeintlichen Spur vom Grundstück des Josefinenheims auf die Hauptstraße hinaus. Trotz der frühen Uhrzeit war die Straße vor dem Heim bereits von Reifenspuren durchzogen, von ihren eigenen Autos und denen der Kriminaltechniker. Doch die Gehsteige waren noch weitgehend unberührt, und es war geradezu lächerlich leicht, den Fußspuren zu folgen.

„Ich komme mir schon vor wie ein Pfadfinder", bemerkte Sternkopf.

Höness wusste, was er meinte, ignorierte ihn jedoch. Er verkniff sich, seinen Hilfstrottel zusammenzuscheißen, obwohl ihm stark danach war. Anscheinend begriff der Trottel nicht, dass eine Spur, egal welcher Art, immer noch besser war als nichts. Nach diesem Fall würde er Sternkopf nur noch im Innendienst einsetzen, draußen brauchte er kompetentere Leute um sich. In einem kleinen Schneematschhaufen, der von der Stufe vor einer Haustür geschoben worden war, sahen sie Blut!

„Vielleicht hat er sich verletzt, be der Kletterei übers Dach?", mutmaßte Sternkopf.

Höness nickte. Einen Augenblick lang standen sie da und ließen das Bild in ihren Köpfen Gestalt annehmen, dann eilten sie weiter. Die Spur führte über einen Kilometer lang über Wald - und Wiesenwege von Hinterbrunn nach Hintersee.

„Wir gehen genau auf das Haus der Auers zu!", sagte Höness mit triumphierendem Ton.

„Und auf ihre Garage", ergänzte Sternkopf.

Sie gingen am Haus der Auers vorbei, ohne anzuhalten, und überquerten dann die Straße - die seltsam strukturlosen Abdrücke verschwanden im dahinschmelzenden Schnee, gingen jedoch auf dem Gehsteig auf der anderen Straßenseite weiter. Die beiden Kommissare wechselten einen raschen Blick, als der Schnee zu beiden Seiten der Tür des Dorfladens auf ungefähr fünf Meter dunkel und wässrig wurde. Es war jetzt zehn Minuten nach sieben Uhr - durchaus spät genug, dass jede Menge Dorfbewohner sich ihre Morgenzeitung geholt oder sich mit frischen Brezen oder Milch eingedeckt hatten. Der Laden öffnete jeden Tag um sieben, sogar am Sonntag. Manche Käufer die bereits ein - und ausspazierten sahen sie entgeistert an.

Sie verloren die Spur aus den Augen.

„Scheiße!", knurrte Höness verärgert.

„Schade", pflichtete Sternkopf bei. Wieder nichts. Die Spur

endete doch nicht bei den Auers, dann hätten sie wenigstens das Haus durchsuchen können.

Sie blieben stehen, weil sie nicht riskieren wollten, aus Versehen irgendwelche Abdrücke zu zertrampeln, obwohl sie wussten, dass sich in spätestens einer Stunde alles verflüssigt und aufgelöst hatte.

„Da! Wieder eine Spur." Sternkopf zeigte mit dem Finger.

Die abgehackten Spuren des Mörders bogen in einen schmalen, überdachten Durchgang neben dem Laden ab, wo kein Schnee mehr lag. Dort hatten sich die Abdrücke in Luft aufgelöst.

Beide Männer starrten wachsam die Gasse hinauf. Sie wurde zu einem Innenhof.

Nichts.

„Verdammte Kacke, wir haben ihn verloren", stieß Sternkopf enttäuscht hervor. „Hier im Hof. Ich glaube, wie haben einen neuen Verdächtigen, Chef."

Er hob den Deckel eines grünen Müllcontainers an. Es war nichts drin. Sie inspizierten den Innenhof, doch auch dort war nichts zu finden, was weitergeholfen hätte. Nur Papierfetzen, ein paar Plastiktüten, die an der Mauer raschelten, und zerlegte Pappkartons, die im Schneematsch weich geworden waren.

Sternkopf ging auf, dass dies die Gasse sein musste, von der Kelly seinem Kollegen erzählt hatte. Sie hatten Höness nichts von diesem mysteriösen Fremden erzählt, den Kelly angeblich hierher verfolgt hatte, weil sie befürchteten, dass er sich den Zorn von Höness zuziehen konnte, falls es sich um ein Hirngespinst handelte. Sternkopf war sich auch jetzt noch nicht sicher, ob er es erwähnen sollte. Denn die Vorstellung, es ihm jetzt zu sagen und einen Riesenanschiss zu kassieren, war alles andere als reizvoll.

Sie gingen zurück zur Straße. Jetzt kamen regelmäßig Leute vorbei, und der Schnee auf dem Gehsteig schmolz unaufhörlich. Die Spuren, die sie selbst verursacht hatten, waren bereits so gut wie verschwunden, ebenso wie alle anderen Abdrücke auch.

Höness trat auf die Straße hinaus, als könne er den Mörder vielleicht noch irgendwo ausmachen.

„Wieder nichts", seufzte Höness resigniert.

„Augenblick", stieß Sternkopf mit jäher Dringlichkeit hervor. Er deutete zu dem Innenhof zurück, wo die SPAR-Tüten an der Wand flatterten.

„Zwei Plastiktüten."

„Sie haben Müll entdeckt, Sternkopf. Gut gemacht. Dafür bekommen Sie einen Scheißorden!"

Sternkopf ignorierte die Aussage. „Zwei Tüten, zwei Füße. Er zieht die Tüten über seine Füße, um keine Spuren zu hinterlassen! Dann kommt er hier rein und nimmt sie ab ..."

„... und geht wieder in den Matsch raus und verschwindet", beendete Höness den Satz.

Sternkopf streifte Handschuhe über und schnappte sich die Tüten. „Das heißt, in den Tüten könnten Fingerabdrücke sein."

Sternkopf sah ungemein zufrieden aus, doch nicht einmal das konnte bewirken, dass sich die Stimmung seines Chefs verbesserte.

Sie starrten die weißen Tüten mit der typischen „SPAR-Aufschrift" an und fragten sich, ob diese Entdeckung vielleicht bedeutete, dass sich ihr Geschick zum Besseren wendete.

36

Im grauen Morgenlicht sah der Schnee auf den Häusern und Feldern stumpf und verbraucht aus, und der schmale Straßenstreifen war nur eine langgezogene Delle inmitten der gewaltigen Berglandschaft. All das Weiß wirkte desorientiert, und Peter musste sich anstrengen, um sich auf den Weg vor ihm zu konzentrieren. Es war, als hätten die Berge und der Mörder sich verschworen, ihn zu verwirren, als bedienten sie sich optischer Täuschungen, um die Wahrheit über die Morde und die Landschaft gleichermaßen zu verwischen. Eine Nebeldecke hatte sich auf Hintersee herabgesenkt, und unter dieser diesigen Hülle war etwas Dunkles und Böses am Werk, ungesehen und ungehindert.

Peter dachte an die Nachrichten, die ihn zuerst auf eine Unterströmung des Unfriedens aufmerksam gemacht hatten. Er dachte an das beklemmende Gefühl, dass er womöglich ständig beobachtet wurde. Überwacht.

Dass über ihn geurteilt wurde.

Er dachte daran, wie er in das kleine gelbe Viereck gestarrt hatte, das sein eigenes Badezimmer war, während er wie ein kleiner Riese unter dem sternenübersäten Himmel gestanden hatte. An den alterssteifen Schäferhund mit den trüben Augen. Und an den Mann mit dem Hut und den Fischgrätsohlen, der ihm entwischt war.

Angst um ihn, um Julia, um das Dorf, befiel ihn. Angst über weitere Morde, die ein Mann verursachte, der wie ein Phantom war, den keiner stoppen konnte.

Peter kämpfte gegen jäh aufsteigende Panik an, und der Audi schlingerte zur Seite und holperte über einige Schlaglöcher, die ihn zu verschlingen drohten. Er hob den Fuß, umklammerte das Lenkrad und trat mit voller Wucht auf die Bremse. Der Motor erstarb, und Peter saß einen Augenblick lang einfach nur da, weit oberhalb von Hintersee, und hörte zu, wie sein eigenes raues Atmen die Stille störte, während er ganz langsam verhinderte, dass er völlig aus den Fugen ging.

37

Nachdem sie den Leuten von der Spurensicherung die beiden Plastiktüten ausgehändigt hatten, trafen sich Sternkopf und Höness bei Walter Göbel zu Hause mit Gebauer, Ginkel und Kraus - diesmal, um bei ihm einzubrechen. Sie hatten eine Ramme dabei, doch nachdem sie angeklopft hatten, war es selbst Höness unangenehm, das Ding mitten in einem Ort wie Hindelang hervorzuholen und die Tür einer Altbauwohnung aufzubrechen.

Stattdessen schlugen sie höchst effizient die Glastür der Terrasse ein, und Gebauer, der der Längste war - und Arme wie ein Gorilla hatte, wie Höness es ausdrückte - , beugte sich unbeholfen hindurch, um das Schloss zu öffnen.

Das Innere war ordentlich und geschickt eingerichtet, aus den schiefen Wänden und den dürftigen Lichtverhältnissen war das Beste gemacht worden.

„Eins muss man diesen Schwulen ja lassen", bemerkte Höness, „... aufräumen können sie."

Von Göbel war nichts zu sehen, sie hatten eigentlich auch nichts anderes erwartet. Die zweite Adresse, die sie ermittelt hatten, aufgrund des Namens seines schwulen Freundes, die Kelly ihnen widerwillig gab, stellte sich als Flop heraus. Es wies auch nichts darauf hin, dass er hier gewesen war, seit er gestern Abend zur Arbeit gegangen war.

Höness streifte Latexhandschuhe über, und die anderen folgten seinem Beispiel. Sie bildeten zwei Teams - Höness und Gebauer im Schlafzimmer und der Vorratskammer, Ginkel und Kraus im Wohnzimmer und der Küche.

Sie tüteten nach einer Stunde zwei Paar von Göbels Schuhen ein, dann suchten sie eine weitere Stunde mit nachlassendem Optimismus weiter, bis Kraus auf einmal mit einem Schmuckkästchen antanzte, dass er in der Küche fand.

„Sehen Sie mal, Chef. Tragen Schwuchteln so viele Halsketten und Uhren, wie hier drin sind?"

Höness warf einen Blick in die Kiste. Ein Sammelsurium aus Damenuhren, Diamantohrringen, und sechs Perlenketten, die selbst Höness als wertvoll vermutete, obwohl er mit Schmuck nie was am Hut hatte. Die anderen zwei gesellten sich auch zu ihnen und Gebauer zog eine Kette aus dem Kästchen.

„Vielleicht Sachen von seiner Mutter?", fragte er.

„Wie viele Uhren kann eine Frau tragen?", fragte Höness zurück. Er nahm die, von seinem Geschmack her, schönste zur Hand - eine Jugendstil-Ziffernblatt mit einem Armband aus Rotgold - und drehte sie um. Hinten war eine kleine Inschrift eingraviert: *Für Bettina von deinem Raimund.*

38

Peter Kelly fuhr nach Immenstadt. Er wusste, dass Göbels Freund, Wolfgang Beyer, dort zuletzt in einer Strumpffabrik gearbeitet hatte. Wie ihm Kraus erzählt hatte, stimmte die Privatadresse von Beyer in Sonthofen nicht mehr. Er sagte ihm auch, dass sie zu viert, die Wohnung von Göbel in Hindelang auseinandernehmen würden. Was er selbst plante, erzählte er dagegen nicht. Sonst würden noch zwei Polizeifahrzeuge die Firma aufsuchen, vielleicht für nichts und wieder nichts.

Auch er fuhr umsonst. An der Pforte sagte ihm der Pförtner, dass Beyer zurzeit Urlaub hatte und erst nächste Woche wieder käme. Er ging zum Einwohnermeldeamt und bekam die neue Adresse von Beyer in Rettenberg.

Fünfzehn Minuten später parkte er vor einem Sozialbau-

Wohnblock mit zehn Wohneinheiten. An der obersten Klingel stand handschriftlich geschrieben, der Name von Wolfgang Beyer. Er drückte. Zehn Sekunden später meldete sich Beyer an der Sprechanlage. Er nannte seinen Namen und der Summer öffnete ihm mit leichtem drücken die Tür.

Beyers Augen leuchteten auf, als Peter vor ihm stand. Das änderte sich rasch, als er das ernste Gesicht von Kelly sah.

„Hi, Wolfgang, wie geht's? Bist du umgezogen?"

„Hallo, Herr Dorfpolizist. Schön dich wieder mal zu sehen. Die Wohnung in Sonthofen ist mir zu teuer geworden, zumal wir in der Firma Kurzarbeit haben. Jeder hat Angst vor einer Entlassung, die Strümpfe verkaufen sich einfach nicht mehr so gut wie früher. Deshalb war ich schon seit Monaten auf der Suche nach einer günstigeren Wohnung. Diese hier ist nur zehn Quadratmeter kleiner, und kostet fast vierzig Prozent weniger. Ach verzeih, möchtest du was trinken?"

Sie duzten sich, da Beyer Kelly schon seit Kindergartentagen kannte, als er noch in Hintersee wohnte. Er war Mitte vierzig, eins achtzig und etwas untersetzt. Auf dem Kopf hatte er kaum noch Haare, außer einem grauen Kranz. Er trug ein kariertes Hemd und eine Jogginghose, über dessen Bund die Speckschwarten seines Bauches hingen.

„Nein, danke. Schön für dich, mit der Wohnung hier. Ich komme leider wegen einer unangenehmen Angelegenheit. Dein Freund, Walter Göbel, wird gesucht. Äh… ihr seid doch noch zusa… ? Na, Du weißt schon. Ihr seid doch noch ein Paar, oder?"

„Waren, Peter. Wir haben uns vor drei Monaten getrennt. Ich schätze, er ist bei der Arbeit, oder nicht? Warum suchst du ihn?"

Peter holte tief Luft. „Im Josefinenheim ist der Teufel los. Es gab einen schlimmen Vorfall."

„Was heißt, schlimmer Vorfall? Ein Unfall, oder was? Ist ihm was passiert?"

„Leider viel schlimmer, Wolfgang. Zwei Bewohner sind tot, und Göbel unauffindbar. Ich dachte, er wäre vielleicht bei dir?"

Beyer sagte nichts. Seine riesigen Augen blinzelten irritiert.

Peter wartete, doch Beyer schwieg auch zwei Minuten später immer noch.

„Wolfgang?", fragte Peter leise. „Hast du mich verstanden?"

„Ja", antwortete Beyer. „Ich weiß nicht, was ich sagen soll. Oder was ich denken soll. Wie sind die Leute gestorben? Hat er im Dienst nicht vernünftig aufgepasst?"

„Leider schlimmer, Wolfgang. Zwei alte Frauen wurden ermordet. Grausam, aber leider wahr."

Beyer stierte ihn fassungslos an. Sein Körper zitterte leicht, als ob er fror.

„Das ist unmöglich, Walter ist doch kein Mörder. Was sollte er denn für einen Grund gehabt haben?"

„Keine Ahnung, aber leider ist er im Heim schon aufgefallen, deshalb hat mich auch die Heimleitung schon zweimal gerufen in den letzten zehn Monaten."

„Warum? Wurde er gewalttätig gegenüber anderen?"

„Nein, das nicht. Aber er hat gestohlen."

„Gestohlen? Was?"

„Er hat leider einige Patienten, äh, Heimbewohner beklaut. Einmal hat ihn eine Kollegin dabei ertappt. Vorwiegend Schmucksachen von den alten Frauen; Halsketten, Uhren und solche Dinge."

Beyer war fassungslos. „Ich kann es kaum glauben. Warum hast du mir das nicht früher erzählt? Bekam er keine Abmahnung oder Entlassung?"

„Wir haben uns ja schon seit vielen Monaten nicht mehr gesehen. Er bekam eine Abmahnung, mit konkreter Kündigungsdrohung, sollte er noch mal erwischt werden. Vielleicht ist er gestern wieder erwischt worden von einer Heimbewohnerin, und er musste sie dann beseitigen? Du weißt ja, in manchen Menschen schlummern oft schlimme Abgründe."

Beyer dachte wieder lange nach, über dass, was Peter ihm offenbarte. Sie saßen auf seiner Wohnzimmercouch, und Beyer zog und knackte mit seinen Fingergelenken.

„Ich dachte, du machst dir Sorgen um ihn, Peter. Ich bin überzeugt, er würde diesen Frauen niemals was tun, dass trau ich ihm niemals zu. Nie im Leben!"

Peter hatte das Gefühl, Beyer log ihn an, da er zunehmend verunsichert wirkte. Vielleicht hatte sich Göbel im Schrank versteckt? Vielleicht waren beide auch noch ein Paar?

„Wolfgang, die Kripo wird dich in Kürze auch aufsuchen, ich bin ihnen nur zuvorgekommen. Solltest du also wissen, wo Göbel sich aufhält, sag es mir bitte. Du machst dich sonst womöglich mitschuldig."

Peters Stimme klang scharf und sein Blick wirkte bedrohlich, sodass Beyer auf einmal richtig mulmig wurde.

„Sollte er sich melden, Peter, werde ich dich sofort informieren, dass kannst du mir glauben."

„Das will ich hoffen für dich, Wolfgang. Das Morden in Hintersee muss endlich ein Ende haben, sonst gerät das ganze Dorf noch außer Kontrolle."

Beyer nickte weinerlich, und bekräftigte nochmal seinen Willen zur Mithilfe. Zum ersten Mal in seinem Leben hatte er Angst vor Peter Kelly.

39

Peter kam so spät und so erschöpft nach Hause, dass er Julia am liebsten die Füße geküsst hätte, als sie sagte, sie hätte Abendessen gemacht. Es waren nur Spaghetti mit Tomaten und Basilikum, doch es schmeckte fantastisch, und sie hatte eine Flasche samtigen Rotwein hingestellt, damit er sie öffnete. Sie saß da und sah ihm beim Essen zu.

„Möchtest du darüber reden, Liebling?", fragte sie leise.

Schweigend starrte er durch die Küche ins Leere.

„Er hat sie erschlagen."

Julia biss sich auf die Lippe, und ihre Augen füllten sich mit Tränen.

„Dann hat er ihnen Kissen aufs Gesicht gelegt."

„So wie bei Brunhilde?"

Peter schüttelte den Kopf, wandte jedoch die ziellos ins Nichts blickenden Augen nicht von der Waschmaschine ab.

„Ich glaube nicht, dass er sie ersticken wollte."

„Sondern?"

„Ich weiß nicht. Vielleicht damit er ihre Gesichter nicht sehen konnte."

Es widerstrebte Julia zu fragen, doch die Bilder in ihrem Kopf verlangten danach. „Hat es... haben sie sich gewehrt?"

„Ich glaube nicht. Sie sahen alle ganz… friedlich aus. Ich glaube, er hat zugeschlagen, während sie geschlafen haben. Sie waren gleich tot. Ich hoffe, sie waren gleich tot."

Julia legte die Hand auf die ihres Mannes und blickte auf das Messer hinunter, das er ihr gegeben hatte und das zwischen ihnen auf dem Tisch lag. Zuerst war es ihr albern vorgekommen, doch seit seinem Anruf heute Morgen aus dem Josefinenheim hatte sie es kaum aus der Hand gelegt.

Sie schauderte, und bei dieser Bewegung schreckte Peter blinzelnd auf. Sein Blick erfasste die Waschmaschine, und ihm fiel wieder ein, dass sie geleert werden musste. Und ein Korb Wäsche musste gebügelt werden. Hauptsächlich Hemden und ein paar Uniformhosen. Und die paar Oberteile, die Julia nicht anziehen konnte, wenn sie zerknittert waren. Bügeln war nicht Peters Stärke, und sie bemühten sich immer, geschickt einzukaufen, damit nicht viel Bügelwäsche anfiel.

Julia streichelte seine Hand. „Iss, Liebling."

Pflichtbewusst griff Peter wieder nach seiner Gabel.

Er sah, dass frisch eingetroffene Post an der Obstschale lehnte. „Erzähl mir von deinem Tag", sagte er.

„Bist du sicher, dass du diesen ganzen langweiligen Mist hören willst?", fragte sie verblüfft.

„Genau das will ich hören", antwortete er inbrünstig.

Sie begriff, also erzählte sie.

Peter fühlte, wie ihm körperlich und seelisch wärmer wurde, während er aß und zuhörte, wie seine Frau die kleinen Details ihres Daseins schilderte. Hier in der Küche, mit einem Feuer im Kamin und Abendessen im Bauch, war es leicht, sich einzubilden, dass die Welt in Ordnung sei.

Sie erzählte ihm von dem Rotkehlchen, das fast zehn Minuten lang auf dem Fenstersims gesessen und sie angestarrt hatte. Wie sie ganz plötzlich das manische Bedürfnis gehabt hatte, einen Kuchen zu backen, und wie sie alles Nötige zusammengesucht und auf dem Küchentisch aufgebaut hatte, was über eine halbe Stunde gedauert hatte - und dann war der Strom ausgefallen, was bedeutete, dass sie den Backofen nicht vorheizen konnte. Sie hatte noch einmal zwanzig Minuten gebraucht, um alles sehr viel weniger ordentlich wieder wegzustellen. Dann hatte sie eine Stunde geschlafen und war von Anton geweckt worden, der hereingekommen war und über die Sache im Josefinenheim geredet hatte. Der Zeitungsjunge wusste so ziemlich alles, was es zu wissen gab.

Dann hielten sie beide inne und lächelten sich an. Peter streichelte zart über Julias Gesicht.

Vor seinen Augen klappte sie plötzlich zusammen; Tränen strömten ihr so heftig über die Wangen, dass sie auf den Tisch tropften wie aus einem undichten Wasserhahn. Peter ließ die Gabel fallen und nahm sie in die Arme. Es gab nichts, was er sagen konnte - oder wollte -, um irgendetwas besser zu machen.

Die Krankheit, die Morde, das Loch in ihrem Leben, das die Form eines Babys hatte.

Vor alldem, vor jedem Einzelnen, war er machtlos und nutzlos. Es hatte eine Zeit gegeben, da hatte er geglaubt, er könne helfen, könne trösten, eine Zeit, da hatte er geglaubt, er könne etwas bewegen.

Das stimmte nicht mehr.

Manchmal musste man eben akzeptieren, wie man war.

Und wie man niemals hatte werden wollen.

Er hatte nie mit ihr geweint, doch er war noch nie näher daran gewesen als jetzt, und sie verharrten minutenlang so. Er auf Knien neben ihr, sie steif und starr in seinen Armen, die Hände über dem Gesicht, um den Schmerz nur für sich zu behalten - ihre Weigerung, ihn richtig mit ihm zu teilen, ein Zeichen dafür, dass es seine Schuld war, zumindest in irgendeiner Hinsicht. Er fühlte, wie sich diese Bürde wie kaltes Blei in sein Herz senkte.

Langsam beruhigte sie sich und machte sich los. Er reichte ihr ein Taschentuch, sie putzte sich die Nase.

„Alles okay, Julia?", fragte er behutsam.

„Ja, wieder gut, manchmal überkommt es mich einfach. Du musst dir mal das Gartentor ansehen. Es klappert schon den ganzen Tag."

Sie hatte sich wieder gefangen. Peter stieg in seine Stiefel und ging den dunklen Gartenweg hinunter. Am Nachmittag hatte es wieder leicht geschneit, und er machte den Weg zum Haus frei. Er dachte daran, wie frustrierend es für Julia gewesen sein musste, nicht in der Lage zu sein, die zehn Meter bis zu ihrem eigenen Gartentor zu gehen, aus Angst hinzufallen, während das Tor die ganze Zeit gegen den Pfosten schlug. Der Schnappverschluss musste wirklich mal geölt werden, damit er leichter einrastete. Wenn er es zugemacht hatte, würde er sich die Schaufel holen und den Weg freiräumen, für den Fall, dass er morgen früh keine Zeit dafür hatte. Jetzt, wo er nicht mehr vor Brunhilde Beslers Tür stehen musste. Selbst Höness hatte erkannt, dass es Schwachsinn war.

Das Tor ölen, die Wäsche aus der Waschmaschine holen, bügeln, den Weg wieder freischippen, neues Futter ins Vogelhäuschen streuen, damit das Rotkehlchen weiter zum Haus kam, um Julia Gesellschaft zu leisten. Er musste sich die Kleinigkeiten merken, die ihr Leben in Gang hielten, doch Peter wusste, dass er mindestens eine davon vergessen haben würde, wenn er schließlich wieder ins Haus ging. Er sollte sich eine Liste machen.

Zu Hause und der Dienst. Beides musste er ständig instandhalten wie ein altes Motorrad. Andernfalls sickerte Öl durch die Verkleidung und hinterließ hässliche schwarze Flecken auf dem Boden ihres Lebens.

Peter schloss das Gartentor. Dabei berührten seine Finger Papier. Im Schein der Laterne am Gartentor konnte er erkennen, dass es ein Zettel war, der von außen an den Torpfosten gepinnt worden war. Während dieses unterschwellige Gefühl zum zweiten Mal an diesem Tag wie Schleim in seinem Magen waberte, streckte er die Hand aus, zupfte den Zettel von der glänzenden, goldenen Heftzwecke ab und las:

Wenn du deine Arbeit nicht ordentlich machst, dann wird es dein baldiges Ende sein!

40

Thomas Gebauer sah zu, wie die Kriminaltechnikerin mit Puder und Gelatinestreifen am Fenster herumhantierte und dabei ihr Tun die ganze Zeit halblaut kommentierte. Er hatte sie den Auers lediglich als Mitarbeiterin der Spurensicherung vorgestellt, war dann mit ihr nach oben in ihr Zimmer gegangen und hatte die Tür zugemacht. Insgeheim fragte er sich, ob die beiden wohl dachten, sie und Mel, sie hieß Melanie Link, hätten Sex miteinander.

Mel hatte einen Abdruck gefunden, der nach draußen zeigte, unter dem sichtbaren Fußabdruck, den sie als Erstes entdeckt hatte. Den hatte sie mit einer Polaroidkamera fotografiert, damit sie ihn mit den Schuhen der Auers vergleichen konnte. Das würde sie heimlich tun müssen, da Höness sie beide gebeten hatte, so zu tun, als wäre der Besuch nur reine Routine, wie viele andere Besuche im Dorf auch.

Heimlichkeiten in Verbindung mit Mordermittlungen hätten eigentlich aufregend sein müssen, doch bei dem Gedanken, hier überall rumzuschnüffeln, schämt sich Gebauer ein wenig. Für ihn bestand, im Gegensatz zu Höness, keinerlei Verdacht gegen die Auers. Es gab für ihn keinerlei Hinweise, dass Auer seine Frau, beziehungsweise Jürgen Auer seine Mutter, getötet haben sollten, geschweige denn die zwei anderen Frauen im Heim, die in keinerlei Zusammenhang mit den Auers standen. Es gab nur eine Merkwürdigkeit: Der Kneipenwirt, Luggi Esser, hatte gestern Abend, seinem Kollegen Kraus gegenüber erzählt, dass es vor wenigen Tagen, zu einer Auseinandersetzung kam, zwischen Jürgen Auer und Peter Kelly! Warum war unklar. Anscheinend hatte der junge Auer im Suff, Kelly beleidigt, woraufhin der junge Dorfpolizist, ihm mit seiner Faust gegen den Solar-Plexus schlug. Eines Polizisten unwürdig fand Gebauer. Schließlich sollten Polizisten auch bei Provokationen Contenance bewahren. Aber auch bei einem netten Polizisten, wie Peter Kelly es mit Sicherheit war, konnten mal die Sicherungen durchgehen.

Als Höness kurze Zeit später auch eintraf, wollte er den aktuellen Stand ihrer Durchsuchungen wissen. Gebauer erzählte es ihm, und präsentierte eine neue Theorie, die Melanie Link von sich gegeben hatte.

„Sie meinte", fing Gebauer an und blätterte in seinem Notizbuch, bis er die richtige Stelle gefunden hatte. „Sie meinte, die Fixierung auf alte Leute ist höchstwahrscheinlich das Resultat eines Grolls gegen ein oder beide Elternteile." Er blickte zu Höness auf, der die Augen verdrehte und ein leises „Sonst noch was", von sich gab.

Gebauer ließ sich aber nicht beirren. „Walter Göbel musste seinen Vollzeit - in einen Teilzeitjob umstellen, um seinen kranken Vater zu pflegen."

„Und Robert Besler musste seine Erbschaft drangeben, um die Pflege seiner Mutter bezahlen", hielt Höness dagegen. Eigentlich wusste er nicht, was ihn dazu trieb, Gebauer auch dann zu widersprechen, wenn er seiner Meinung war. Er hoffte, dass kritische Wortwechsel den Ermittlungen guttaten, hegte jedoch den heimlichen Verdacht, dass dem nicht so war. Er musste unbedingt versuchen, diese Neigung zu unmotivierter Pampigkeit zu zügeln.

„Nun ja, schon", erwiderte Gebauer, durch den flüchtigen Kontakt mit einem Intellekt, den er als dem seinen ebenbürtig erachtete, großzügig geworden. „Aber Ihre These besagt, dass das Ganze möglicherweise über materielle Entbehrung hinausreicht, in den Tatbestandsbereich der körperlichen oder psychischen Misshandlung."

„Also könnte Besler von seiner Mutter verprügelt worden sein und jetzt aus Rache anderer Leute Mutter umbringen. Laienhaft ausgedrückt."

„Genau, Chef. Oder Väter. Der Rachefeldzug ist bestimmt noch nicht abgeschlossen."

„Wenn Besler also ein Serientäter ist, dann ändert er seine

Parameter, oder er hatte von vornherein andere."

„So könnte es sein, Chef."

Höness hätte Gebauer am liebsten seine Zähne ausge-schlagen und ihm mit einem Fußtritt aus der Wohnung ge-treten. Höness sponn weiter mit, an der für ihn lächer-lichen Hypothese von Gebauer. „Er ändert seine Parameter und seine Vorgehensweise. Das heißt, jeder hier im Ort der einen Groll auf seinen Vater oder Mutter hat, wäre ein po-tenzieller Killer-Kandidat? Und um uns zu verwirren, sind die nächsten Toten dann männlich und nicht mehr weiblich wie bisher."

„Möglich. Oder vielleicht ist es gar kein Serienmörder. Mel, äh… Frau Link meinte, ein paar Elemente kommen ihr mehr vor wie bei einem Amokläufer, wegen des kompakten Tat-zeitrahmens und der Anzahl der…"

„Ist Frau Link, Psychologin? Oder, Profilerin? Oder, Miss Marple? Die greift doch nur nach Strohhalmen", giftete Hö-ness. Immer diese Besserwisser.

„Tun wir das nicht auch?"

„Als Nächstes behauptet sie noch, Göbel hatte von Besler und den Auers die Erlaubnis zum Töten."

Melanie Link hatte heimlich vor der Tür die letzten Sätze mitgehört, und stand dann urplötzlich am Türrahmen.

„Ich versuche nur, jede Möglichkeit zu erörtern, das ist alles. Ich bemühe mich nur zu helfen, und euch vielleicht den entscheidenden Hinweis zu geben. Nicht mehr und nicht weniger, Herr Höness."

„Überlassen Sie das Denken uns und finden Sie brauchbare Spuren, da ist uns zur Genüge geholfen."

Melanie Link fluchte vor sich hin mit einem kaum wahrnehmbaren Schimpfwort, und ging wieder nach draußen.

Höness seufzte und bereute seinen Ausspruch. Sie fischten hier im Trüben und mussten eigentlich jede halbwegs vernünftige These durchdenken. Nein. Göbel wurde bald gefunden werden, und dann würden sie in Sekundenschnelle die Wahrheit erfahren. Einen Mord konnte man vielleicht noch verbergen, vier jedoch waren das Werk eines Wahnsinnigen, und diesmal würde er an Göbel riechen, wie ein Spürhund, der abgerichtet worden war, indem man ihm die Witterung auf die Nase gerieben hatte.

41

Die Fußabdrücke vor dem Gartenzimmer waren sorgfältig vermessen und fotografiert worden, aber Hauptkommissar Höness hatte schon deutlich überzeugendere Spuren gesehen.

Und im Schneematsch eine Mordwaffe zu finden war auch Glückssache, und als Waffe gab es ja eigentlich nur einen Hammer, wodurch der Schädel der zweiten Toten im Heim zertrümmert wurde. Die anderen Ermordeten wurden ja „nur" mit dem Kissen erstickt, an dem es keine brauchbaren Spuren gab. Und die beschränkte Auer, war mit bloßen Händen im Fluss ertränkt worden.

Lässig wedelte Höness mit der Hand durch den Türrahmen und vernahm das schwache Piepser im Erdgeschoss. War dieses dämliche elektronische Geräusch für Walter Göbel der Tropfen gewesen, der das Fass zum Überlaufen gebracht brachte? War ihm schließlich die Geduld gerissen?

„Scheiße", knurrte Höness. Das passte nicht zum umsichtigen Mord an Brunhilde Besler und der scheinbaren Beliebigkeit, mit der Petra Auer als Opfer ausgewählt worden war.

Von der Tür des herrschaftlichen Anwesens aus konnte Höness den Friedhof nebenan sehen, wo die Suche nach dem Hammer oder sonstigen Spuren, den nassen Schnee dreckig und matschig gemacht hatte. Göbel war der Schlüssel zur Lösung. Auch wenn er nicht in allen Fällen der Täter war, musste er zumindest mit den Taten was zu tun haben, direkt oder indirekt. Warum hätte er sonst fliehen sollen? Außer, ein neuer Gedanke schoss Höness durch den Kopf, Walter Göbel war Zeuge des Mordes, und wurde vom Killer ebenfalls getötet. Er verwarf die abenteuerliche These sofort, in dem Fall hätte der Mörder ja Göbels Leiche mitgenommen, was äußerst unwahrscheinlich war. Der Mann wog bestimmt achtzig Kilo oder mehr, die der Täter hätte zum Auto transportieren müssen.

Er hörte wie Sternkopf kam, um ihm zu sagen, dass Richard Frommknecht ihn unten im Gartenzimmer gern sprechen wolle.

Als er die Treppe hinunterging, fing jemand an, Klavier zu spielen. Irgendwas von Richard Claydermann. Es machte ihn schwermütig, dieses Lied von Tanzen und Liebe an diesem

Ort zu hören, wo dergleichen längst dahin war.

Im Gartenzimmer herrschte die übliche Treibhaustemperatur, und Höness rümpfte beim Eintreten die Nase. Hier roch es ganz schwach nach Fauligem... er wusste nicht recht, nach was. Oder war das der übliche Geruch von kranken und alten Leuten?

Im Zimmer waren sieben alte Frauen und fünf alte Herren, alle irgendwo zwischen achtzig und - neunzig Jahren. Bei einer der Frauen, die einen Gehstock mit silbernem Messingknopf hatte, waren die Hände übersät mit braunen Flecken. Typische Altersflecken, aber Höness sah noch was anderes, als die alte Frau einen Keks aß: Einen Fleck, der nicht den braunen Ton eines Schoko-Kekses hatte. An der Innenseite ihres Daumens war der dunkelrote Fleck zu sehen. Höness ging auf die Frau zu und packte ihr Handgelenk, nachdem sie sich den Keks in den Mund gesteckt hatte. Er drehte ihre Hand herum, als wolle er aus ihrer Handfläche lesen.

Sternkopf!", brüllte Höness. Dann sah er wieder die verschreckte alte Frau an, die sich fast verschluckte. „Wie heißen Sie?"

„Genoveva Kammermeier!", keuchte sie mühsam hervor.

„Lassen Sie die Frau in Ruhe", schrie ein alter Mann, und klopfte mit der Faust auf den Tisch.

„Polizei! Holt die Polizei!", rief eine Frau, die fast ihr Gebiss verlor.

„Ich muss mir nur mal Ihre Hand ansehen, Frau Kammermeier, in Ordnung? Ich tue Ihnen nichts."

Sie sah ihm in die Augen und nickte. Ihre Hand entspannte sich.

„Dieser Fleck da. Was haben Sie da angefasst?"

„Gar nichts", beteuerte sie; ihre Augen waren wässrig und verwirrt.

An der Innenseite ihres Zeigefingers war auch ein kleiner roter Fleck.

Richard Frommknecht betrat den Raum. „Stimmt was nicht, Herr Kommissar? Was ist mit Frau Kammermeier?"

Sternkopf kam hereingesprungen und sah wie sein Chef die Hand drehte.

„Seht ihr? Seht ihr das?", fragte Höness erregt und zeigte auf die Finger. „Sie sagt, sie hat nichts angefasst. Schauen Sie sich mal um, Sternkopf."

Sternkopf überprüfte die Armlehnen des Sessels, die Lehne, die Handgriffe eines Rollators, der an der Wand stand. Er wusste gar nicht, nach was er überhaupt suchen sollte. Blut?

Frommknecht sprach beruhigend auf die anderen alten Leute im Zimmer ein, die immer noch nicht so recht wussten, was hier eigentlich vor sich ging. Eine Frau im Rollstuhl begann zu weinen.

Höness starte ihren Stock an. Er sah sich nach etwas um, womit er den Stock anfassen konnte, und schickte sich an, die Decke von ihren Knien zu heben. Im letzten Moment entschied er sich anders und zog ein Taschentuch aus seiner Jacke. Behutsam legte er sich das Tuch um die Hand und griff ihren Stock in der Mitte.

„Sternkopf!"

Sternkopf kam herüber, und Höness hielt den Gehstock ins Licht. Er war aus stabilem Holz gefertigt; der Griff war aus verziertem Messing - und bräunlich rot verschmiert.

Und ganz am Ende klebte ein kleines, aber unverkennbares Büschel weißer Haare.

Ein Glücksgefühl durchströmte Helmut Höness, und er war sich sicher, die Mordwaffe in Händen zu halten!

42

Während er über Gerümpel kletterte und durch Schuppenfenster spähte, für den unwahrscheinlichsten Fall, dass er Walter Göbel fand, zerbrach sich Peter den ganzen Tag lang den Kopf wegen der Nachricht an seiner Tür. Eine weitere Botschaft, die ihn verhöhnte und bedrohte. Derjenige, der ihn so verhöhnte, konnte nur aus dem Dorf kommen. Er überlegte kurzzeitig, ob er sich eine Kamera installieren lassen sollte, die das Grundstück und das Haus besser sicherte, und wenn es nur vor Blicken war. Dann verwarf er es wieder, Julia würde es nur unnötig weiter beunruhigen. Sie litt eh schon seit ihrer Krankheit häufig unter Schlafstörungen.

Verdammt, er machte seinen Job doch! Diesmal irrte sich der Mörder. Peter hatte mit seinen Nachtstreifen ange-

fangen, und jetzt war er auch tagsüber richtig an den Ermittlungen beteiligt. Sie hatten sogar einen Verdächtigen.
Wie konnte der Mörder - oder irgendjemand anders - ihm
vorwerfen, er mache seinen Job nicht mehr?

Doch der drohende Ton der Botschaft war unverkennbar,
und Peter wusste, dass er sich nicht mehr hinter früheren
Doppeldeutigkeiten verstecken konnte.

Es war höchste Zeit mit Kommissar Höness zu sprechen.

43

Der Mörder konnte sich nicht bis in alle Ewigkeiten verstecken. Alles zog sich um ihn zusammen. Alles holte ihn
ein. Erinnerungen stemmten sich gegen die Decke seines
Unterbewusstseins wie verzweifelte Matrosen im Bauch
eines sinkenden Schiffes.

Er war sich nicht mehr sicher, ob er das alles zusammenhalten konnte. Ein Teil von ihm hatte sich früher einmal
eine Verbindung mit dem Polizisten eingebildet; es hatte
sogar eine Zeit gegeben, als er überlegt hatte, ob sie vielleicht eines Tages im selben Team spielen würden. Seite an
Seite arbeiten würden.

Doch Peter Kelly war noch immer genau dort hartnäckig er-
folglos, wo es wirklich drauf ankam.

Die Leichen wurden immer mehr.

Die falschen Menschen starben, und das war einfach nicht

fair. Es war einfach nicht richtig.

Es musste endlich was geschehen. Wie viele Tote musste es noch geben, bis der Dorfpolizist kapierte um was es ging?

44

Melanie Link rief Höness an - angeblich um zu sagen, dass sie noch keine Gelegenheit gehabt hatte, das Polaroidfoto des Fußabdrucks mit sämtlichen Schuhen im Haus der Auers zu vergleichen, in Wirklichkeit jedoch, um zu erfahren, was im Josefinenheim los war.

Sie interessierte sich ungewöhnlich stark für die Geschehnisse im Dorf.

Höness sagte, sie solle sich gar nicht erst die Mühe machen. Sie hätten einen Tatverdächtigen.

„Heißt das, ich kann zu Ihnen kommen?"

„Nein", antwortete Höness. „Bleiben Sie noch ein bisschen bei denen, vielleicht macht sie das nervös. Womöglich gibt es mehrere Täter. Vielleicht brauche ich Sie ja, um den Auers von einer Verhaftung zu berichten."

Die Tussi glaubte doch glatt, dass sie von den Ermittlungen was erfahren würde, dabei sollte sie nur ihre verdammte Arbeit machen und dann wieder verschwinden. Schließlich war sie ja nur eine Spurensucherin.

„Okay. Gut", sagte Mel Link, obwohl sie größte Lust hatte, vor lauter Frustration irgendetwas durch die Gegend zu werfen. Am liebsten ganz gezielt nach Höness.

45

Als Peter im Josefinenheim eintraf, hatten alle Heimbewohner gerade ihre beschwerliche Wanderschaft vom Gartenzimmer in den Speisesaal angetreten, um zu Abend zu essen.

Obwohl es bereits dunkel war, war es im Gartenzimmer so heiß wie eh und je, und unter dem Haarspray - und Babypudergeruch roch es nach süßlicher Fäulnis. Nach der eisigen Kälte draußen war die Luft unerträglich stickig. Er fragte sich, ob sie hier jemals die Fenster öffneten, damit die Leute durchatmen konnten...

Die Erinnerung rammte ihn wie ein Geisterzug.

Er und Jürgen Auer hatten bei Herrn Mildner Maden zum Angeln gekauft. Im Spätsommer gab es im Bach hinter dem Fußballplatz Stichlinge und manchmal auch eine Forelle, und das Schulhofgerücht von einem Hecht machte die Runde, der vielleicht Christiane Reiters verschwundene Katze Molly gefressen hatte - oder vielleicht nicht, denn warum sollte sich denn eine Katze im Bach aufhalten? Aber er träumte davon, einen Hecht zu fangen. Oder eine Forelle.

Also hatten er und Jürgen einen Topf Maden gekauft. Einen kleinen weißen Plastiknapf mit einem nicht ganz durchsichtigen Deckel, den man hochheben musste, wenn man die fetten weißen Würmer richtig sehen wollte. Herr Mildner hatte ihn aus dem Kühlschrank genommen - von einem Regal neben den Coladosen und denen mit Löwenzahnlimonade, bei der Peter sich nicht entscheiden konnte, ob er sie mochte oder nicht.

Peter war wie vor den Kopf geschlagen, dass er sich an solche Kleinigkeiten erinnern konnte. Jetzt fiel ihm sogar wieder ein, dass die Maden 55 Pfennig gekostet hatten. Jürgen hatte sie bezahlt, weil er Peter Geld für einen Comic schuldete. Sie hatten nur eine Angelrute - Peters kleine Anfängerrute, die letzte Weihnachten in Blasenfolie verpackt angekommen war. Auf der Rolle, die fest am Korkgriff angebracht war, war bereits die Schnur aufgewickelt, und zwei rot-weiße Kugelschwimmer und ein Tütchen mit kleinen, anspruchslosen Haken waren auch dabei. Sie hatten einen langen, heißen Tag lang geangelt, hatten Käse - und Gurkenbrote gegessen und sich damit abgewechselt, die Angelrute zu halten, für den Augenblick wenn „Der Große Fisch" anbiss.

Als es dämmrig wurde und sie mit leeren Händen nach Hause gingen, hatten sie nur ungefähr zwanzig der etwa hundert Maden verbraucht; die meisten hatten sich einfach vom Haken gezappelt und waren getürmt oder waren ausgemustert worden, weil sie im Wasser ganz schlaff und aufgedunsen geworden und - da waren sich die Jungen einig - für Fische nicht besonders reizvoll waren.

Wahrscheinlich weil es seine Angel war, hatte Peter die Maden mit nach Hause genommen, als ihre Wege sich getrennt hatten, und hatte sie für den nächsten Tag in den Kühlschrank gestellt.

Sie waren nie wieder angeln gegangen.

Andere Dinge waren geschehen.

Der kleine weiße Napf war zuerst hinter der Marmelade versteckt gewesen und dann von den Spagetti bolognese von gestern im Kühlschrank ganz nach hinten gedrängt worden. Und erst Wochen später, als seine Mutter darüber klagte, dass der Kühlschrank - der erst drei Jahre alt war - so komisch surrte, war es Peter wieder eingefallen...

Durch den halb durchsichtigen Deckel hindurch hatte Peter gesehen, dass etwas Amorphes, Schwarzes und Auseinanderquellendes den Platz der bleichen Maden eingenommen hatte, das den Napf jetzt so vollkommen ausfüllte, dass er dunkle Flecken unter dem Plastikdeckel erkennen konnte, wo sich irgendwelche Wesen dagegenpressten. Der ganze Napf vibrierte mit einem tiefen, drohenden Summen in seiner nervösen Hand - und Peter begriff zutiefst erschrocken, dass die kleinen Maden sich langsam in sehr viel größere Fliegen verwandelt hatten, die jetzt in dem Napf so eng zusammengequetscht waren, dass es schien, als seien sie zu einer einzigen, wütenden Masse geworden.

Wütend auf ihn.

Er hatte sie freilassen wollen. Er war ein gutherziger Junge und liebte Tiere. Und Fliegen waren auch Tiere - in gewisser Weise. Bei dem Gedanken an die Fliegen in dem Napf - so eng zusammengedrückt, dass sich ihre feuchten Flügel nicht entfalten konnten, während ihre Nachbarn sie anfraßen und sie vollkotzten und sie dann weiter anfraßen - wurde ihm schlecht.

Doch sie waren wütend auf ihn. Er konnte es in dem vibrierenden Zorn fühlen, der seinen Arm hinaufkroch, als er den Napf in der Hand hielt.

Er hatte ihn weggeworfen, ohne den Deckel abzunehmen. Und bis die Müllmänner kamen, drei Tage später, konnte Peter das zornige Surren der Fliegen hören, die ihr kurzes, albtraumhaftes Gefangenenleben fristeten.

Peter hörte auf, daran zu denken. Er musste aufhören, bevor ihm davon übel wurde.

Er stand auf der Schwelle des Gartenzimmers im Josefinenheim, wischte sich den Schweiß von der Stirn und zwang sich mit Gewalt, sich nicht mehr zu erinnern.

„Hier drin stinkt`s", stellte er von der Tür her fest.

Höness und Sternkopf saßen schweigend in den beiden Sesseln, die am dichtesten am Klavier standen, und beide drehten sich zu ihm um, als er näher kam. Höness mit seinen Hängebacken und Sternkopf mit seinem Flickenteppichhaar: Peter fand, dass sie beide aussahen, als wären sie hier zu Hause.

„Ja", meinte Sternkopf. „Das ist der nahende Tod."

Eine alte Frau, die sich so tief über ihr Gehgestell bückte, dass es aussah, als suche sie nach einer Kontaktlinse, drehte den Kopf wie eine Schildkröte und warf Sternkopf einen vernichtenden Blick zu. „Wissen Sie, wir sind nicht alle taub!"

Sternkopf wurde rot und nuschelte eine Entschuldigung, und sie setzte ihren Weg zum Speisesaal fort und folgte dabei der Landkarte auf dem Teppich.

„Trottel", sagte Höness zu Sternkopf.

„Wir haben eine Tatwaffe gefunden", meinte Sternkopf.

„Meine Fresse", stieß Kelly hervor. „Fingerabdrücke?"

„Ist gerade im Labor. Und? Selbst was gefunden?"

„Was Göbel angeht, leider nicht. Aber ich muss Ihnen etwas sagen."

So. Jetzt hatte er es ausgesprochen und konnte keinen Rückzieher mehr machen. Peter holte tief Luft und erzählte ihnen von den Botschaften. Was den Inhalt anging, blieb er absichtlich vage. Dann reichte er Sternkopf den letzten Zettel, in einem Gefrierbeutel aus Plastik, den er aus der Küchenschublade gefischt hatte.

Er hatte erwartet, dass Höness sauer sein würde, weil er ihnen erst jetzt davon erzählte. Er hatte damit gerechnet, dass er ihn gründlich zusammenstauchen würde. Was er nicht erwartet hatte, war, dass der übergewichtige, in die Jahre gekommene Hauptkommissar sich alles mit steinerner Miene anhören - und sich dann wie „Das Ding aus dem Sumpf" aus seinem Sessel emporwalzen und ihn mit einem klirrenden Krachen rückwärts gegen das Klavier stoßen würde. Eben erzählte Peter noch seine Geschichte, dann saß er plötzlich halb auf den Tasten, während Höness ihm eine Handvoll Hemd unters Kinn rammte, vor Wut bebte und wütende Tiraden brüllte, die Peter nicht ganz zu erfassen vermochte. Hinter Helmut Höness versuchte Sternkopf, seinen Boss wegzuzerren, und hinter Sternkopf bemerkte Peter eine kleine Schar alter Leute, die sich gegenseitig an den Unterarmen gefasst hielten, während die drei sich auf und neben dem Klavier balgten. Peter taumelte, als das Instrument unter dem Gewicht des Zwists zur Seite rollte. Er hätte Höness mit Leichtigkeit wegstoßen können, doch der war sein Vorgesetzter. Außerdem hatte er Verständnis für den hilflosen Zorn des Mannes und konnte nicht die nötige Empörung aufbringen, um sich richtig zur Wehr zu setzen. Noch während Höness ihm die Fingerknöchel in den Hals bohrte, dachte ein Teil von Peter: Das habe ich vielleicht verdient.

Das Personal kam hereingestürzt, schrie durcheinander und wollte ihnen Einhalt gebieten, doch erst als Richard Frommknecht brüllte wie am Spieß und einen Teller gegen die Wand schmiss, stellten die drei schließlich ihr Gerangel ein und schauten sich um, zerzaust und außer Atem.

Auch Frommknecht stockte der Atem, aber aus einem anderen Grund: Halb in dicken Stoff gewickelt und zwischen das nunmehr verschobene Klavier und die Wand des Gartenzimmers geklemmt, lag dort der Leichnam von Walter Göbel!

46

Mit Höness ging es bergab. Sternkopf hatte es schon immer gewusst, zumindest seit er ihn vor acht Jahren kennenlernte. Jahr für Jahr wurde es schlimmer mit ihm. Engstirnigkeit, Überheblichkeit, Teamunfähigkeit, und falsche Strategien bei den Ermittlungen, hätten ihn schon längst veranlasst, Höness abzusägen. Aber der Polizeipräsident sah das wohl anders, und hielt nach wie vor zu dem „alten Recken". Sternkopf wusste auch, dass Höness private Probleme hatte, und öfters seinen Frust mit Wodka bekämpfte. Manchmal roch er sogar die Fahne seines Chefs und ekelte sich davor.

Schon bevor ihr Hauptverdächtiger hinter einem Klavier gefunden worden war, eingewickelt wie ein Kebab, hatte Höness auf dünnem Eis gestanden. Sternkopf hatte gesehen, wie die Hände von Höness gezittert hatten, als sie die Leichen und die Zimmer im Heim inspiziert hatten. Sternkopf hatte das Schimmern in seinen Augen gesehen, und das Licht hatte damit nichts zu tun gehabt.

Und Peter Kelly gegenüber so auszurasten, noch vor anderen Heimbewohnern, war äußerst primitiv und einfältig. Sie machten sich damit nur zum Gespött der Leute, auch der Belegschaft, die das bestimmt nach außen tragen würde. Und wenn die Pressemeute, die eh in Kürze wie Invasoren über das Dorf hereinfallen würde, davon Wind bekam, war die Kacke am Dampfen.

Sternkopfs Meinung nach - die alles andere als bescheiden war - hatte Kommissar Höness im Laufe dieser Ermittlungen einige durchaus schädliche Entscheidungen getroffen.

Dazu gehörte, unter anderen, dass sie den Dorfpolizisten Kelly nicht vernünftig in die Ermittlungen mit einbezogen hatten. In ihren Ermittlungen bauten sie auf heimische Streifenpolizisten wie Kelly, die einen ganz anderen Zugang zu der einheimischen Bevölkerung hatten. Und dann behandelte Höness Peter Kelly wie den letzten Dreck, und machte ihn vor allen lächerlich. Das hatte dieser junge, unerfahrene Dorfpolizist mit Sicherheit nicht verdient.

Beim vorletzten Fall war Höness so ein Drecksack gewesen - und Sternkopf hatte bei den dortigen Kollegen so intensive Schadensbegrenzung betreiben müssen -, dass ihm sein kostbares Haar büschelweise ausgefallen war. Sein Blutdruck war seitdem auch zu hoch, sein Hausarzt führte diese Symptome durchaus auf Stress am Arbeitsplatz zurück. Also hatte Höness mit dazu beigetragen, dass sein körperlicher und seelischer Zustand kontinuierlich schlechter wurde.

Zeit dem entgegenzusteuern. Er musste zu gegebener Zeit, seinen Chef auflaufen lassen, damit er vorzeitig abgesetzt wurde, dann konnte er vielleicht die Ermittlungen selbst übernehmen.

Der richtige Zeitpunkt musste kommen, und der stand unmittelbar bevor.

Er ahnte es: Dieser Fall war der Letzte, den er noch mit Höness bearbeiten würde. Bald würde die „Ära Höness", zu Ende gehen.

47

Peter erzählte seiner Frau von den Botschaften. Sie hatte ein Recht darauf, und er wollte es ihr nicht länger verheimlichen. Wenn es schon die Kripo wusste, war es höchste Zeit, dass auch Julia es wusste. Er sah, wie die Angst über ihr Gesicht zuckte, und dann galt ihre Sorge ganz allein ihm, und Peter beobachtete unglücklich, wie diese beiden Emotionen Furchen in ihr Gesicht gruben, die er vorher noch nie gesehen hatte. Dann berichtete er ihr auch, dass er es Höness erzählt hatte, und er sich dann auf ihn stürzen wollte.

„Am liebsten würde ich ihm in die Eier treten", sagte sie verbittert. „Du reißt dir hier den Arsch auf, und er behandelt dich wie den letzten Dreck! Man sollte sich bei seinem Vorgesetzten beschweren, Peter."

„Das würde vielleicht nur noch alles verschlimmern."

„In den Botschaften redet der Typ doch ständig von deinem Job. Was meint er damit?"

Er runzelte die Stirn und zog eine Schulter hoch.

„Den Mörder zu finden, nehme ich an."

„Aber das tust du doch schon."

„Vielleicht findet er, ich sollte noch mehr tun?"

Julia nickte bedächtig, doch Peter konnte es selbst von dort, wo er saß, in ihrem Gehirn arbeiten hören.

„Oder, fuhr sie achselzuckend fort, „das ist vielleicht gar nicht der Job, den du seiner Meinung nach tun sollst! "

48

Der Tag verging für Höness als verschwommener Schemen. Noch ein Leichensack. Noch ein Tatort. Noch mehr hysterische Heimbewohner. Die Entscheidung, jetzt doch alle umzuquartieren, war am Vormittag nach einer Unterredung mit Polizeipräsident Nussbaumer gefallen.

Jetzt wieder in seinem Apartment, fühlte er sich wieder besser, als zuvor im Wohnwagen der mobilen Einsatzzentrale. Lieber bei lauwarmen Wasser und Heizung, als allein im Wagen neben dem Fußballplatz. Die Kollegen der Soko blieben auch lieber bei der alten Müller, und deshalb fühlte er sich hier auch sicherer. Wer weiß, vielleicht plante dieser irrsinnige Mörder noch einen Anschlag auf ihn? Er hielt sich nach wie vor für den Einzigen, der in der Lage war, diesen Mörder zu stoppen. Das vermutete auch bestimmt der Killer. Zuerst diesen Anfänger von Dorfpolizist und dann den großen, erfolgreichen Hauptkommissar. Ideal um sich mit großen Taten zu brüsten und in die Geschichte einzugehen.

Walter Göbel war mit hoher Wahrscheinlichkeit nur ein kleiner Dieb, aber bestimmt kein Mörder.

Ohne Zweifel hatte es der Täter ursprünglich nicht auf ihn abgesehen, sondern Göbel war ermordet worden, weil er ihn überrascht hatte, und war dann wie ein weihnachtliches Geschenk hinter das Klavier gestopft worden. Der schwere braune Vorhangstoff hatte schon seit Jahren zusammengerollt hinter dem Klavier gesteckt, wurde ihm berichtet. Man erzählte ihm, er fungiere als Schalldämpfer, damit es den Heimbewohnern nicht zu laut wurde. Nur halbwegs plausibel für ihn, da seiner Meinung nach, fast jeder über siebzig schlecht hörte.

Der Mörder musste Göbel die Treppe hinuntergeschleift oder - getragen haben, ganz nahe am Schwesternzimmer vorbei. Das zeugte von großer Kraft, da Göbel locker über achtzig Kilo wog. Die beiden Tanten im Schwesternzimmer hatten aber nichts bemerkt, wie er bei der Befragung erfuhr, wahrscheinlich hatten sie geratscht oder gepennt. Wahrscheinlich beides. Und sie wussten noch nicht einmal, wo Walter Göbel getötet worden war. Der Leichnam wies nur minimale Blutspuren auf - eine einzige Blutkruste über einer Depressionsfraktur im vorderen Schädelbereich und Schmierspuren an der Kehle, wo es aussah, als wäre er gewürgt worden.

Noch eine Vorgehensweise ...

Er seufzte und hängte einen Teebeutel in einen Becher, in der Hoffnung, dass der Kessel zu ihm aufschließen würde, wenn er die Führung übernahm.

Sein Handy klingelte, es war Thomas Gebauer mit einer knisternden Verbindung. An dem Spazierstock waren keine Fingerabdrücke, außer von der alten Schachtel, und das Blut auf dem Dach stammte nicht von Walter Göbel. Also wieder nichts Verwertbares.

Also konnten sie wieder von vorn anfangen. Super.

Der Fall war ohnehin schon beschissen, und dann kam dieser Dorftrottel von Peter Kelly angetanzt, mit einem wichtigen Beweis den er gehortet hatte wie ein beschissener Hamster. Wenn der Fall vorbei war, würde er dafür sorgen, dass Kelly hier abgezogen und zum Ordnersortieren nach Sonthofen versetzt wurde. Es war schon lächerlich genug, dass es in diesem Scheißkaff noch einen Dorfpolizisten gab, und noch dazu so einen Volltrottel. Höness hatte keinerlei Bedenken, was das betraf. Wahrscheinlich würde man Kelly sogar noch zur Rechenschaft ziehen, bei so vielen Fehlern, trotz seines jungen Alters.

Ihm kam ein neuer Gedanke.

Je mehr er über die Verfehlungen von Kelly nachdachte, desto weniger sahen sie nach Inkompetenz aus, und desto mehr erschienen sie ihm wie ein gezielter Täuschungsversuch. Und je gezielter das Ganze aussah, desto misstrauischer wurde Hauptkommissar Höness, bis er schließlich - nach einer halben Flasche Wodka - begann, Peter Kelly von einer ganz anderen Seite zu betrachten.

Eine Seite, die dem Fall eine ganz neue Wendung bescheren konnte.

49

„Meinen Sie, wir sollten Auer in Gewahrsam nehmen?"

Sternkopf brachte das Thema behutsam vor, denn Höness war nur seinen eigenen Ideen gegenüber aufgeschlossen. Sein Vorgesetzter starrte ihn mit vom Trinken und vom Schlafmangel rot geränderten Augen über die Gasheizung hinweg an, wo er davorsaß. Anscheinend fror er auch, da er leicht zitterte, und es Sternkopf gegenüber kaum noch verbergen konnte.

„Meinen Sie Jürgen Auer?"

„Ja, Chef."

„Es könnte ja auch sein Vater gewesen sein."

„Möglich. Aber bei irgendeinem müssen wir ja anfangen."

Höness starrte ihn an, dann die Heizung, dann aus dem Fenster, und wieder zurück zu ihm.

„Die Beweislage ist beschissen, und das Blut auf dem Dach war auch nicht von den Auers, dass teilte mir das Labor vor einer Stunde mit. Also, warum sollen wir ihn in Gewahrsam nehmen, Sternkopf?"

Sternkopf dachte kurz nach. „Womöglich haben wir zwei Täter, die gar nichts miteinander zu tun haben?"

„Möglich, wie vieles. Wir nehmen ihn aber nicht in Gewahrsam, sondern sprechen zuerst mit dem alten Auer. Ich weiß auch schon, was wir ihn fragen werden. Aber vorsichtshalber können Sie ja mal ihre Handschellen mitnehmen, Sternkopf."

Dann stand Höness schwankend auf und zog seine Jacke an.

50

Peter brauchte Hilfe.

Er stand am Rande des Fußballplatzes und dachte über das Böse nach. Die Szenen, die er im Josefinenheim gesehen hatte, würde er nie wieder loswerden. Das mit Brunhilde Besler war traurig, das mit Petra Auer dramatisch und mitleiderregend. Die schiere, kalte Brutalität der Morde in dem Altenheim jedoch war etwas, das er nicht recht zu erfassen vermochte. Das Gemetzel an den beiden alten Frauen, wehrlos in ihren Betten, der abgebrühte Mord an Walter Göbel und die Dreistigkeit, die der Leichnam hinter dem Klavier darstellte.

Für ihn war ganz sicher; der Mörder musste von hier sein, was bedeutete, dass Peter ihn kennen musste. Er kannte jeden hier in der Gegend, außer Touristen-Neulinge, die das erste Mal hier waren, aber zurzeit waren keine hier. Also, musste er ihn kennen. Also brauchte er Hilfe. Aber von wem?

Ein rhythmisches Geräusch und ein schemenhaftes Pendeln in seinem Blickfeld holten ihn langsam wieder zum Rand des Fußballplatzes zurück und erinnerten ihn daran, wieso er hier Halt gemacht hatte. Er war auf dem Weg zur mobilen Einsatzzentrale gewesen, um das anzutreten, was Höness ihm als Dienst zuzuweisen gedachte. Auf der Halfpipe-Rampe neben dem Fußballplatz, zog Eddie Burger gemächliche Bahnen und wendete jedes Mal gekonnt oben am Rand, nur mit dem hypnotisierenden Schnurren seines Skateboards als Begleitmusik.

Peter sah zu, wie der Junge mit vollendeter Anmut vor- und zurückschwang. Das leichte Beugen der Knie vor jedem Bergaufrollen war die einzig sichtbare Anstrengung in der fast ununterbrochenen Bewegung.

„Wie geht`s?", fragte Peter.

„Gut, danke."

„Können wir uns mal unterhalten?"

„Warum?"

„Ich brauche deine Hilfe, Eddie."

Peter wusste von seinem Vorgänger, dass Eddie vor drei Jahren, als Dreizehnjähriger in die Augen eines Mörders geblickt hatte, als sein Onkel in einem Einkaufscenter in Kempten, scheinbar wahllos von einem Verrückten angegriffen wurde. Peter war zu dieser Zeit auf der Polizeischule in München gewesen. Falsche Zeit und falscher Ort, sagte die Polizei, damals der Presse und auch den Angehörigen als Begründung. Dem Täter wurde damals eine Schizophrenie diagnostiziert, hervorgerufen durch jahrelangen Drogenkonsum. Eddie und sein Onkel hatten nur das Pech, das ausgerechnet sie, dem Täter über den Weg liefen. Albert Burger, Eddies Onkel, wurde nur kurz angerempelt und wollte daraufhin, den 20-Jährigen zur Rede stellen, auch um vor Eddie nicht als Feigling dazustehen. Doch wenige Sekunden später, hatte Albert Burger ein Bauch im Messer stecken, dass der Täter immer wieder herauszog und immer wieder zustach. Eddie war wie gelähmt und unfähig, seinem regelrecht abgeschlachteten Onkel zu helfen. Drei sehr mutige Spaziergänger stürzten sich auf den

Täter und überwältigten ihn. Eddie sah die Augen des Täters später bei der Vernehmung wieder. Seitdem verfolgten ihn diese Augen, immer wieder nachts im Schlaf.

Das Skateboard kippte laut klappernd um, als Eddie heruntersprang und ein paar stockende Schritte machte, um nicht hinzufallen. Dann lief er auf Peter zu und sah ihm in die Augen. „Was willst du wissen, Peter?"

Peter setzte an, aber es kam kein Ton über seine Lippen. Er öffnete den Mund, aber es sah nur so aus, als schnappe er nach Luft wie ein Fisch auf dem Trockenen. Dann ein neuerlicher Anlauf: „Ich muss wissen...", setzte Peter an. „Ich muss wissen, worauf ich achten muss. Ich muss wissen, was man in den Augen eines Mörders sieht!"

Eddie schickte sich an, einen Bogen um ihn zu schlagen, und Peter streckte die Hand aus, um ihn aufzuhalten. Doch der Junge blieb stehen, bevor er berührt werden konnte. Er wandte den Blick von Peter ab; seine Brust hob und senkte sich heftig, und seine Wangen waren gerötet.

„Gar nichts.", stieß Eddie leise aber eindringlich hervor.

„Man sieht gar nichts, und hat trotzdem Albträume!"

51

Höness und Sternkopf saßen so dicht nebeneinander auf einem Veloursofa, das sich fast ihre Schenkel berührten. Sepp Auer saß ihnen gegenüber in einem Sessel, der zum

Sofa passte.

Sternkopf sah sich im Zimmer um.

Auf dem Kaminsims standen vier oder fünf Beileidskarten und ein paar Weihnachtskarten zwischen Familienfotos und einem immer wiederkehrenden Motiv: altmodische Keramikfigürchen von stupsnäsigen Knäblein, die Jungendinge taten wie Pfeifen oder Zeitungen verkaufen. Auf dem Tisch lagen noch mehr Karten - geöffnet, aber auf einem Haufen liegen gelassen.

Sternkopf seufzte und fragte sich, wieso Höness so um den heißen Brei herumschlich, bevor er gezielter nach Jürgen Auer fragte. Stattdessen wollte er von Sepp Auer unbedingt wissen, wie das Verhältnis zwischen seinem Sohn und Peter Kelly war. Anscheinend hatte er eine neue Theorie.

„Die beiden war`n mal Freunde. Als sie klein war`n. Weiß nich`, was da passiert is…". Sepp Auer stockte.

Höness wurde klar, dass er die Informationen mit der Pinzette aus Auer herausziehen musste.

„Wie alt waren sie damals?", fragte er.

„So etwa zehn, glaube ich."

„Waren sie sehr eng befreundet?"

„Wie mein` Sie`n das?"

„Ich meine, waren sie beste Freunde?"

„Ich weiß nich`. Petra würd`s wissen. Sie hatte mehr Zeit auf die Kleinen aufzupassen."

„Haben Sie oft hier gespielt?"

185

„Kam mir schon so vor. Warum woll`n Sie`n das so genau wissen?" Höness hasste seinen nuschelnden Dialekt. Anscheinend ein Zugereister vor Jahrzehnten.

„Herr Auer, es gab erst vor wenigen Tagen einen handfesten Streit zwischen den beiden, wo die Fetzen flogen. Wissen Sie, warum? Ihr Sohn kann von Glück sagen, dass er keine gebrochene Nase hat."

„Jürgen war total neben der Spur und hat doch als Erster zugeschlagen. Kelly hat sich nur verteidigt. Keine Ahnung, warum. Wahrscheinlich waren sie angetrunken. Schließlich war`s vor der Dorfkneipe."

„Kelly war total nüchtern, erzählte uns ein Zeuge", meinte Sternkopf. „Haben Sie schon einmal erlebt, dass Dorfpolizist Kelly sich so verhalten hat?"

„Nein, aber ich hab oft genug erlebt, dass Jürgen sich so benomm` hat." Höness wunderte sich, dass er ständig nur auf Kellys Seite war. Fehlte nur noch, dass er seinen Sohn des Mordes bezichtigte.

„Nun ja, er hatte doch gerade unter tragischen Umständen erst seine Mutter verloren. Die Schlägerei war einige Stunden danach."

„Schwachsinn", knurrte Auer. „Das hat damit nichts zu tun. So is` er halt. Er is` schon seit der Kindheit a bissl aufbrausend. Halt, manchmal a Depp. Sie versteh`n. Ich würd sag`n, beide sind manchmal neben der Spur."

„Was meinen Sie damit?"

„Auf allgäuerisch würd ma sag`n, sie sind beide deppert. Dr.

Hiddler meinte mal, sie sind manisch-depressiv. Aber des ham`s ned von mir."

„Immer schon?", wollte Sternkopf wissen.

„Keine Ahnung, wenn des angefangen hat. Aber in der Schule warn`s scho immer Außenseiter. Die anderen Kids hamse gmieden."

Viel mehr bekamen sie aus Auer nicht heraus. Sie gingen.

„Wieso interessieren Sie sich so für Kelly, Chef?"

Höness biss die Zähne zusammen. Sternkopf kapierte langsam, wo er hinwollte.

„Er gibt mir zu denken."

Und der junge Auer, auch?"

„Sie haben doch gehört, Sternkopf. Sie sind beide etwas neben der Spur. Vielleicht der eine noch mehr, als der andere. Vielleicht sollten wir mal intensiver mit Dr. Hiddler sprechen?"

Für Sternkopf gab es nur eine Erklärung: Die Verdächtigen gingen Höness aus, deshalb war Kelly das neue Feindbild.

52

Es war vorbei. Jürgen Auer wusste es. Er hatte es von dem Augenblick an gewusst, als er hinter seinem Vater her über das Spielfeld gerannt war und seine Mutter im Raureif hatte liegen sehen wie einen niedergestreckten Fußballer, der auf einen Eisbeutel oder eine Trage wartete.

Jürgen hatte gewusst, dass das der Anfang vom Ende für ihn war; dass er es allein niemals schaffen würde.

Seine Mutter hatte ihn gekannt. Einer der einzigen beiden Menschen, die ihn gekannt hatten.

Jahrelang hatte sie ihn wissen lassen - mit ihrem Blick, mit ihrer Berührung, durch die Geschichten, auf die sie ihn beiläufig in der Zeitung hinwies -, dass sie Bescheid wusste und sogar verstand. Und obgleich sie nie richtig darüber gesprochen hatten, hatte es geholfen, das zu wissen.

13-Jähriger gesteht Brandstiftung aus Prüfungsangst!

Chorknabe sticht pädophilen Priester mit 25 Stichen nieder!

Ermordeter Triebtäter stellt den eigenen Kindern nach!

Sie hatte die Zeitung neben ihm auf den Tisch geworfen und düster gemurmelt: „Na, der hat aber gekriegt, was er verdient hat!" Oder: „Der arme Junge! Hätt er`s doch nur jemandem erzählt."

Jürgen sagte dann nichts. Es gab nichts, was er gern erzählt hätte. Allein zu wissen, dass sie ihn trotzdem liebhatte, war genug. Während all der bitteren Tränen, den Jahren des finsteren Jähzorns, der Rasierklinge am Handgelenk, liebte sie ihn. Während andere sich auf dem Schulhof von ihm zurückzuziehen begannen, ihm den Ball nicht mehr zuspielten, flüsterten, wenn er ein Zimmer verließ… Während alldem hatte Petra Auer ihn geliebt wie einen großer Anker an einem kleinen Boot in stürmischer See.

Und dann hatte sie angefangen… einfach zu vergessen.

Zu vergessen, dass sie ihn liebhatte. Zu vergessen, dass sie ein Geheimnis hatten. Sogar, dass sie seine Mutter und er ihr Sohn war.

Es war langsam geschehen, stückweise, aber geschehen war es. Und Jürgen stellte fest, dass er jetzt der Anker sein sollte. Dass er sie anziehen, ihr zu essen geben, auf sie aufpassen, sie einsperren, ihr ins Freie folgen, sie zurückholen sollte...

Ein Boot ist kein Anker. Petra Auer war tief unter den Wogen, mit gerissenem Tau, das mit den Gezeiten dahinwallte. Manchmal bekam er dieses Tau zu fassen und fühlte ihren alten Zug. Größtenteils jedoch war Jürgen Auer hilflos den Wellen ausgeliefert, nachdem der Verstand seiner Mutter auf See verschollen war.

Selbst Peter Kelly hatte die Trosse losgelassen, die ihn am Rest der Welt vertäute.

Jetzt, als Jürgen in dem kleinen Zimmer saß, in dem er aufgewachsen war - wo hinter der Tür noch immer ein verblichenes Poster von Abba hing -, dachte er über Peter Kelly nach. Statt dass ein Geheimnis sie fester zusammengeschweißt hätte, war Peter der Erste gewesen, der sich zurückgezogen hatte.

Kein Angeln mehr, keine verrückten Mutproben, kein Wasserfall-Springen mehr. Einmal, als Peter ein verletztes Kaninchenjunges in einem Schuhkarton mit in die Schule gebracht hatte, hatte er sich mit wachsamer Miene abgewandt, damit Jürgen es nicht streicheln konnte, so wie alle anderen Kinder es getan hatten.

Als Jürgen schließlich den Mut aufgebracht hatte, ihn zu fragen, was los sei - obwohl er es wusste - , hatte Peter sich auf die Lippe gebissen und versucht, um ihn herumzuflitzen. Damals war Peter kleiner als er gewesen, fast ein Jahr jünger, und Jürgen hatte ihm die Hand gegen die Brust gestemmt und ihn aufgehalten. Peter hatte die Hand weggeschlagen, und ehe sie wussten, wie ihnen geschah, prügelten sie sich. Eine richtige Prügelei. Keine Auseinandersetzung wegen eines Elfmeters oder eines kaputten Tamagochis - eine Keilerei mit Hämatomen und Blut, die lange genug andauerte, dass die Lehrer gerufen wurden und dann auch kamen. Selbst als Frau Besler, die Biologielehrerin, sie auseinandergebracht hatte, versuchten sie immer noch, mit aller Kraft zu treten, und Peter hatte eine Handvoll Pfennige aus der Tasche geholt und die Münzen Jürgen ins Gesicht geschmissen.

Nichts hatte ihm jemals so wehgetan. Zumindest damals nicht. Nicht bis zu dem Tag, als seine demenzkranke Mutter vor Entsetzen schrie und drohte, die Polizei zu rufen, wenn er nicht sofort das Haus verließ.

Noch immer konnte er fühlen, wie ihm eine der Münzen die Stirn aufriss, und der Schock und die schiere Ungerechtigkeit des Ganzen. Er wusste, dass er das Richtige getan hatte. Selbst wenn er es auf die falsche Art getan hatte. Es war doch nicht seine Schuld, dass alles schiefgegangen war. Warum konnte Peter es nicht genauso sehen?

Jürgen seufzte, stand auf und schaute in den gesprungenen Spiegel des Kleiderschranks. Die Narbe war immer noch da, über seiner linken Augenbraue.

Jürgen überlegte, ob Peter wohl jemals wenigstens daran dachte. Er tat immer so, als erinnere er sich an überhaupt nichts, aber die Narbe würde ihn doch daran erinnern? Ihn ans Freundesein erinnern und daran, was das wirklich bedeutete. Dabei ging es doch nicht nur um gute Zeiten, es ging auch um schlechte. Es ging ums Zusammenhalten und um Opfer. Es ging darum, etwas für jemanden zu tun und keine Gegenleistung zu erwarten.

Außer vielleicht Dankbarkeit.

Jürgen Auer starrte in den Spiegel und sah zu, wie sein Gesicht mit den Tränen kämpfte. Trotz ihrer unsteten Liebe war es, als verlöre er mit dem Tod seiner Mutter auch jenen Teil von sich, der ein schuldloser Junge war.

Jetzt gab es niemanden mehr auf der Welt, an den er sich wenden konnte. Nicht einmal seinen Vater, von dem man nicht erwarten konnte, so spät im Leben noch zur Realität aufzuschließen.

Und Peter Kelly - der ihm alles schuldete - hatte sich niemals auch nur bei ihm bedankt.

53

Peter verabreichte Julia ihre Medizin. Im Laufe der Monate war er besser darin geworden, zur Routine jedoch war es noch lange nicht geworden.

Jetzt blickte er auf sie hinab, wie sie zusammengekrümmt

auf der Seite lag, das geschundene Hinterteil entblößt, und er konnte ihre Verletzlichkeit kaum ertragen. Er wünschte, Dr. Hiddler könnte hier sein, wünschte, der Arzt könnte empfinden, was er empfand, wenn er auf Julia hinunterschaute, wünschte, er könnte die Furcht empfinden, die in ihm glomm und die er niemals zu zeigen wagte.

Sie hob den Kopf und sah sich nach ihm um; ein sanftes Lächeln auf ihren Lippen.

„Hör auf, meinen Hintern anzuglotzen, du Lüstling!"

Peter lächelte nur. Er zog ihre Schlafanzughose wieder hoch und glitt dann hinter ihr aufs Sofa, bog seine langen Beine in ihre Kniekehlen und zog ihren Körper zu sich heran, sodass sie sich überall berührten. Sie legte ihre Hand über seine, und er vergrub die Nase in ihrem Nacken.

„Gehst du noch raus?", fragte sie leise.

Peter erstarrte. Warum wollte sie das wissen? Plante sie irgendetwas? Er erlebte einen Augenblick blanker Panik, als die Erinnerung an jenen Tag durch sein Gehirn brandete wie ein Brecher in einem Felsenbecken.

Er räusperte sich. Die Erinnerung an ihren Selbstmordversuch vor fünf Monaten war so stark, dass er spürte, wie sich sein Magen vor Angst verkrampfte und Tränen in seine Augen brannten.

Er räusperte sich und gab sich gewaltige Mühe, ganz normal zu klingen. „Ich muss nicht."

„Mir macht`s nichts aus", erwiderte sie und drückte seinen Handrücken.

Es hörte sich an wie die Wahrheit, aber wer konnte sich da sicher sein? Sie lagen eine Weile so da, und er wusste, dass sie verschiedene Dinge dachten, auf unterschiedliche Art und Weise, und dass ein ganzes Universum ihre Gedanken voneinander trennte, auch wenn ihre Körper ihre Wärme miteinander teilten.

„Ich liebe dich", flüsterte er so leise, dass sie ihn niemals gehört hätte, wenn seine Lippen nicht gegen ihr Ohr gedrückt gewesen wären.

Sie zögerte fast unmerklich, dann sagte sie: „Ich dich auch."

Im Laufe des Nachmittags hatte es wieder geschneit und nach einer Stunde wieder aufgehört. Nur wenige Zentimeter waren liegen geblieben.

Peter ging vorsichtig die Straße hinauf, am Gasthaus, an der Kirche und am Dorfladen vorbei zur Schule, ohne irgendjemanden zu Gesicht zu bekommen.

Auf dem Rückweg machte er beim Laden Halt und schaute ins Fenster, las die kleinen Karten, die dort befestigt waren und Kätzchen zum Verschenken und Fahrräder zum Verkauf anpriesen. Dabei musste er an den Zettel denken, den er unter seiner Windschutzscheibe gefunden hatte, und wieder überkam ihn dieses unangenehme Gefühl, beobachtet zu werden. Er drehte sich um, sah jedoch niemanden. Dann tappte er rückwärts in den Durchgang neben dem Laden, wo er nicht zu sehen war, und kam sich dabei ein wenig blöd vor.

Direkt gegenüber wohnten die Auers - ein kleines Haus,

zwei Zimmer oben, zwei unten. Er wusste, dass es blassgrün war, im Licht der Straßenlaternen jedoch sah es einfach nur schmuddelig aus.

In Jürgens Zimmer brannte Licht hinter den Vorgängen - oder vielmehr in dem Zimmer, das früher das von Jürgen gewesen war. Peter nahm an, dass das wahrscheinlich immer noch so war. Auf der anderen Seite der Auers wohnte Günther Kohlhund, der gigantisches Gemüse für die Landwirtschaftsausstellung zog. Peter wurde bewusst, dass er mit dem Blick die ganze Straße hinunterwandern und die Bewohner jedes kleinen Zuhauses beim Namen nennen konnte, dass er ihre Geschichten kannte und ihre Geheimnisse bewahrte.

Wieder blickte er die Straße hinauf, doch alles war ruhig.

„Scheiße!"

Das Wort wurde von einem Scharren und einem dumpfen Aufprall begleitet, und Peter schaute über die Straße und sah Manni Fessler zwischen zwei geparkten Autos auf dem Rücken im Rinnstein liegen. Er eilte hinüber. Manni war seit vielen Jahren treuester Stammgast der Dorfkneipe.

Manni war nur ein Jahr älter als Peter, und seit einem fürchterlichen Unfall trug er eine Beinprothese. Peter erinnerte sich gut daran, als Manni vor drei Jahren mit seinen Skiern den „Iseler" hochlaufen wollte. Hoch an den Skipisten, bei Dämmerung und angetrunken, von einer Woge der Glückseligkeit befallen. Einsetzender Schneefall erschwerte die Sicht, und trotz Warnschildern und Hinweisen, fetzte er den Gipfelhang mit hoher Geschwindigkeit hinunter. Dabei übersah er eine Pistenraupe die die Hänge frisch präparierte. Manni donnerte in das Gerät, und wusste erst Stunden später beim Aufwachen, was ihm widerfahren war; Seine Gehirnerschütterung und die Knochenbrüche waren noch das harmloseste, aber sein Bein, dass die Raupe überfuhr, war nicht mehr zu retten. Seitdem trug er eine Prothese und soff noch mehr als zuvor.

„Alles klar, Manni?", erkundigte sich Peter und bot ihm die Hand an.

Manni betrachtete die Hand, ignorierte sie und versuchte, sich allein aufzusetzen. Peter zog die Hand zurück und ließ ihn sich abmühen. Über einer Unterströmung aus wüsten Flüchen stieg Alkoholdunst in Wellen von ihm ab. Peter erinnerte sich noch an die Schulzeit. Manni Fessler war auf dem Fußballplatz ein Star gewesen - flink, leichtfüßig und hart im Nehmen. Mit zwei Beinen, natürlich. Eines der größten Allgäuer Jugendtalente der 80er-Jahre.

„Fuck", stieß Manni hervor, und Peter wurde bewusst, dass er an seinem Schenkel herumtastete. Er schaute nach unten und sah, dass Fesslers rechtes Bein ungefähr dreißig Zentimeter länger geworden war als das linke. Einen Augenblick lang konnte sich sein Gehirn nicht auf diese Anomalie einstellen, dann wurde ihm klar, dass Manni Fesslers Prothese sich gelöst hatte und langsam aus seinem Hosenbein herausrutschte. Im orangegelben Schein der Straßenlaternen konnte er den Rand einer dicken Socke erkennen und den Anfang von glänzender Plastikhaut.

Peter bückte sich und versuchte, die Prothese wieder hochzuschieben, doch dabei ballte sich lediglich Fesslers Jeans an der leeren Hüfte zusammen.

„Dochnichso", lallte Fessler und stieß seine Hände weg. „Machsab."

Behutsam zog Peter an dem matschbedeckten Stiefel; das Ganze kam ihm äußerst unwirklich vor. Die Prothese rutschte ein Stück heraus und blieb dann mit dem Oberschenkelteil in dem engen Hosenbein von Mannis Jeans stecken.

„Es sitzt fest", sagte Peter zu ihm.

„Was?", fragte Fessler aggressiv, als sei das alles Peters Schuld.

„Das Teil steckt in deiner Jeans fest, Manni. Soll ich`s wieder reinschieben?"

„Mach das Ding ab!", fauchte Fessler.

„Es steckt fest." Allmählich wurde Peter ungeduldig. Er sollte eigentlich auf „Anti-Killer-Streife" sein und sich nicht ein Tauziehen mit einem künstlichen Bein liefern.

„Leck mich, mach das Ding ab!"

Peter richtete sich auf und ruckte kräftig an. Manni Fessler rutschte unter der Wucht des Rucks auf dem Rücken vom Bordstein auf die Straße, doch sein Bein stak weiterhin in seiner Jeans.

„Pass auf, meine Scheißbirne!"

„Soll ich`s jetzt rausziehen oder nicht?"

„Nein, lasses dran. Lasses Scheißteil einfach dran."

Peter ließ das Bein los, und es landete platschend im Straßenmatsch. Sofort musste er daran denken, wie Höness das Bein des toten Ponys fallen gelassen hatte. Das machte ihn zornig genug, dass er um Fessler herumging und ihn unter den Armen packte.

„Lass den Scheiß!"

Peter achtete nicht auf ihn und zog ihn wieder auf den Gehsteig und auf sein Haus zu, während Manni sich wand und um sich schlug. „Arschloch! Nimm deine scheiß Flossen weg, du blöder Bulle!"

Irgendetwas traf Peter hart seitlich am Kopf, sodass er zur Seite taumelte, auf ein Knie sank und dabei Manni Fessler mit zu Boden zog. Beide ächzten bei dem Sturz, und Peters Mütze landete im Schneematsch.

Benommen stützte er sich mit einer Hand ab und griff sich mit der anderen ans Ohr, während er die Straße hinauf - und hinunterspähte, wer ihn da geschlagen hatte. Einen Augenblick lang konnte er nicht erfassen, was er vor sich sah. Dann wurde alles grauenvoll klar.

Über der schneebedeckten, orange überhauchten Straße hing Jürgen Auer an etwas, das wie ein Bettlaken aussah. Sein ausschlagender Fuß war es, der Peter am Ohr erwischt hatte.

Wie im Traum erhob sich Peter. Wie in einem Albtraum.

„Mein Gott!", stieß Manni Fessler hervor.

Eben schaute Peter noch einfach nur zu, im nächsten Moment hatte er Jürgens Schuhe und Knöchel mit seinen großen Händen gepackt und versuchte, ihn hochzustemmen und gegen die Mauer des Hauses zu drücken. Irgendjemand brüllte, laut und unverständlich, und Peter wusste, dass er das war, doch er hatte keine Ahnung, was er sagte, denn seine ganze Welt war ein einziges, wirres Durcheinander, während er die Füße seines alten Freundes festhielt und versuchte, den Druck von dessen Hals zu nehmen, ihn am Leben zu erhalten. Immer wieder rutschte er ab… während Jürgen in der eiskalten Luft tanzte und sich wand.

Peter sah ein gelbes Licht und wusste, dass die Tür geöffnet worden war. Er hörte Leute rufen und auf ihn zustürzen.

Verschwommen bekam er den Ruf einer Frau mit, jemand solle nach oben ins Schlafzimmer laufen und Jürgen von dort aus hochziehen, und das Poltern von Männern, die die Treppe hinaufstürmten. Doch noch ehe sie auch nur das Fenster erreichten, verwandelte sich das Ausschlagen in krampfhaftes Zucken, und er spürte das heiße Rieseln von Pisse, die ihm in die Ärmel lief - und Peter Kelly wusste, dass sein alter Freund tot war.

Sie ließen ihn an seinem eigenen Bettlaken aus dem Fenster herab. Peter erinnerte sich an ein weniger tödliches Kinderabenteuer und fühlte, wie der Körper seines Freundes fest durch seine Arme glitt. Sein Kopf pendelte haltlos, und seine Knie knickten ein, als seine Füße den Gehsteig berührten.

Peter kniete neben ihm im nassen Schnee und bearbeitete die noch warme Brust, hielt die noch warme Nase zu und presste die Lippen auf die des Sohnes, so wie er es bereits bei der Mutter von Jürgen getan hatte. Die ganze Zeit sah Manni Fessler mit weit aufgerissenen Augen zu, auf die Ellenbogen gestützt und mit einem zwei Meter langen Bein.

Zu spät. Zu spät. Die Worte tickten wie eine Uhr in Peters Kopf, leise und ruhig, und schließlich hörte er sie. Und von irgendwoher holte sein vernachlässigtes Gedächtnis den Fakt hervor, dass das Hören die letzte Sinneswahrnehmung ist, die von dem sterbenden Bewusstsein weicht. Er hörte mit den Wiederbelebungsversuchen auf und beugte sich stattdessen - zum zweiten Mal an diesem Abend - so dicht zu einem warmen Ohr, dass er fühlen konnte, wie sein eigener warmer Atem daran abprallte.

„Danke", sagte er.

Dann stand Peter Kelly langsam auf und fragte, ob jemand Dr. Hiddler gerufen hätte.

Sie hatten es getan. Er zog seine Jacke aus, legte sie über Jürgens Gesicht und bat die Leute zurückzutreten.

Sie taten es. Er sah Sepp Auer aus dem Haus eilen, sah, wie sich seine Augen verdrehten und seine Knie nachgaben, so wie die seines toten Sohnes es nur wenige Augenblicke zuvor getan hatten. Dann hörte Peter das leise Knirschen, als der Kopf des Mannes fast lautlos in den Schnee fiel.

54

Ich war`s. Es tut mir leid!

„Was wissen Sie davon?"

Stumm starrte Peter den Zettel an, den sie in Jürgens Zimmer gefunden hatten, dann schüttelte er langsam den

Kopf. „Nichts", sagte er.

Es war drei Uhr morgens. Sie befanden sich in der mobilen Einsatzzentrale. Der Krankenwagen hatte Jürgen Auers Leichnam fortgebracht. Peters Ärmel waren noch immer bis zu den Achselhöhlen hinauf nass von Urin, er spürte es jedes Mal, wenn er sich bewegte, und roch es ständig, wenn er Atem holte.

„Blödsinn", behauptete Höness. „Sie haben die ganze Zeit gewusst, dass er es war."

„Das ist nicht wahr."

Es war nicht wahr! Schon bei der Vorstellung, dass Höness das auch nur denken könnte, stieg Panik in Peter auf. Er war Polizeibeamter, und wenn er von einem Vergehen erfuhr, dann würde er handeln - ganz gleich, wer sich etwas hatte zuschulden kommen lassen. Deshalb war er zur Polizei gegangen, da in seiner Kindheit Dinge geschehen waren, die er nicht verhindern konnte. Damals hatte ihm kein Polizeibeamter zur Seite gestanden. Sein Vorgänger war ein alter, versoffener Trottel gewesen, der es nicht verdient hatte, diesen Beruf auszuüben.

„Ich glaube nicht, dass Jürgen jemanden umgebracht hat."

„Er ist durchgedreht", erwiderte Höness. „ Er ist unter dem Druck zerbrochen, dass seine Mutter eine Irre wurde. Hat die alte Besler vermutlich als so eine Art „Probefahrt" umgebracht, dann seine eigene Mutter, als er sah, wie leicht das war. Und dann die Alten im Josefinenheim."

„Und warum?", fragte Kelly. „Warum noch jemanden umbringen, nachdem er seine Mutter getötet hat, wenn das

das Problem war?"

„Wir wollten ihn eh festnehmen, sein Tod kam dem zuvor. In der Nacht der Morde im Heim, ist er bei sich zu Hause aus einem Fenster geklettert. Wir haben Fußabdrücke auf dem Fensterbrett gefunden. Das haben Sie gewusst, Kelly, nicht wahr?"

„Nein", antwortete Peter und dachte an die Stimme, die er eben in jener Nacht aus den Schatten jenseits des Gartentors gehört hatte.

Peter!

Es hatte sich angehört wie Jürgen.

Aber das war doch ein Traum gewesen. Oder?

Wenn du deine Arbeit nicht vernünftig machst....

Er hatte keine Ahnung, was Höness meinte.

....dann tue ich es für dich.

Die Einsatzzentrale war eng, feucht und stank. Eine flackernde Leuchtstoffröhre sorgte dafür, dass er sich vorkam wie bei einem Stasi-Verhör.

„Herr Höness, selbst wenn ich glauben würde, dass er all diese Leute umgebracht hat, was ich nicht tue, warum sollte ich ihn dann decken?"

„Ihr beide wart mal Freunde. Sehr gute Freunde, würde ich sagen. Schade, dass der alte Auer uns nicht erzählt, warum sie zerbrach? Raus damit, was gab's da vor circa zehn Jahren? Warum habt ihr euch erst vor kurzem handgreiflich gestritten?"

„Er hat nach mir geschlagen!"

„Und weshalb? Das hat doch Gründe. Ein vernünftiger Polizist nimmt ihn dann in Gewahrsam und prügelt sich nicht. Sie haben hier eine Vorbild-Funktion im Dorf. Sie sind Polizist, Kelly. Gott verdammt noch mal!"

Der Kopf von Höness wurde dunkelrot.

Peter hörte ihn kaum noch. Er erinnerte sich an dieses Gefühl der Bedrohlichkeit, das von Jürgen ausgegangen war. Während er gelacht und von den alten Zeiten gescherzt hatte, war Peter von Furcht überwältigt worden, hatte sich verzweifelt gewünscht, der andere möge ihn in Ruhe lassen...

„Ihr beide wart mal die besten Freunde. Und dann plötzlich nicht mehr. Was ist vor zehn Jahren passiert?"

Der Geruch nach Verbranntem... verbranntem Holz... verbranntem Haar... verbranntem Fleisch.

Nur verwirrende Bruchstücke. Etwas in ihm, versuchte zu verhindern, dass die Erinnerungen kamen. Er wollte es nicht mehr wissen.

Er zuckte hilflos mit den Achseln.

„Blödsinn, Kelly. Sie wissen es genau. Sie wollen es nur nicht sagen.

Kadaver... Schreie...

„...gesagt? K E L L Y !"

Blinzelnd kehrte Peter in die Gegenwart zurück. „Was?"

„Was haben Sie zu ihm gesagt?"

„Zu wem?"

„Jürgen Auer. Fragen Sie nicht so blöd, Mann."

„Ich hab nichts gesagt."

„Blödsinn. Schon wieder."

„Ich glaube, ich habe „Danke" gesagt. Ich weiß es aber nicht mehr sicher."

Das war die Wahrheit. Es wusste es wirklich nicht mehr. Die Stimme am Tor, das musste Jürgen gewesen sein, es konnte gar nicht anders sein. Hatte Jürgen die Zettel für ihn geschrieben? Wenn ja, was wollte er ihm damit sagen? War er nicht zufrieden mit ihm als Dorfpolizist. Hasste er ihn so sehr, aufgrund der Vergangenheit?

„Auer ist tot, Kelly. Sie können ihn nicht mehr schützen. Nicht, wenn Sie sich einen Polizisten nennen wollen!"

Peter bekam keine Luft.

Sein Herzschlag raste.

Und sowas nennt sich Polizist.

Woher wusste Höness das? Er hatte ihm doch nie konkret erzählt, was genau auf dem ersten Zettel stand. Steckte er in der Sache mit drin? Wollte er ihn verrückt machen? Die Stimme versagte ihm, er konnte sich nicht mehr artikulieren. Er starrte Höness nur noch aus weit aufgerissenen Augen an.

Der Kommissar merkte, dass er fertig war.

„Raus! Wir reden morgen weiter, Kelly. Aber überlegen Sie sich genau, was Sie morgen sagen, sonst sind Sie fällig!"

55

Julia Kelly saß auf halbem Weg die Treppe hinauf auf den Stufen, als sie den Tod nahen fühlte. Dass sie starb, wusste sie schon seit einer ganzen Weile. Jedes neue Symptom war eine Mahnung, dass sie nicht eines Tages einfach wieder gesund werden würde. Dass das da in ihr sich auf Dauer eingenistet hatte wie ein Psychopath im Gästezimmer und vorhatte, sie umzubringen. Dass Wahnsinn zur Routine geworden war. So aber hatte sie sich noch nie gefühlt.

Tagsüber ging sie selten die Treppe hinauf und hinunter. Das war ein Unterfangen, das manchmal eine halbe Stunde dauern konnte. Peter hatte eine Toilette in dem kleinen Schuppen gleich draußen vor der Hintertür installiert, die sie fast immer benutzte, außer wenn es sehr kalt war. Doch sie war um fünf Uhr früh aufgewacht und hatte Peter nicht neben sich vorgefunden. Sofort hatte sie gewusst, dass sie nicht wieder einschlafen würde, also hatte sie sich im Dunkeln nach unten getastet, um Tee zu machen und sich ihr Buch zu holen. Sie und Peter waren unheimliche Leseratten. Und dann hatte sie beschlossen, mit beiden wieder ins Bett zu gehen. Auf der untersten Stufe hatte sie ihr Reisegepäck abgestellt - die Teetasse, das Buch, eine neue Tube Zahnpasta und das scharfe Fleischer-Messer. Sie hatte Peter versprochen, es immer bei sich zu haben, obwohl sie sich jedes Mal vorkam wie eine neurotische Großstädterin, wenn sie es anfasste.

Sie hatte die Krücken fürs Erdgeschoss ans Geländer gelehnt, sich auf der dritten Stufe niedergelassen und war zu ihrem kleinen Abenteuer aufgebrochen. Hatte alles immer eine Stufe höher gestellt, ehe sie sich selbst auf die nächste gehievt hatte. Es gab gute Tage wie diesen, wenn ihre Arme und Beine sich kräftiger anfühlten, und das freute sie immer wieder. Ehrgeizig, wie sie war, bewegte Julia sich schneller und schneller. Die Sachen hochstellen, sich emporhieven, einen Schluck Tee trinken, hochstellen, hieven, einen Schluck Tee trinken... bis sie plötzlich abrutschte, zur Seite taumelte und mit Kopf und Arm schmerzhaft gegen die Wand prallte. Sie hatte die Hand auf das Buch aufgestützt, das die Treppe hinuntergerutscht war und jetzt aufgeschlagen im Flur lag, mit dem Buchrücken nach oben.

"Scheiße!" Julia biss sich auf die Lippe, während ihr Musikantenknochen sie grinsend dafür abstrafte, dass sie nicht aufgepasste hatte. Auch das Messer hatte sie ein paar Stufen weit fallen lassen und ihren Becher angestoßen, sodass ein wenig Tee den Teppich gesprenkelt hatte.

Julia war schon öfter ausgerutscht, sie war schon öfter hingefallen, sie hatte sich schon schlimmer wehgetan als jetzt.

Diesmal jedoch... Diesmal verstand sie den Tod.

Nachts hatte es wieder leicht geschneit, das Haus war in einen Kokon aus Schnee gehüllt, der es so still machte wie ein Grab, und Julia wurde sich der Tatsache bewusst, dass ihr eigenes Atmen das einzige Geräusch war, das ihr Leben vom Sterben abgrenzte.

Sie hielt die Luft an.

Sie saß auf halbem Weg auf der Treppe und hielt den Atem an und ließ die Stille über ihre Ohren herfallen. So würde es sein. Unter der Erde.

Still und stumm und hilflos in einem Kasten liegen und darauf warten, dass die Natur in sie hineinkrabbelte, damit sie sie wieder für sich beanspruchen konnte.

Julia Kelly war nicht dumm. Sie verstand sehr wohl, dass ihr dies nicht bewusst sein würde, dass dies nur im spirituellen Sinne so sein würde und dass ihr Leben bloß Fleisch war. Fleisch, das an jungen Knochen verfaulte.

Vorher - vor den Tabletten - war der Tod nur eine abstrakte Vorstellung gewesen, eine Methode, die Schmerzen zu lindern. Jetzt war ihr klar, dass sie um eine Ecke gebogen war. Sie wusste nicht nur, dass der Tod kam, sie wusste, wie es sich anfühlen würde, wenn es so weit war. Wie es aussehen würde. Wie es schmecken würde.

Ihr Hinterteil begann zu schmerzen, und sie schaute auf die Uhr und sah, dass sie über eine Stunde lang hier gesessen hatte. Keine Wunder, dass ihr so kalt war und sie so dringend aufs Klo musste. Sie würde draußen auf die Toilette gehen.

Julia ließ die Zahnpasta und den Becher mit kaltem Tee auf der Treppe zurück. Sie nahm das Messer mit, als sie daran vorbei treppabwärts rutschte, und als sie unten ankam, klappte sie ihr Buch zu und schlug es nie wieder auf.

Benommen ging Peter um kurz vor sechs zu Fuß nach Hause. Seit Jürgen in seinen Armen gestorben war, hatte er das Gefühl zu schweben. Wie ein Astronaut beim Weltraumspaziergang, dessen einzige Verbindungsleine durchtrennt worden war.

Woher wusste Höness das?

Peter hatte den genauen Wortlaut der ersten beiden Botschaften nicht spezifisch wiedergegeben. Die Worte von Höness waren sehr ähnlich; *„Und sowas nennt sich Polizist."*

Steckte Höness womöglich selbst hinter den Taten, oder mit dem Täter unter einer Decke? Erst kürzlich las er im Allgäuer Anzeigeblatt einen Artikel über einen psychopathischen Polizisten, der im Raum Frankfurt vier Menschen zerstückelte und die Knochen im Kühlschrank aufbewahrte, bis man ihm auf die Schliche kam. Selbst von dem Haus von Brunhilde Besler aus, hatte Peter den Eindruck gehabt, dass sich der Hauptkommissar sehr merkwürdig verhielt. Und die deutlich jüngeren Kollegen der Soko, hatten auch nicht gerade die beste Meinung von Höness. Vielleicht hatte er Drogen - und Alkoholprobleme, das würde seinen Geruch und geistigen Zustand erklären, der bestimmt häufig zu unkontrollierbaren Handlungen führen könnte. Die Art und Weise, wie er auf Peters Anwesenheit vor Brunhilde Beslers Haus überreagiert hatte, sprach für einen Mann, der unsicher und haltlos war, und Peter glaubte, oft glasige Augen bei Höness gesehen zu haben. Vielleicht ein desillusionierter, von privaten Schicksalsschlägen gebeutelter Polizist, der nicht mehr wusste, was er tat? Als angeblich das Erbrochene verschwunden war, hatte Höness gesagt, er solle seinen Job machen - und so wie er das gesagt hatte, kam es Peter schon verdächtig vor. Bestimmt hatte Höness die Kotze selbst entfernt.

Peter schauderte bei dem Gedanken. Ein in die Jahre gekommener Hauptkommissar, ein gestörter Killer? Die Visitenkarte des jungen Kommissars, steckte noch immer in seiner Brusttasche. Würden Sternkopf und Gebauer Diskretion wahren, wenn Peter ihnen von seinen Befürchtungen erzählte? Er bezweifelte es. Peter hatte zwar den Eindruck, dass beide Höneß nicht besonders mochten, doch das bedeutete nicht unbedingt, dass sie sich gegen ihn stellen würden. Vielleicht hatte er noch immer Macht und Einfluss genug, um seine unerfahrenen Kollegen abzusägen?

Er schaute in den Eisregen hinauf und stellte fest, dass er beinahe zu Hause war. Dieser März war der kälteste, an den er sich jemals zurückerinnern konnte. Immer düster, kalt und bedrohlich, wie das Grauen, das in diesem Dorf Einzug gehalten hatte. Er musste sofort mit Julia reden. Ihr Gehirn arbeitete selbst in den schlechtesten Zeiten schneller als seins, und im Augenblick war sein Gehirn so vollgestopft mit wirren Gedanken, dass er das Gefühl hatte, ein gewaltiges Schwarzes Loch dehne sich in seinem Schädel aus, bereit hervorzubrechen und die ganze Welt darin zu verschlingen.

Julia lag weinend und zusammengekrümmt vor Schmerzen auf dem Wohnzimmerboden, ein noch ungeöffnetes Pillenfläschchen neben sich. Augenblicklich schrumpfte das Schwarze Loch in Peters Kopf zu einem Nadelstich zusammen, und das Herz schnellte ihm vor Angst in die Kehle. Er sank neben ihr auf den Teppich und versuchte, sie in seine Arme zu ziehen, doch sie rollte sich noch enger zusammen und wehrte sich.

Ihr Kopf war ganz heiß vor Tränen, der Rest von ihr jedoch war eiskalt vom Liegen auf dem Boden. Das Feuer war längst ausgegangen und zu weißer Asche zerfallen. Peter holte ihre karierte Decke und wickelte sie um seine Frau, dann legte er sich neben sie und schlang die Arme um das Ganze. Er konnte sie warm halten, auch wenn er sie nicht gesund machen konnte.

„Hast du etwas genommen, Schatz?"

„Nein!", schrie sie. „Nein, hab ich nicht!"

Er drückte sie an seine Brust. „Ich meine, gegen die Schmerzen."

„Dann würde es doch nicht so wehtun!", brüllte sie ihn an - und brach abermals in Tränen aus.

Eine Stunde später lagen sie in derselben Stellung da, allerdings auf dem Bett, wo Julia sich hatte hintragen lassen. Die Stille war vollkommen - was Abgeschiedenheit und Winter nicht gedämpft hatten, hatte der Schnee zum Schweigen gebracht.

Peter hatte ihr drei Schmerztabletten gegeben, und das Schlimmste war vorüber.

„Wie geht's dir?", flüsterte er.

„Besser", antwortete sie. Besser als was, sagte sie nicht, doch Peter verstand das, und er hoffte, dass sie das wusste.

Ohne zu blinzeln starrte Peter zur anderen Seite des Raumes hinüber, den er immer als das Zimmer seiner Eltern ansehen würde.

„Erzähl mir von deinem Nachtdienst", sagte sie. Sie musste ihre eigene Nacht vergessen. Das wusste er.

„Ich kann nicht."

„Warum nicht?"

Wie konnte er es ihr erzählen? Er fühlte sich innerlich ganz taub. Er fühlte sich völlig losgelöst. Er wusste nicht mehr, wo Grenzen zwischen Vergangenheit und Gegenwart gezogen werden konnten, zwischen Gut und Böse, Recht und Unrecht.

„Peter?"

Blacky für Jürgen, Hansi für ihn. Das Gleiten von poliertem Leder an seinen Knien und das „Zufassen und Loslassen"-Wunder eines ganzen Tieres, das von seinen Jungenhänden geführt wurde. Das Wölben und Stauchen von Muskeln unter seinem Hinterteil. Jürgen neben sich dahinfliegen zu sehen und zu hoffen, dass er ebenso frei aussah wie sein bester Freund. Die eifrigen kleinen Ohren, zwischen denen hindurch er seine ganze Welt betrachtete. Eine glückliche Weile lang.

Peter erinnerte sich. Obgleich er ein Leben damit zugebracht hatte zu vergessen.

Er erinnerte sich an den berauschenden Geruch des Gerstenschrots und des Heus, an das leise Geräusch von Hufen, die Stroh über Beton wischten, und an den Samtatem von Hansis Nase, die sein Haar berührte, und dabei wurde er die ganze Zeit niedergedrückt, und ihm wurde befohlen, ja nicht zu heulen, während ihm Unsagbares angetan wurde.

Unsagbar.

Er erschauerte an Julias Rücken.

„Peter?"

Aber Jürgen hatte es gesehen. Jürgen hatte es gewusst. Vielleicht war Jürgen sogar dasselbe passiert. Er wusste, dass es so sein musste, denn obwohl sie niemals davon gesprochen hatten - weil es unsagbar war -, hatte Jürgen etwas unternommen. Er hatte den Stall niedergebrannt!

Jetzt, fast elf Jahre später, dröhnte Peter`s Kopf, und er zuckte beim Erinnern wie ein geprügelter Hund.

Den Mittelgang zwischen schwelenden Boxen hinunter, das Dach eingestürzt und die Türen weit aufgerissen, damit die Ponys fliehen konnten. Irgendjemand hatte das getan. Jemand, der sie liebte, hatte an die Ponys gedacht.

Doch die Ponys waren nicht geflohen. Voller Angst vor den Flammen hatten die Ponys geschrien und waren im Feuer umgekommen, genau wie Konrad Müller. Sieben traurige Kadaver, immer noch in ihren Boxen. Manche so verkohlt, dass nur ihre Beine aus einem Aschenhaufen hervorragten, manche kaum angesengt, vom Rauch getötet.

Blacky war halb verbrannt, aber Hansi war unversehrt - an der Rückwand seiner Box zusammengebrochen, die Beine unter den Körper gezogen, den klugen kleinen Kopf anmutig gesenkt und die weichen Lippen auf den Beton gepresst, als läge er auf einer Sommerwiese und knabbere an den Gänseblümchen. Der sechste Kadaver war bereits von einem Wagen abgeholt worden, mit einem Laken über dem geschwärzten, grinsenden Schädel.

Der Geruch von Tod war überwältigend.

Als er sich durch einen verschwommenen Tränenschleier an seinen Freund gewandt hatte, um im geteilten Leid Trost zu finden, hatte Peter stattdessen bleichen Horror gesehen - und Schuld.

„Wieso sind sie denn nicht weggelaufen, Peter? Sie hätten doch weglaufen sollen!"

Die Ponys waren seinetwegen umgekommen. Weil er zu schwach gewesen war, er zu verhindern.

Peter fing an zu zittern.

„Liebling, was ist denn los?"

„Jürgen Auer ist tot!", sagte er grob. Und dann - endlich - begann er zu weinen. Hemmungslos.

56

„Ich bin froh, dass er tot ist", sagte die alte Frau Müller zu Höness, der sichtlich schockiert war.

Er saß seit einer halben Stunde mit der Vermieterin zusammen, und erfuhr düstere Ansichten. Sie stellte ihm Obstler, Cinzano und Weißbier auf den Tisch und soff munter mit. Für eine dreiundsiebzigjährige war sie erstaunlich trinkfest, vermutlich soff sie regelmäßig.

„Wieso?", fragte er - und merkte, dass er auch langsam zum lallen anfing.

„Ach, nichts", antwortete sie und wackelte mit dem Glas.

„Doch, es gibt schon was, Frau Müller. Lassen Sie`s raus. So jung kommen wir nicht wieder zusammen."

Er hatte die Hoffnung, dass der Alkohol ihre Zunge lockerte. Und so war es dann auch. Die Geschichte, die Hilde Müller erzählte, war düster. Eine interessante Geschichte muss jeder haben, dachte Höness, auch wenn vielleicht nicht alles stimmte.

„Ich kannte Jürgen Auer, seit seiner Kindheit. Wir hatten bis zum Tod meines Mannes einen Bauernhof mit Reit-Unterricht, für die Kids unter fünfzehn, mit unseren Ponys."

„Und Auer kam regelmäßig zum Reiten?"

„Genau. Er war einer der wenigen Jungs wie Peter Kelly, die sich für Pferde und Reiten interessierten. Schon mit knapp neun Jahren kamen sie immer regelmäßig zu uns. Die beiden waren jahrelang fast unzertrennlich. Die anderen Kinder in der Schule zogen sie deshalb oft auf."

„Sie wurden deshalb belächelt?"

„Sagen wir eher, verspottet. Reiten ist eigentlich zu achtzig Prozent Frauensache. Die Mädl`s haben für Pferde generell ein viel größeres Interesse dafür."

„Und auf Ihrem Hof gab`s irgendwann ein Unglück?"

„So isses. Vor fast elf Jahren im Mai."

Es war eine Geschichte von Flammen, Rauch, Panik und Mord, den der damalige Gerichtsmediziner als Unglücksfall deklarierte, nachdem er gehört hatte, dass Konrad Müller sowohl ein leidenschaftlicher Pferdenarr als auch ein leidenschaftlicher Raucher gewesen war. Zwei Hobbys, die man, so schloss Höness, voneinander trennen sollte, wie Ehefrauen und Freundinnen. Laut Hilde Müller, war der damals erst dreizehnjährige Jürgen Auer, nicht nur ein Ponynarr, sondern auch der Mörder ihres Mannes gewesen, weil er angeblich den Müller-Hof in Brand steckte. Nach zwei weiteren Gläsern Cinzano stand Hilde Müller plötzlich auf und eierte zu ihrer Anrichte hinüber. Sie öffnete die Tür, was eine Papierlawine auslöste; alte Zeitschriften, Karten und Fotos.

„Konrads Kram", nuschelte sie. „Ich will`s ned wegschmeiß`n. Alte Erinnerungen, verstehn`s ?"

Obwohl auf einem der vier Fotos zwei Jungen mit erst circa zehn Jahren zu sehen waren, erkannte sie Höness sofort. Die Fotos waren in der Anrichte nicht verblasst, und Auers braunes Haar war anscheinend sein ganzes Leben lang immer gleich geschnitten worden - hinten und an den Seiten kurz. Er sah nicht aus wie ein kleiner Scheißer, er sah aus wie ein frecher, fröhlicher Bub und hielt die Zügel eines zottigen schwarzen Ponys. Der zweite Junge war kleiner und hielt ein braunes Pony, von dessen Trensenzaum eine rote Schleife flatterte.

Sofort dachte Höness an das tote Pony, dass sie angefahren hatten. Daran, wie es Peter Kelly auf fast krankhafte Weise widerstrebt hatte, das Tier anzufassen - wie er sich tatsächlich geweigert hatte, ein Bein zu nehmen und zu helfen, den Kadaver von der Straße zu ziehen. Auf dem Bild hatte er lässig einen Arm über den Hals des Ponys gehängt, ein Büschel Mähne in der kleinen Hand, lehnte sich ganz eng an das Tier wie an einen Freund.

Was hatte sich in Peter Kelly verändert, dass er von einem Jungen, der Pferde liebte, zu einem Mann geworden war, der nicht einmal ein totes Pferd anfassen konnte?

„Kann ich das eine Foto hier behalten?", fragte er.

Doch er hatte das Bild so lange betrachtet, dass die alte Frau eingeschlafen war und schnarchte, die Hände mit den blank glänzenden Knöcheln noch immer um ihr leeres Glas gelegt.

Höness nahm das Bild an sich und ging.

Aus dem Schatten draußen vor dem Haus sah Sternkopf zu, wie Höness unter viel „Scheiße" und „Mist" sagend, über das rutschige Pflaster wankte und zurück in sein Zimmer ging. Was hatte er in der Wohnung der alten Vermieterin so lang gemacht? Gestern hatte er noch ständig über die Alte und ihre Unterkünfte gelästert. Vielleicht hatte er ihr Wodka geschenkt, damit sie großzügiger die Heizung aufdrehte. Heute früh hatten sie Verstärkung aus Kempten bekommen; Elizabeth Güttler war seit einigen Monaten die Leiterin der Forensischen Abteilung, und vermutlich von Polizeipräsident Nussbaumer an „die Front" geschickt worden. Sternkopf konnte sich gut vorstellen, dass der Vorgesetzte von Höness, mit den bisherigen Ermittlungen, alles andere als zufrieden war, zumal es immer noch nicht sicher war, ob Auer überhaupt für die Taten verantwortlich war. Der Zettel war überhaupt kein Beweis, den konnte er auch unter Bedrohung oder mit einer Knarre am Kopf geschrieben haben. Elizabeth Güttler überraschte mit einer weiteren, neuen These.

„Den Zettel hat Jürgen Auer ziemlich sicher nicht geschrieben!"

„Warum nicht?", fragte Sternkopf und sah sie an. Güttler war Ende Dreißig, eins siebzig und trug einen akkuraten dunklen Kurzhaarschnitt. Sie erinnerte Sternkopf an Paola Felix, der Schlagersängerin aus der Schweiz.

„Ich habe mir in seinem Zimmer Schriftstücke von seiner Berufsschulzeit angesehen, das liegt ja noch nicht so lange zurück. Und die Schriftbilder unterscheiden sich wesentlich. Sehen Sie mal."

Sie reichte ihm zwei Blätter, und den geschriebenen Zettel den sie bei Auers Selbstmord fanden.

„Tatsächlich, sehr unterschiedlich. Das heißt?"

„Jemand, in dem Fall, der Typ, der bei Kelly schon die Nachrichten hinterließ, war unmittelbar nach - oder vielleicht vor - dem Tod von Auer am Schauplatz des Selbstmordes. Oder...?"

„Er war dabei", ergänzte Sternkopf. „Oder der Erste, der Auer hängen sah. Das wäre ja dann aber Kelly gewesen, und der kann`s unmöglich gewesen sein, weil er sich mit Fessler und seiner Prothese rumgeschlagen hat."

„Ja, sonderbar. Wir dürfen auch Auers Vater nicht außer Acht lassen. Er hält sich sehr bedeckt."

„Bestimmt hatte er einen Schock."

Es war Elizabeth Güttler zu peinlich gewesen, Sepp Auer zu fragen, ob sie die Kleidungsstücke seines toten Sohnes nach einem fehlenden Knopf absuchen dürfe, damit er eindeutiger als Mörder gebrandmarkt werden konnte. Eindeutiger, als sich zu erhängen und ein schriftliches „Geständnis" zu hinterlassen, dachte sie verhalten.

57

Julia Kelly hasste Helmut Höness, und es fühlte sich gut an. Sie war so sehr daran gewöhnt, ihre Hände zu hassen, ihre Beine, ihr Gedächtnis, ihre Krankheit, dass es auf eine unnachgiebige, zornige Art und Weise belebend war, etwas Berührbares zu hassen; etwas, das nichts mit ihr zu tun hatte. Etwas, das vielleicht tatsächlich fähig war, sich einen Dreck um ihren Hass zu scheren.

Peter hatte ihr erzählt, dass Höness offensichtlich dachte, er hätte Jürgen Auer geschützt, Jürgen sei der Mörder und Peter deswegen irgendwie mit schuldig an den Morden. Und er hatte ihr erzählt, wie Höness den Wortlaut der ersten Botschaft wiederholt hatte.

Dieser Dreckskerl.

Der Gedanke, Peter oder Jürgen hätten etwas mit alldem zu tun, war lachhaft. Oder er wäre lachhaft, wenn das Ganze nicht so ernst gewesen wäre. Sie fand Peter ein bisschen paranoid, fand, dass die Vorstellung, Höness könnte in die Verbrechen verwickelt sein, ein wenig zu weit hergeholt. Doch sie hasste den Kommissar trotzdem, weil er Peter verspottet hatte, als dieser ganz offensichtlich unter Schock gestanden hatte.

Jürgen Auer war tot. Jürgen, der mit seinem Vater und (gelegentlich) Manni Fessler in der einzigen Werkstatt am Ort, Rad - Motorrad - und Autoreparaturen durchführte. Jürgen, der immer so nett und liebevoll gewesen war, dass sie nie verstanden hatte, warum ihn sich nicht irgendein Mädchen aus der Gegend geschnappt hatte.

Peter hatte sich nicht weiter über seine Kinderfreundschaft mit ihm ausgelassen, doch sie nahm an, dass diese enger gewesen war, als er es bisher geschildert hatte. So verstört, wie er wegen Jürgens Tod gewesen war.

Peter war schon wieder auf Streife, wie es ein pflichtbewusster Dorfpolizist wie er, unentwegt tat.

Er hatte nicht einen einzigen Tag freigehabt, seit das alles hier angefangen hatte. Sie machte sich zunehmend Sorgen über seinen Gemütszustand. War er dieser Sache hier überhaupt noch gewachsen? Sollte das Ganze hier ausgestanden sein, und der Täter überführt werden, würde sie versuchen, ihn zu überreden, weg von hier zuziehen. In einen Ort, der sie nicht immer wieder an diese grausamen Taten hier erinnern würde. Falls sie weiterlebte. Sie hatte Peter auch noch nicht erzählt, dass sie auf Anraten von Doktor Hiddler, nächste Woche mit der Chemotherapie beginnen sollte. Aber sie hatte andere Pläne.

Zuerst galt es jedoch, noch ein Hühnchen mit einem rücksichtslosen Kommissar zu rupfen.

Noch ehe sie das Ganze wirklich durchdacht hatte, schnappte sie sich schon ihre Krücken, rammte keuchend die Füße in die Gummistiefel und humpelte zur Haustür hinaus.

58

Peter fuhr durch das Hinterseer Tal ohne konkretes Ziel. Er brauchte Abstand, frische Luft, und nicht den zunehmenden Gestank des Todes, der Hintersee immer mehr vereinnahmte. Sein Kopf fühlte sich so taub an, dass seine Gedanken lediglich Fetzen und Bruchstücke waren, wie ein Sturm auf seiner Zunge. Nichts blieb hängen - außer dem seltsamen Gefühl, dass er in all dem Schnee, unter dem weißen Himmel und mit dieser Verstandesleere langsam durch jenen Tunnel aus Licht trieb, der zum Tod führt.

Am Giebelhaus stieg er aus und schloss das Auto ab. Dann setzte er einen Fuß vor den anderen und sah zu, wie der Schnee unter ihm nachgab. Hier, am Ende des Tales, lagen noch gut zwanzig Zentimeter Schnee, der unter seinen Stiefeln knirschte. Er lief den Pfad zur Schwarzenberger Hütte hinauf, einem der schönsten Ausflugsziele des Tales. Kein Mensch war weit und breit zu sehen, nur sein Atem waberte wie ein Nebel vor seinem Gesicht. Er lief zu einem Hügel, der hundert Höhenmeter unterhalb der Hütte lag. Oben auf dem Hügel war die Stille ein wattebedeckter Herzschlag. Peter fühlte nichts, während er zuhörte, wie sie die Welt erfüllte. Er griff zu seinem Nokia-Handy und rief Robert Besler an.

Robert Besler war der Einzige, der jetzt als Täter noch halbwegs in Betracht kam - und Peter hatte sich für ihn verbürgt, hatte Höneß von ihm fortgelotst. Besler hatte ihn um einen Gefallen gebeten, und Peter hatte ihm diesen Gefallen aus fehlgeleiteter Loyalität getan. Robert Besler nahm ab und Peter sprach trotz schlechter Verbindung.

„Ich verstehe es, wenn Sie es waren, Robert. Wirklich. Aber ich muss es wissen. Verstehen Sie, dass ist mein Job! Das ist alles." Peter befand sich wie in einem Traum, es machte also nichts, wenn er ihn fragte.

„Tut mir… kann… verstehen", sagte Besler durch das statische Knistern. Dann war die Verbindung zu Ende.

Ganz ruhig schleuderte Peter sein Handy wie einen Schneeball ins weite Nichts, irgendwo in eine weite Fläche, die wie eine milchige Wüste aussah. Er wandte sich zum Gehen. Und hatte sich verirrt, einfach so. Auf einmal wusste er nicht mehr, wo er sich befand. Er stand da und sah den Nebel um seine Füße wirbeln. Bald würde der Dunst ihn zudecken wie eine Flut, und er wäre verschwunden. Der Gedanke war irgendwie beruhigend. Peter schloss die Augen. Jetzt, wo das Adrenalin des Anstiegs hier herauf verflogen war, war ihm bitterkalt. Er hatte seine Handschuhe im Auto gelassen, zusammen mit seiner kratzigen Decke. Egal.

Peter setzte sich hin. Es war kalt und nass, doch die Erleichterung machte ihn gefühllos. Die Erleichterung des gefassten Hinnehmens. Er kreuzte die Beine wie ein Schuljunge und legte die Hände auf die Knie. Das hier war das Ende, und es war gar nicht so schlimm. Es war das Einfachste, was er je getan hatte. Er fragte sich, ob er wohl umkippen würde wie ein vereister Buddha, oder ob ihn hier Wanderer entdecken würden.

Peter lächelte.

Der Nebel streichelte sein Gesicht wie eine tote Geliebte.

Wie aus weiter Ferne bimmelte sein Handy. Irgendwo im weißen Nichts bimmelte sein altmodisches Nokia. Immer und immer wieder. Es hörte nicht auf. Er musste hin, vielleicht war es Julia, die einzige Person, die ihn wirklich brauchte und liebte. Er quälte sich mühsam hoch, vor Kälte zitternd. Er folgte dem Geräusch und lief in die weiße Schneewüste. Er fand das Handy, als es gerade aufhörte zu klingeln. Behutsam hob er es aus einer Vertiefung im Schnee auf, die sein Gehirn nur langsam als seinen eigenen Fußabdruck registrierte.

Er folgte seinen Fußspuren zum Wagen zurück, dann rief er hinter dem Steuer Julia an, doch es meldete sich niemand.

Peter fuhr nach Hintersee zurück, und hinter ihm verblasste die Allgäuer Bergwelt. Dabei vergaß er den Eisbuddha ganz und gar, und Robert Besler auch.

59

Höness war schon wieder zu spät dran. Sternkopf hatte sich einfach den BMW geschnappt um mit Richard Frommknecht zu sprechen, ohne sich mit ihm abzustimmen. Dann musste er eben den beschissenen Honda nehmen, mit dem diese Forensikerin erst gestern kam. Widerwillig gab sie ihm die Schlüssel. Wieder war der Schneematsch über Nacht gefroren, und der Honda rutschte sofort ein wenig zur Seite. Er wollte noch einen Abstecher nach Hinterbrunn machen und dann noch ein Bier trinken, um mit dem Wirt zu quasseln. Der Gastwirt kannte alle und wusste bestimmt auch die Geschichten der Vergangenheit. Wieder schlingerte er etwas, fing sich aber sofort wieder mit dem Wagen. Hatten sie dieser Güttler vielleicht ein Fahrzeug ohne Winterbereifung gegeben? Auf halbem Weg sah er jemanden vor sich auf die Straße treten. Jetzt konnte er sehen, dass es eine Frau war, die an Krücken ging. Doch anstatt sich umzuwenden und von der Straße zu laufen, humpelte die Frau langsam in die Mitte der Fahrbahn hinaus; dann drehte sie sich zu ihm um und stand einfach da.

Höness bremste fester.

Zu fest.

Die Räder blockierten, und der Honda rutschte seitlich weg. Er schlug das Lenkrad in die Gegenrichtung ein und dachte schon, er hätte es geschafft, dann griffen die Reifen kurz, und der Wagen geriet abermals ins Schleudern. Er schlingerte noch einmal und begann dann - in Zeitlupe -, quer die Straße hinunterzurutschen. Höness drehte wild am Lenkrad und bremste, umsonst.

Aus dem Seitenfenster sah er die Frau an, die auf ihre Krücken gestützt auf der Straße stand und seinem ungewöhnlichen Herannahen zusah. Einem Teil von ihm war das alles peinlich, doch ein immer größer werdender Teil begriff allmählich, dass ihr nicht klar war, dass er keinerlei Kontrolle mehr über den Wagen hatte.

Sie stand einfach nur da! Als ob sie irgendwie erwartete, dass er um sie herumfuhr. Oder wollte sie überfahren werden?

Dreißig Meter von der Frau entfernt streifte der Honda die Hecke und schlingerte, dann rutschte er in nur leicht verändertem Winkel weiter.

Und sie stand immer noch einfach nur da.

Höness brüllte: „Weg da!" durch das geschlossene Seitenfenster, dann rammte er den Handballen auf die Hupe.

Sie rührte sich nicht. Die Straße war schmal, der Wagen war breit, es war undenkbar, dass er sie nicht erwischte, es sei denn, sie machte, dass sie wegkam. Einen unwirklichen Moment lang sah Höness ihr in die Augen, und ihm ging auf, wie schön sie war. Und wie gefasst. Fast zu gefasst.

Dann stieß das Heck gegen die Böschung auf der anderen Straßenseite, der Honda prallte in einem neuen Winkel davon ab und schlitterte - wundersamerweise - in dem ultraschmalen Zwischenraum zwischen ihr und der Hecke an der Frau vorbei. Der Seitenspiegel traf sogar eine ihrer Krücken, und er hatte beim Vorüberkommen genug Zeit, um zu sehen, wie sie taumelte, aber nicht hinfiel.

Ein weiterer markerschütternder Aufprall ließ das Auto in einen flachen Graben rutschen, wo es abrupt genug zum Stehen kam, sodass er mit der Stirn gegen das Lenkrad knallte.

Einen Augenblick lang war Höness benommen und stierte stumpf auf das etwas altbacken anmutende Honda-Logo in der Mitte des Lenkrads, das unverhofft dicht vor ihm aufgetaucht war.

Ein lauter Knall neben seinem rechten Ohr ließ ihn erschrocken zusammenfahren, und er blinzelte zu der Frau empor, die zu zerquetschen er gerade eben vermieden hatte. Er wollte sie dafür umarmen und küssen, dass sie nicht tot war, wollte vor Dankbarkeit heulen und Mönch werden und sein Leben anderen widmen, als Strafe für jedes Unrecht, das er jemals jemand anderem zugefügt hatte. Sie dagegen sah nicht dankbar aus. Sie sah so wütend aus, dass er fast Angst hatte, das Fenster herunterzulassen.

„Sind Sie Kommissar Höness?", fragte sie entschlossen. Und als er nickte, verkündete sie: „Ich will Sie sofort sprechen!"

„Warum sind Sie so gemein zu Peter?"

Höness hätte am liebsten gelacht, nur hatte die Frau - die, wie ihm jetzt klar war, Peter Kellys Ehefrau sein musste - auf dem Weg von der Straße in das gemütliche Wohnzimmer, wo sie jetzt standen, nichts von ihrem Zorn eingebüßt. Beindruckt von ihrer Gewandtheit und ihrer Kraft trotz der Krücken, war er ihr ins Haus gefolgt.

Sie lehnte ihre Krücken an den Kamin, wo ein Feuer vorbereitet, aber nicht angezündet worden war, und sie ließ sich auf dem Sofa nieder.

„Ich versuche, einen Mörder zu schnappen. Das ist meine Priorität, und nicht, die Leute hier glücklich zu machen."

„Ich finde, es ist ein ziemlicher Unterschied, ob man jemanden glücklich macht oder ob man behauptet, dass er mitschuldig an einem Mord ist, Sie etwa nicht?"

Also hatte Kelly seiner Frau alles erzählt. Sich wahrscheinlich bei ihr ausgeheult. Sie konnten ihn alle beide kreuzweise.

„Darf ich mich setzen?", fragte er.

Sie zögerte und nickte dann knapp. Dann sah sie ihn nur an.

„Wie heißen Sie?", versuchte er es auf die sanfte Tour.

„Julia", antwortete sie zögerlich, weil es ihrer Natur entsprach, eine höfliche Frage höflich zu beantworten. „Peter sagte, Sie haben noch nicht mal Fingerabdrücke!"

Höness zuckte die Achseln. „Heutzutage wissen die Leute Bescheid über Fingerabdrücke. Die tragen alle Chirurgenhandschuhe. Die Einzigen, die das nicht tun, sind Besoffene und Trottel. Wir haben in Auers Garage eine ganze Schachtel voller Handschuhe gefunden."

„Und in Dr. Hiddlers Praxis haben Sie bestimmt auch mehrere Schachteln gefunden", gab sie zurück. „Jedenfalls, Sie haben keine Fingerabdrücke, und nur weil Peter und Jürgen früher dicke Freunde waren, müssen sie nicht unter einer Decke stecken. Wahrscheinlich hat keiner der beiden mit den Morden was zu tun. Und was ist mit dem Knopf?"

Verdammt. Sie wusste von dem Knopf. Das schwache Glied in seiner dürftigen Beweiskette gegen Kelly.

„Was denn für ein Knopf?"

„Stellen Sie sich ja nicht so blöd!", wies Julia ihn mit einem strengen Blick zurecht, bei dem Höness sich vorkam wie ein Dreijähriger, der gerade einen Spielkameraden mit einer Spielzeugeisenbahn gehauen hatte.

„Das ist einer von zigtausenden, die pro Jahr hergestellt werden."

„Für Uniformen, hat Peter gesagt. Heißt das nicht, dass Leute wie Wachdienst-Angestellte und Türsteher verdächtig sein könnten? Und nicht Typen wie Jürgen, die bei der Arbeit einen Blaumann anhaben."

„Ihr Mann sollte nicht so viel über die Details dieses Falles sprechen. Nicht einmal mit Ihnen. Es gibt da gewisse Dinge, die wir gern zurückhalten würden…"

„Damit nur die Polizei und der Mörder davon wissen", vollendete Julia den Satz.

Erwartungsvoll sah sie ihn an, und er wünschte sich abermals, er könnte ihr einfach sagen, sie können ihn mal.

„Wir wissen doch gar nicht, ob zwischen diesem Knopf und dem Mord an Brunhilde Besler überhaupt eine Verbindung besteht", wandte er steif ein.

„Darum geht`s doch gar nicht, Herr Kommissar. Es geht darum, wieso sollte Peter mögliche Beweise finden, wenn er versucht hat, die Wahrheit zu verbergen? Findet er jetzt Beweise, oder hält er welche zurück, Herr Höness? Beides geht nicht. Das ergibt doch keinen Sinn."

Für Höness ergab es auch keinen Sinn, doch er würde den Teufel tun, Julia Kelly gegenüber nachzugeben.

„Mag sein", beschwichtigte er etwas. „Und wenn die Kotze nicht verschwunden wäre, dann hätten wir die auch, und damit eine hervorragende DNS."

„Oder Sie hätten einen Batzen Kotze ohne DNS-Treffer", konterte Julia trotzig. „Und Sie haben auch keine Beweise, dass Jürgen gekotzt hat, oder dass Peter es weggemacht hat. Die Sache ist doch die, Sie haben das Zeug nun mal nicht. Peter sagte, es hat die ganze Nacht da draußen rumgelegen, und das ist ganz schön nachlässig, wenn Sie mich fragen."

Er fragte sie aber nicht, und ihre Besserwisserei ging ihm zunehmend auf die Nerven, stattdessen fragte er: „Wussten Sie, dass es vor elf Jahren auf dem Müller-Hof gebrannt hat?"

„Nein, da wohnte ich hier noch nicht und kannte auch Peter nicht. Ich bin nicht gebürtig von hier."

„Ein Großbrand. Dabei ist der damalige Mann von Frau Müller, unserer Vermieterin, umgekommen in den Flammen. Konrad Müller."

„Und? Was hat das mit dem Fall zu tun?"

„Jürgen Auer, und andere Kinder, waren ständig im Reiter-Gestüt, bei ihren geliebten Ponys. Und der Tod des alten Müller wirft viele Fragen auf. Peter und Jürgen waren an dem Tag des Brandes oben, und haben das Ganze mit Sicherheit hautnah mitbekommen. Sie sollten Ihn mal danach fragen, Julia."

Er ließ diese Tatsache in der Luft hängen und hoffte auf irgendein Anzeichen dafür, dass sie davon wusste oder etwas zu verbergen hatte. Sie sah ihn nur mit ernster Miene an.

„Der damalige Gerichtsmediziner hat entschieden, dass es ein Unfall war, aber mittlerweile bezweifle ich das. Eventuell muss der Fall nochmals neu aufgerollt werden."

Höness machte eine Pause und sammelte sich. Er durfte nicht zu viel verraten, da sie bestimmt alles ihrem Mann detailliert schildern würde, was wiederum die Ermittlungen gefährden könnte. Er konnte die Verblüffung in ihren Augen sehen, und die Fragen, die sie nicht stellte. Er beantwortete sie trotzdem.

„Anscheinend hat sie Jürgen Auer immer verdächtigt, das Feuer gelegt zu haben?"

„Warum denn das?"

„Offenbar hat nicht nur er, sondern auch viele andere Kinder dort häufiger gearbeitet. Vielleicht hat Auer dort einige aufgetragene Arbeiten nicht zufriedenstellend erledigt, und der alte Müller hat ihn mal geohrfeigt. Was weiß ich. Vielleicht hat ihm Müller aufgrund dessen, das Reiten verboten und er wollte sich rächen. Möglich ist alles, aber das können uns nur noch die beiden, …äh, jetzt natürlich nur noch ihr Mann erzählen. Außer, wir fragen alle Dorfbewohner, wer sich damals alles da oben so rumgetrieben hat."

Seine schlimmsten Befürchtungen hielt er zurück. Dass was er noch vermutete, könnte sie gewaltig schockieren.

„Vielleicht war sie es ja? Sind Ehefrauen nicht häufig die Hauptverdächtigen?"

„Ich sage Ihnen nur, was sie mir erzählt hat", erwiderte er. Er vermied es, ihr zu sagen, dass Frau Müller dabei betrunken war. „Und irgendjemandem muss man ja mal was glauben. Finden Sie nicht?"

„Ausgerechnet diese alte Schachtel, die weiß davon doch bestimmt nichts mehr. Es ist doch bekannt, dass die säuft."

„Sie täuschen sich, Julia. Gerade alte Menschen haben in der Regel ein vorzügliches Langzeit-Gedächtnis. Sie können sich meistens auch mit über achtzig, noch exakt an viele Kindheits-Erlebnisse erinnern. Außerdem, warum sollte sie Jürgen Auer jetzt noch unnötig belasten, nachdem er eh schon tot ist?"

Julia betrachtete ihn mit grimmigem Gesichtsausdruck. Höness hatte das Gefühl, dass erste Zweifel in ihr aufkamen, auch in Bezug auf ihren Ehemann. Er musste nachlegen. „Hat Ihr Mann Ihnen von dem Unfall mit dem Pferd erzählt?"

„Ja."

„Er wollte es nicht anfassen, als es auf dem Boden lag."

„Peter mag keine Pferde."

„Nicht mehr." Er reichte ihr das Foto.

„Was ist das?", fragte sie, doch er dachte, das würde er sie selbst herausfinden lassen.

Das tat sie auch, doch es dauerte länger, als er gebraucht hatte. Er sah den exakten Moment, als sie ihren jetzigen Ehemann erkannte - das winzige Atemholen, und wie sie den Kopf senkte, um näher an das Foto heranzukommen.

„Peter", sagte sie verblüfft.

„Und Jürgen Auer."

Sie schwieg mit gesenktem Kopf.

„Damals scheint ihr Mann die Pferde ja richtig gerngehabt zu haben, auch wenn es in diesem Fall nur Ponys waren.

Aber gehört ja irgendwie zur gleichen Familie, nicht wahr?"

Sie schüttelte den Kopf, unfähig, den Blick von dem Foto loszureißen.

„Ich denke, das geht auf die Nacht zurück, als der Stall abgebrannt ist. Jemand, den sie kannten, ist umgekommen. Alle Pferde sind draufgegangen. Muss für ein Kind ja traumatisch sein. Die beiden waren knapp dreizehn."

Julia nickte bedrückt.

„Vielleicht hatte Auer ja ein schlechtes Gewissen. Und sein damaliger bester Freund wusste davon."

„Er hat mir nie davon erzählt. Ich wusste nichts hiervon."

Ihre Stimme klang leblos. Ihr Kampfgeist war verflogen. Unwillkürlich war Höneß ein wenig betroffen über die radikale Veränderung in Julia Kelly. Ihr temperamentvoller Lebensmut hatte echt gewirkt, jetzt jedoch sah er, dass es lediglich eine Seifenblase gewesen war, die, einmal geplatzt, so vollständig verschwunden war, dass er nicht einmal mehr sehen konnte, wo sie vorher gewesen war. Er stand auf und fühlte sich seltsam schuldig dafür, dass er ihr etwas angetan hatte, was vielleicht irreparabel war.

„Ich habe noch nie ein Kinderfoto von ihm gesehen", sagte sie und sah dabei auf den Boden.

„Wieso denn das?" Höness war perplex.

„Ich weiß es nicht. Kann ich das behalten?"

Sie hielt das Bild mit Händen fest, die immer stärker zitterten.

Unentschlossen stand Kommissar Höness auf. Julia Kelly starrte das Foto auf ihrem ausgemergelten Schoß immer noch an, als er seltsam bedrückt hinter sich die Tür zumachte.

60

Peter sah so glücklich aus!

Das war Julias überwältigender erster Eindruck. Fast hätte sie ihn deswegen nicht erkannt. In letzter Zeit hatte er selten ein fröhliches Gesicht gehabt. Und so glücklich wie auf dem Foto, hatte sie ihn in den vier Jahren, die sich jetzt kannten, noch nie gesehen. Das Bild war ein Zeittunnel. Auch wenn nur sieben Jahre Differenz dazwischen lagen, zwischen ihrem ersten Aufeinandertreffen, und der Aufnahme auf dem Foto. Trotzdem gab es optisch einen gewaltigen Unterschied. Jürgen Auer war größer und kräftiger als Peter, der ihn wenige Jahre später schließlich überragen würde. Die beiden hielten zwei hübsche süße Ponys, aber waren das nicht alle? Julia konnte sehen, dass dieser Schnappschuss das ganze Leben der Jungen in diesem einen Augenblick festhielt, aus der Vergangenheit geholt und ihr jetzt vorgelegt.

Auf einmal rastete sie aus. Als Höness leise die Tür hinter sich schloss, packte sie ihre Krücken und humpelte zum Fenster. Sie öffnete es, und sah einen überraschten Höness der zu seinem Auto lief. Sie brüllte laut, so laut, wie es ihre geschwächten Stimmbänder zuließen: „Sie stellen ihn vor eine Haustür, demütigen ihn vor dem ganzen Dorf, unterstellen ihm, er würde jemanden decken, der diese Menschen umgebracht hat. Das ist krank! Sie sind krank, Höness!"

Er drehte sich um und ging zum Fenster, wo sie stand wie ein keifender Racheengel. Das Foto hatte sie sich in den weiten Ausschnitt ihrer Bluse gesteckt. Blitzschnell packte er das Foto und zog es raus, sodass sie erschrocken zusammenfuhr und beinahe den Stand verlor. „Sie Mistkerl! Sie können mich mal!", fauchte sie wie eine getretene Katze.

„Sie mich auch", spie er, und sie wich zurück, da sie befürchtete, er könnte sie schlagen.

„Wenn ihr Mann jammernd und unglücklich ist, dann ist das Ihre Schuld, nicht meine! Irgendjemand in diesem Dreckskaff hat alte Menschen plattgemacht wie Kröten, und ihr Bauerntölpel von Ehemann verbirgt etwas vor mir. Das Letzte, was ich brauche, ist also, dass mir irgendein vergrätzter Krüppel erzählt, wie ich meinen Scheißjob machen soll"

Er drehte sich um und lief zu seinem Wagen.

Julia schwankte vor dem Fenster, atemlos vor Schock.

Im spiegelnden Fenster sah sie ihr Antlitz, und war sich bewusster denn je, was sie wirklich war:

Irgendein vergrätzter Krüppel.

61

Sternkopf saß in der kalten mobilen Einsatzzentrale und verglich Jürgen Auers Abschiedsbrief mit dem Zettel, den Peter an seiner Tür gefunden hatte. Zwischen den beiden Handschriften bestand nicht die geringste Ähnlichkeit. Die in dem Abschiedsbrief war gerundet und in die Breite gezogen; die auf dem Zettel war eng und zackig.

„Es wäre ja möglich, dass die Schrift auf dem Zettel verstellt war", meinte Höness.

Dazu müsste er ein Magier oder ein Vollidiot sein", widersprach Sternkopf.

Ginkel kicherte, und Höness juckte die Faust. Warum musste Sternkopf wieder den Klugscheißer raushängen lassen. Dass die beiden Schriften völlig unterschiedlich waren, würde sogar Heino erkennen. Natürlich bestand immer noch die Chance, dass die Zettel, die Peter Kelly bekommen hatte, gar nicht von dem Mörder stammten - obgleich das unwahrscheinlich erschien. Doch wenn die Botschaft, die an Kellys Tür hinterlassen worden war, doch von dem Mörder verfasst worden war und Jürgen Auer sie nicht geschrieben hatte, dann ergab zwei plus zwei vier, und Auer konnte nicht der Killer sein.

Und bei diesem Gedanken war es Höness, als würde er möglicherweise still und leise verrückt. Er war es gewohnt, in diesem Stadium einer Ermittlung das Gefühl zu haben, dass er alles vollkommen unter Kontrolle hatte. Hier jedoch war er so weit davon entfernt, alles unter Kontrolle zu haben, das er gar nicht mehr wusste, wie sich das anfühlte.

Das lag an diesem Dorf, da war er sich ganz sicher. In Hintersee kam er sich abgeschnitten und verloren vor. Dazu kam, dass wusste er, dass die anderen im Team nur auf weitere Misserfolge von ihm lauerten, dass sie den „Rudelführer" wechseln konnten. Er ahnte, dass mindestens zwei der vier in der Soko, sehnsüchtig darauf warteten, dass er schnellstmöglich abgelöst wurde. Sternkopf und Gebauer hatte er ganz oben auf der Liste. Sollte er diesen Fall noch einmal „siegreich" überstehen, würde er die zwei Penner bis zum Ende seiner Laufbahn zu einfachen Schreibtischtätern degradieren. Aber jetzt musste er erstmal selbst aufpassen, dass sie ihm nicht in den Rücken fielen.

Jeden Morgen wenn er aufstand, fuhr er in die Dorfmitte und war irgendwie überrascht, dass es noch da war. Sechs Tage waren sie jetzt in diesem Scheißkaff, und jeder Tag brachte noch mehr Geheimniskrämerei und Missverständnisse, und nur seine mittlerweile allabendlichen Sitzungen bei er alten Hilde Müller schienen ihn in Raum und Zeit zu verankern. Wenn die Alte nur mindestens zwanzig Jahre jünger wäre, dann könnten sie die Besäufnisse ausweiten auf Erotik. Mit Sex und Alkohol wäre das Trauerspiel hier wenigstens besser zu ertragen. Aber irgendeine Eingebung sagte ihm, dass in den nächsten achtundvierzig Stunden eine entscheidende Wende in dem Fall eintrat. Er wusste nur nicht, ob es gut oder schlecht für ihn dabei ausgehen würde.

62

Peter kam nach Hause und stellte fest, dass Julia sich in einen anderen Menschen verwandelt hatte, der Julias Lächeln und Augen trug wie eine dürftige Kopie des Originals.

„Was ist denn?", fragte er sie im Bett.

„Nichts", antwortete sie. „Ich liebe dich."

Er wollte ihr sagen, sie solle nicht das Thema wechseln, brachte es jedoch nicht über sich. Nicht einmal in jenem kleinen, steinharten Winkel seines Herzens, wo er alles aufbewahrte, was nicht freundlich, rücksichtsvoll und selbstlos war. „Ich dich auch", antwortete er traurig.

Peter Kelly hielt sich für stark, doch der Killer wusste, dass er so schwach war wie ein kleines Kätzchen.

Du darfst jetzt nicht schlappmachen. Aber Kelly machte schlapp. Er wurde immer schwächer.

Er verließ jeden Morgen das Haus, und an manchen Abenden auch, um im Namen der Gemeinde sein zerbrechliches Ego zu befriedigen - und ließ die ganze Zeit den wichtigsten Menschen auf der Welt allein und in Gefahr zurück. Er schien keine Ahnung zu haben, wie er seinen Job machen sollte. Keine Ahnung, wie er „sein Dorf" weiter beschützen sollte...

Der Killer schauderte bei diesem Gedanken. Dieses Schaudern ließ ihn konzentriert bleiben - das Dorf fest im Blick.

Die Frau fest im Visier. Der Mörder fand Julia Kelly sehr vielversprechend. Er liebte sie, auf seine Weise.

Doch das hieß nicht, dass er sie nicht töten würde, wenn er auch nur ansatzweise die Möglichkeit dazu hatte. Und diese Möglichkeit stand unmittelbar bevor.

63

Sobald Peter am nächsten Morgen mit dem Audi wegfuhr, besorgte Julia sich bei der Auskunft, die Nummer des Polizeipräsidiums für den Bezirk Allgäu/Schwaben. Polizeipräsident Nussbaumer war der unmittelbare Vorgesetzte von Helmut Höness und hatte seinen Dienstsitz in Augsburg. Er kam aber häufiger ins Allgäu, um „seine" Kommissare in Kempten, Kaufbeuren und Memmingen zu unterstützen, vielleicht aber auch nur, um sie zu kontrollieren und dirigieren. Als sich, wie Julia ahnte, eine Vorzimmerdame meldete, sagte sie, sie wolle formal Beschwerde gegen Kommissar Höness erheben.

Am anderen Ende der Leitung herrschte bedeutungsschweres Schweigen, und Julia machte sich auf eine feindselige Frage nach ihrer Adresse gefasst, damit man ihr das passende Formular zusenden könnte.

Doch die Frau - die sich als Sonja Kümmerle vorstellte -, hörte ihr geduldig zu, und wurde vor allem hellhörig, als Julia erzählte, dass sie aus Hintersee stamme, wo gerade die Mordserie die Region in Atem halten würde.

„Warten Sie kurz. Ich werde Herrn Nussbaumer fragen, ob er mit Ihnen kurz reden kann."

Julia hörte nur wenige Sekunden Musik, bis sich eine dunkle, sonore Männerstimme meldete. „Nussbaumer."

„Julia Kelly, Guten Morgen. Herr Nussbaumer, ein furchtbarer Kommissar ist hier in Hintersee, mit seinem Soko-Team. Sie ermitteln in dieser grauenvollen Mordserie."

Sie holte tief Luft und berichtete ihm, dass Höness sie übel beleidigt und gekränkt habe.

Präsident Nussbaumer hörte geduldig zu und meinte: „Frau Kelly, ich schreibe mir das alles genau auf. Das wird Konsequenzen haben, dass verspreche ich Ihnen. Ich werde das seinem Stellvertreter, Frank Sternkopf, weitergeben. Ich kontaktiere ihn auf dem Handy, und er wird sich unverzüglich mit Ihnen in Verbindung setzen. Behandeln Sie das aber vertraulich. Kommissar Höness wird es erst zu gegebener Zeit erfahren. Eine Schande ist das, auch für Ihren Mann. Wir können froh sein, dass wir noch so gewissenhafte Dorfposten wie Ihren Gatten haben. Der Innenminister streicht immer mehr solcher Stellen, um Kosten zu sparen. Hintersee ist das letzte Dorf in dieser Größe im Allgäu, das noch einen Polizisten vor Ort hat."

Dann sprach er noch zwei Minuten beruhigend auf sie ein, und entschuldigte sich für die Beleidigung „seines" Kommissars. Er bat sie, sich etwas zu gedulden bis Sternkopf sich melden würde, da er ihn erst einweihen müsse.

Es dauerte keine zwanzig Minuten, bis Oberkommissar

Frank Sternkopf, sie daheim anrief.

Doch Sternkopf sagte nicht, wie sie anfänglich befürchtete, dass er ihr ein Formular vorbeibringen würde. Stattdessen erkundigte er sich mit ernster Stimme: „Frau Kelly, wären Sie bereit, eine eidesstaatliche Erklärung zu diesem Vorfall abzugeben?"

Julia hätte vor Verblüffung fast laut aufgelacht.

„Bereit?", wiederholte sie. „Ich würde mich überschlagen vor Bereitschaft."

Als Frank Sternkopf nach dem Gespräch mit Julia Kelly das Handy wegsteckte, zitterte er tatsächlich am ganzen Körper. Er hatte seine aktuellen Eintragungen in seinem Notizbuch, er hatte seine eigenen detaillierten Berichte, die zeigten, dass Helmut Höness ein unprofessioneller Drecksack war. Bis vor dem Telefonat hatte ihm noch der ultimative Totschlagbeweis gefehlt, der in einer disziplinarischen Untersuchung gegen Hauptkommissar Höness den Ausschlag geben würde. Er hatte immer gewusst, dass es so kommen würde. Seit er vor drei Jahren angefangen hatte, mit Höness zusammenzuarbeiten, war Sternkopf darüber schockiert gewesen, wie zwanghaft sich der Mann auf bestimmte „Verdächtige" fixierte. Der Mann hatte in einigen Fällen mehr Glück als Verstand gehabt, und konnte sich einige Lorbeeren nur einheimsen, weil seine Mitarbeiter diejenigen waren, die schlussendlich den Fall zur Aufklärung brachten. Leider stand von denen nirgendwo was, nur Höness kam vor der Presse und bei Präsident Nussbaumer gut weg. Bisher. Auch Nussbaumer fiel in den letzten zwölf Monaten auf, dass Höness depressiv und zum Alkoholiker wurde, sowie immer mehr Fehlentscheidungen traf. Womöglich wollte ihm der Polizeichef aufgrund seiner Verdienste, noch einen anständigen Abgang ermöglichen, aber auch dessen Geduld war nicht unendlich.

Die Sorte Beweis, die Julia Kelly ihm soeben in den Schoß gelegt hatte, waren das „i-tüpfelchen", auf das er so sehnsüchtig gewartet hatte. Der Beweis, von dem er sich vorstellen konnte, dass die Dienstaufsichtsbehörde sie ganz nach oben auf den Stapel legte. Die behinderte Ehefrau eines diensttuenden Polizisten beschuldigte Höness, sich ungebührlich verhalten zu haben und im Dienst betrunken gewesen zu sein.

Hervorragend. Sternkopf sah schon sein Beförderungsschreiben vor sich.

Endlich bekam das Allgäu wieder einen jungen, dynamischen und erfolgreichen Kriminalisten. Und vielleicht würde das auch endlich seinen verdammten Haarausfall stoppen, der kam mit Sicherheit aufgrund des Ärger und Stresses mit dem abgehalfterten Höness.

Fehlte nur noch eines zum großen Glück:

Der Mörder von Hintersee!

64

Es war nach siebzehn Uhr, und Höness saß in der Dorf-
kneipe bei einer Flasche „Erdinger Alkoholfrei." Er musste
aufpassen, dass man ihn nicht zu oft mit reinem Alkohol
sah, da er wusste, dass Aasgeier Sternkopf und der Rest der
müden Truppe, nur darauf warteten, ihn beim Chef hin-
hängen zu können. Die ganze Bande hing ihm zum Hals
raus, und noch mehr hing es ihm zum Hals raus, hier in
Hintersee festzusitzen und sich womöglich noch einen Fuß-
pilz eingefangen zu haben. Sein rechter großer Zeh sah
schon sehr verdächtig danach aus.

Melanie Link, die „Forensik-Lady" rief an, um ihm mitzu-
teilen, dass die Fußabdrücke in den Plastiktüten, die sie in
dem Innenhof gefunden hatten, nicht identifiziert werden
konnten. Nicht viel mehr als diese verschmierten Schlamm-
schlieren. Höness brachte nicht einmal genug Energie auf,
um sie anzumachen.

Jemand hinkte unbeholfen durch sein Gesichtsfeld, und
Höness schaute genauer hin. Der junge Mann hatte das
Aussehen eines Menschen, der in Sachen Körpergewicht
und Alkoholkonsum rasch zugelegt hatte - das Gesicht aufgedunsen und das überschüssige Fett um Bauch und Kinn
verteilt. Höness erkannte ihn sofort, aufgrund des maka-
beren Schauspiels mit Kelly.

„Was gibt`s `n da blöd zu glotzen?", fragte Manni Fessler.

„Haben Sie eine Prothese?", fragte Höness, obwohl er es
beim herbeieilen von Auers Selbstmord gesehen hatte.

„Woll`n Sie da jetzt was draus machen? Ja, verdammt. Ich hab so ein Scheiß Kunstgelenk am Fuß. Warum?"

Höness merkte, dass der junge Typ noch feindseliger und schlechter gelaunt war als er, deshalb verzichtete er auf eine weitere Konversation und zuckte nur mit den Schultern. Er hatte keine Lust mit dem Krüppel seine Laune noch weiter zu verschlechtern. War bestimmt schon beschissen genug, so jung ein Bein zu verlieren. Vielleicht den Beruf aufzugeben. Behindertenrente zu kriegen. Anderen zur Last zu fallen...

Zur Last! Es fiel ihm wie Schuppen von den Haaren.

Brunhilde Besler war anderen zur Last gefallen. Deswegen hatte er ja ihren Sohn in Verdacht. Petra Auer war ihrem Mann und ihrem Sohn zur Last gefallen. Doch die zwei Opfer im Josefinenheim? Sicher, man konnte sie auch als Belastung für ihre Angehörigen betrachten. Zumindest als finanzielle Belastung? Vielleicht brachte es der Mörder nicht über sich, seine eigene Belastung zu töten, und ließ das an anderen aus?

Höness spürte, wie seine Haut richtig kribbelte. Er war sich so sicher, auf der richtigen Spur zu sein, und sein Instinkt trog ihn nur selten. Er starrte Fesslers Hinkebein an, ohne es zu sehen, während der Mann durch die Kneipe humpelte und vor dem Spielautomaten stehen blieb.

Und dann überkam Helmut Höness ein weiteres, sogar noch stärkeres Kribbeln, als er zwei und zwei zusammenzählte und etwas herausbekam, das für ihn doch sehr nach vier aussah...

War Julia Kelly nicht eine Belastung für ihren Mann? Er stellte sein Bier so schnell auf den Tresen, dass es überschwappte, und erhob sich.

Er musste zurück in sein Zimmer. Er musste wirklich allein sein, um ganz klar nachzudenken. Er musste sich das alles aufschreiben und kleine Kästchen malen und mit schlussfolgernden Kugelschreiberlinien verbinden. Er musste absolut sicher sein, ehe er Sternkopf diese Theorie unterbreitete, um dem Scheißkerl möglichst wenige Chancen zu geben, sie zu durchlöchern.

Und mehr als alles andere brauchte er dazu etwas Richtiges zu trinken. Er griff in seine Tasche und fühlte, dass er noch immer den Autoschlüssel des Hondas hatte. Nach einem Whiskey stiefelte er los.

65

Peter zerrte gerade den Kopf eines Schafes aus einem Baum. Er hatte sich etliche Minuten lang vergeblich bemüht, das sich heftig wehrende, eisbedeckte Tier richtig zu fassen zu bekommen, und versuchte es aufs Neue, bevor seine Hände zu kalt wurden, um richtig zuzupacken.

Beruhigend sprach er auf das Tier ein, doch es glaubte ihm nicht eine Sekunde lang und blökte voller Angst. Peter fluchte vor sich hin, doch er konnte die Angst des Schafes verstehen. Er hatte gelernt, mit Angst zu leben, was noch lange nicht hieß, dass er deshalb keine hatte.

Er erinnerte sich wieder, als vor elf Jahren der Polizist in ihrem Haus war. Der Polizist hatte seine Eltern gebeten, im Wohnzimmer zu bleiben. Seine Eltern hatten wiederwillig zugestimmt, dass sie unter vier Augen sprechen konnten. Da war er in Panik geraten und hatte sich vorgestellt, wie der Polizist mit ihm zur Hintertür hinausging und ihn dann ins Gefängnis schaffte, während seine Eltern vertrauensvoll vor dem Fernseher warteten. Oder vielleicht würde er ihm wehtun, um herauszufinden, was er wissen wollte. Peter wollte nicht, dass man ihm wieder wehtat. Doch er wollte es auch nicht erzählen. Wenn er das mit Jürgen und dem Stall erzählte, dann würde alles herauskommen und jeder würde davon wissen, sogar seine Eltern. Und niemand durfte jemals erfahren, dass Peter dieses jämmerliche Kind gewesen war. Der große Polizist hatte den Kopf vorgebeugt und leise Fragen nach dem Brand gestellt. Peter hatte ihm die Wahrheit gesagt - dass er nichts wusste. Doch er sagte nicht die Wahrheit darüber, was für einen Verdacht er hegte. Irgendwie hatte der Polizist geahnt, dass er etwas verbarg.

„Hast du Angst, Peter?", hatte er mit großer Güte gefragt. „Möchtest du nichts erzählen?"

Doch Peter erzählte nichts. Niemandem. Nur Jürgen und er wussten, welch grauenvolle Dinge sich auf dem Müller-Hof abgespielt hatten. Er wünschte sich, damals wie heute, er wäre davongelaufen und nie wieder zurückgekommen. Er hatte dem Dorf gegenüber versagt, war als Polizist wieder gekommen um für Recht und Ordnung zu sorgen. Stattdessen herrschte Angst, Trauer und Panik. Peter Kelly hatte die furchtbare Ahnung, auf wen es der Killer als Nächstes abgesehen hatte. Die Beine des Schafes schlugen wild aus und trafen ihn am Oberschenkel. Er biss sich auf die Lippe und ächzte, als er das Tier aus dem Baum wuchtete und es losließ. Nachdem das Schaf wild lossprang, blieb es nach zehn Metern stehen, drehte sich nach ihm um und betrachtete ihn mit gelben Augen.

Peter keuchte und rieb sich den Schenkel. Seine Hose war zerrissen, und er konnte fühlen, wie sich die Kälte auf sein ganzes Bein ausbreitete. Er würde nach Hause fahren und sich umziehen müssen. Wieder einmal. Trotzdem war er nicht mehr wütend, sondern dankbar. Der Tritt hatte ihn in die Gegenwart zurückgeholt. Fort von jenem beängstigenden Ort, wo Erinnerungen emporstiegen wie tote Fische, die die stille Oberfläche seines Verstandes durchbrachen.

„Hab keine Angst mehr", sagte er zu dem Schaf.

Ein verlassener Ford Escort versperrte das untere Ende der Straße, die zum Haus führte. Anscheinend hatte der Fahrer versucht, den Hügel hinaufzukommen, war jedoch zur Seite weggerutscht, und jetzt klemmte das Auto zwischen den dornigen schwarzen Winterhecken mit ihren dicken Mützen aus weichgezeichnetem Schnee, der im schwindenden Tageslicht grau wurde.

Niemand aus dem Dorf hätte sein Auto hier stehen lassen, dachte Peter. Die Bewohner aus Hintersee wussten, dass die Bauern selbst bei solchem Wetter mit ihren Traktoren zu den Viehställen mussten. Die Leute aus dem Dorf hatten mehr Verstand und waren höflicher. Er musste über die Kofferraumklappe des Wagens rutschen, um die Winde festzumachen, und holte sich als Dank für seine Mühe einen nassen Hintern. Als er auf der anderen Seite des Kofferraums zu Boden glitt, löste sich das Heck des Escort, und der Wagen schlidderte zur Seite. Dann begann er, langsam den Hügel hinunterzurutschen. Peter machte ein paar zögernde Schritte, dann jedoch blieb er stehen und konnte nur zusehen, wie das Auto in sanftem Bogen in seinen Audi hineinschrammte, bevor es weiterrutschte und am Fuß des Hügels an einer Schneewehe zum Stehen kam.

Verdammte Scheiße!", fluchte Peter leise. Ihm war eiskalt, es hatte wieder abgefangen zu schneien, und jetzt würde er Formulare ausfüllen und erklären müssen, wie der Audi beschädigt worden war, schließlich war es nur ein Dienstfahrzeug der Polizei. Als er sich durch den aufgewühlten Schnee dort, wo der Ford gewesen war, auf den Weg den Hügel hinunter machte, bemerkte Peter Fußspuren, die, wie er annahm, die des Fahrers waren. Er blieb stehen und beleuchtete die Spuren mit der Taschenlampe.

Der Neuschnee ließ sie allmählich etwas verschwimmen, doch Peter konnte immer noch das Sohlenprofil erkennen.

Ein Fischgrätmuster!

Peter machte die Taschenlampe aus und rannte den Hügel hinauf. Die Fußspuren führten geradewegs zur Haustür. Trotz des Streugranulats schlidderte er den Pfad entlang und rutschte dann vor der Tür abermals aus. Mehrere laute Holzscheite polterten von dem Stapel gleich daneben.

Scheiße.

Da Anschleichen nunmehr sinnlos war, krachte Peter heftig

durch die Haustür.

„Julia!"

Keine Antwort.

Bitte sei okay. Bitte, bitte, bitte.

Er öffnete die Tür zum Wohnzimmer.

Julia saß im freundlichen Schein des Feuers auf dem Sofa. Ihre Augen waren geschlossen, und ihr Kopf ruhte auf dem Diddelmauskissen.

Peter stieß einen gewaltigen Luftschwall aus, von dem ihm gar nicht bewusst gewesen war, dass er ihn angehalten hatte. Ihr war nichts passiert. Es ging ihr gut. Wahrscheinlich hatte der Fahrer darum gebeten, telefonieren zu dürfen, das war alles…

Die Hintertür fiel leise ins Schloss. Peters Herz pumpte einen Schub pures Eis in seinen Körper. Sogar in den Zähnen konnte er es spüren.

Er schnappte sich den Schürhaken vom Kamin und stürzte in die Küche. Leer.

Mit drei Schritten war Peter durch die Küche und riss die Hintertür auf. Im Licht, das aus der Küche drang, waren die Fischgrätspuren leicht zu erkennen.

„Peter?"

Er achtete nicht auf Julia und rannte wieder in die Nacht hinaus. Sobald er außer Reichweite der Küchenlampe war, verlor er die Spur, doch er rannte trotzdem weiter, auf die Straße hinaus und den Hügel hinunter.

Im zuckenden Lichtstrahl der Taschenlampe sah er den undeutlichen Umriss eines Mannes, der durch den schnell herabrieselnden Schnee um sein Leben rannte. Er war schnell, aber Peter holte auf. Und dann plötzlich nicht mehr.

Er rutschte aus und ging schwer zu Boden; die Taschenlampe flog ihm aus der Hand. Beim Aufstehen rutschte er abermals zur Seite weg. Das war entscheidend. Noch während er sich erhob, hörte Peter eine Autotür zuschlagen. Keuchend stand er am Fuß des Hügels. Er hatte sich vorhin nicht einmal das Kennzeichen des Fahrzeugs gemerkt. Etwas ganz Elementares.

Wieder mal ein Fehler.

Keuchend lief er zurück und ging wieder ins Haus durch die noch immer offenstehende Hintertür.

„Peter?", rief Julia ängstlich vom Wohnzimmer her.

„Ist schon gut, Schatz", rief er und schloss die Tür hinter sich ab. Jetzt, wo er aufgehört hatte, auf die Gefahr zu reagieren, und angefangen hatte nachzudenken, traf ihn der Schock einer abgewendeten Katastrophe wie ein Schlag, und er musste sich auf dem Küchentresen stützen und sich vornüberkrümmen, um wieder zu Atem zu kommen.

Der Mörder was hier gewesen. Hier, in ihrem Haus!

Während Julia ahnungslos auf dem Sofa schlief, war der Mörder in ihr trautes Heim gekommen.

Hatte er sie gesehen?

Hatte er schon über seinem lebendigen Opfer gestanden und überlegt, wie er sie am besten töten könnte? Hatte er ihr Haar berührt und gewusst, dass *die hier* die Nächste sein würde?

Peter schauderte und merkte, dass er am ganzen Leib zitterte. Er durfte jetzt nicht schlappmachen.

„Peter?"

Er konnte es ihr nicht sagen, das würde sie zu Tode ängstigen. Sie durfte nie erfahren, was für Scheiße er gebaut hatte oder wie nahe daran sie gewesen war, umgebracht zu werden. Wie hatte er nur losziehen können, um das Dorf zu beschützen, und seine Frau dabei allein zurücklassen können? War er denn total wahnsinnig?

Plötzlich dachte Peter, dass er vielleicht wirklich wahnsinnig war. Dass er vielleicht wahnsinnig war, seit er Julia hinter der Tür gefunden hatte, in ihrem rosa Pyjama und den witzigen Hasenschlappen, die er ihr vor zwei Jahren zu Weihnachten gekauft hatte. Oder war es vielleicht schon früher passiert? Hatte der Wahnsinn seit seiner Kindheit Einzug in sein Gehirn gehalten, aufgrund der unsagbaren Qualen und des Feuers im Müller-Hof? War er verrückt geworden, weil er auf der Polizei-Schule von einem Vorgesetzten schikaniert worden war?

Dann fiel sein Blick auf den Küchentresen.

Zwischen dem Wasserkessel und dem Toaster standen zwei Becher. Noch immer stiegen dünne Dampfschwaden daraus auf, und die Teebeutel hingen dicht unter der Oberfläche der dunklen Flüssigkeit wie zwei kleine Ertrunkene.

Der Mörder hatte Tee gemacht.

Einen für sich und einen für Julia.

Das ergab doch keinen Sinn. Überhaupt keinen.

Wieso sollte ein Mörder…

Mit einem Gefühl jäher Leere wurde Peter klar, dass der Mann, den er aus seinem Haus gejagt hatte, nicht der Mörder sein konnte.

Wer zum Teufel war er *dann?*

Anton Eichleitner trug gern Zeitungen aus. Er hatte diesen Job jetzt seit fast zwei Jahren und es gefiel ihm. Anton gefiel das frühe Aufstehen im Sommer, im Winter ertrug er es. Am meisten gefielen ihm die fünfunddreißig Mark, die er jede Woche bekam. Das war natürlich der Hauptgrund, bei dem erbärmlichen Taschengeld das er von seinen Eltern bekam. So konnte er sich als einer der ersten in der Schule, immer das neueste Nokia-Handy kaufen, und auch die monatlichen Gebühren bezahlen. Die meisten in seiner Klasse konnten sich das nicht leisten, genauso wenig wie ein rassiges Mountainbike, das er jetzt seit sechs Monaten hatte. Welcher Junge will nicht Geld verdienen und anfangen, sich etwas zu kaufen? Allerdings hatte er darum kämpfen müssen. Nicht gegen andere Bewerber, denn Herr Mildner hatte ihm gesagt, er könne den Job haben, wenn er wolle. Nein, Anton musste gegen seine Eltern antreten, um die Erlaubnis zu bekommen. Sie wollten nicht, dass er an Winterabenden an irgendwelche Türen klopfte und um das Geld für die Zeitung bat. Sie sagten, es sei gefährlich. Doch Anton begriff erst jetzt, dass sie recht hatten, seit vor einigen Tagen das Grauen in Hintersee eingekehrt war. Seit es grausame Morde gab, die noch keiner aufklären konnte. Und wer sagte denn, dass der Killer seine Strategie nicht änderte und auf einmal junge Menschen ermordete? Vielleicht wollte er die Öffentlichkeit nur zum Narren halten?

Jeder Tag, an dem er sich die schwere Zeitungstasche über die Schulter wuchtete, und jede gefaltete Zeitung, die er durch federnde Briefschlitzklappen schob, halfen ihm dabei, der Furcht eine Nase zu drehen. An Tagen wie diesem kam er sich vor wie der letzte Mensch auf Erden. Manchmal wenn er bei Sonnenaufgang startete, gab es keinerlei Anzeichen von Zivilisation - oder einen Hinweis darauf, dass die Zivilisation jemals erfunden worden war. Heute startete er seine Tour erst bei Dämmerung, weil er heute Morgen verschlafen hatte. Vorsichtshalber hatte er seit drei Tagen ein Messer dabei. Man konnte ja nie wissen, ob er es nicht einmal brauchte. Schließlich war aus dem idyllischen Hintersee ein Mörderdorf geworden. Er holte tief Luft und ging in die immer dunklere, düstere Nacht.

Peter starrte ein gefühltes Leben lang in den abkühlenden Tee, während sich sein Gehirn so sehr anstrengte zu denken, dass Kopfweh darin aufblühte wie ein Atompilz aus Schmerz.

„Peter?"

Er blickte auf und sah Julia in der Tür zwischen Küche und Wohnzimmer stehen. Sie trug schwarze Jeans und einen orangen Fleecepullover.

Sie hatte sich für „diesen Mann" angezogen. Für ihn zog sie sich kaum noch an, es sei denn, sie hatte vor, das Haus zu verlassen. Meistens trug sie einfach nur ihren Pyjama, die Hasenschlappen und eine alte Bluse.

„Wer war das?", fragte er unumwunden.

„Was? Wer?"

In ihren Augen konnte er sehen, dass sie genau wusste, was er meinte.

„Hier. Gerade eben? Wer war das?"

Er wollte die Antwort nicht hören, trotzdem musste er fragen. Doch wenn er gekonnt hätte, so hätte er den Gesetzen der Physik getrotzt, um den Mann zu verpassen, damit er jetzt nicht hier sein und wieder fragen müsste... "Wer war das?"

„Peter...", begann sie, dann stockte sie und dachte angestrengt nach, bevor sie weitersprach. „Es ist nicht das, was du denkst."

„Ich komme zur Haustür rein, und ein fremder Mann rennt zur Hintertür raus. Was denke ich denn?"

Sie hatte eine Affäre. Sie konnte es nicht sagen. Der Gedanke machte Peter unerträglich traurig. Und das in ihrem Zustand, mit ihm hatte sie zuletzt vor vier Monaten Sex. Ihm war einfach nur zum Heulen zumute.

„Komm und setz dich." Sie streckte die Hand nach seiner aus, doch er gab sie ihr nicht. Stattdessen schob er beide Hände in die Achselhöhlen, als könnten seine vor der Brust gekreuzten Unterarme sein Herz vor der Wahrheit schützen. „Bitte, Peter. Können wir uns setzen?"

Er erkannte diesen Tonfall von den paar Malen, wenn er Julia vom Aerobic abgeholt hatte, vor zwei Jahren, als sie noch gesund war. Damals hatte er schon Angst, dass sie mit dem einzigen Mann im Kurs ein Verhältnis anfangen könnte.

Jetzt merkte er, dass er selbst den Tränen nahe war, ungeachtet der Tatsache, dass sie hochschauen musste, um ihm in die Augen zu sehen. Noch immer sah er Liebe in ihrem Gesicht, doch sein Herz verkrampfte sich schmerzhaft, als er auch Mitleid dort erblickte. Mitleid, weil sie ihm wehtun würde.

Sie setzen sich aufs Sofa, aber nicht so, wie sie es bisher immer getan hatten. Diesmal saß jeder an seinem Ende, züchtig und aufrecht, halb dem anderen zugewandt, wie Versicherungsvertreter.

„Ich wollte es dir schon lange sagen", fing sie an. „Ich wusste nur nicht, wie."

Sie hielt ihn hin. Es war die reinste Folter. Er konnte es nicht ertragen.

„Wie heißt er?"

Sie war perplex, dass er danach gefragt hatte.

„Günther Bertele."

„Wie lange triffst du dich schon mit ihm?"

„Ich habe nichts mit ihm, Peter."

Wollte sie es jetzt leugnen? Oder hatte er sie bloß erwischt, bevor etwas passieren konnte?

Sie wich seinem Blick aus, was ihn Letzteres vermuten ließ. Peter fühlte, wie er sich ein klein wenig entspannte.

„Er ist zweimal von mir getürmt, Julia."

„Er weiß, wer du bist. Er wollte… kein Gespräch mit dir."

Ganz bestimmt nicht, dachte er bei sich. Etliche angemessen empörte, zornige und betrogene Worte wirbelten kurz in seinem Kopf, brachten jedoch nicht die Energie auf, es bis zu seinem Mund zu schaffen.

„Er ist von „Würdevolles Sterben e.V.", Peter. Glaub mir."

Er sah sie verständnislos an und machte eine Geste mit beiden Händen, die halb Achselzucken und halb Flehen war.

Peter gab einen Laut von sich, der noch nie aus seinem Mund gekommen war. Schmerz und Schock und Wut. Wie aus einem Schleudersitz abgeschossen schnellte er hoch und schrie zu Julia hinab:

„Nein! Nein! Nein!"

Julia Kelly wäre auch dann Antons Lieblingskundin gewesen, wenn ihr Mann ihm nicht jeden Monat fünf Mark Trinkgeld gegeben hätte, damit er auf sie aufpasste. Ihm gefiel es, mit ihr zusammen in ihrem gemütlicher Wohnzimmer zu sitzen, wo das Feuer fast immer brannte und es wunderbar nach Wärme und Winter roch. Es gefiel ihm, dass sie nur selten versuchte, Konversation zu machen - ihn zu fragen, wie es ihm ginge und was er so mache und ob alles in Ordnung sei. Anton hatte immer das Gefühl, dass sie auf

Zehenspitzen um das Thema herumschlich. Mit Julia Kelly schweigend dazusitzen, während nachgemachte Angst im Fernseher lief, war für Anton daher seltsam tröstlich, und wenn sie es einmal vielleicht doch tun könnte, schloss er einfach die Augen. Doch das warme Schweigen beruhigte ihn und ließ manchmal sogar ein bisschen Konversation in seinem Kopf aufblitzen.

Als er sich jetzt im Schnee den Hügel hinauf auf das Anwesen der Kellys zubewegte, hoffte Anton, das Julia Kelly sich gerade etwas richtig Gutes anschaute - aber nicht so gut, dass er Gewissensbisse hatte, sie mit einer kleinen Anekdote über seinen kleinen Bruder Michi zu stören, der gerade seinen letzten Milchzahn verschluckt hatte.

Auf der schmalen Straße reichte ihm der Schnee bis an den Schaft seiner Adidas-Schuhe. Er hätte heute besser doch lieber seine Gummistiefel anziehen sollen, stattdessen entschied er sich für die blöden Sportschuhe.

Er kam an dem neuen Telekom-Mast auf halber Höhe des Hügels vorbei, der aufgrund des besseren Handyempfangs erst letztes Jahr aufgestellt worden war. Der Wind pfiff ihm wie ein heulender Wolf um die Ohren

Unheimlich.

Die knallrote Tasche über seiner Schulter war schwerer als sonst, da sie heute auch viele Werbeprospekte enthielt. Anton stieg die drei Steinstufen zu dem zweiten Gartentor hinauf und tastete sich im Dunkeln nach dem Riegel. Dabei hörte er Laute aus dem Haus. Laute, die sich wie Geschrei anhörten. Lautes Geschrei! Seit er das Haus der Kelly`s belieferte und besuchte, hatte er dort noch nie lautes Geschrei gehört. Einen Augenblick lang stand er unentschlossen in der Kälte und Finsternis. Er mochte Julia Kelly sehr gern. Sie war ihm lieber als ihr Mann. Peter war manchmal sehr merkwürdig und verschlossen und stellte - wenn überhaupt - nur seltsame Fragen. Anton beschloss, das Tor zu öffnen und die paar Schritte bis zur Haustür zu gehen. Er hatte sich noch nicht entschieden, auf wessen Seite er sein sollte, wenn er dort ankam. Sein Gefühl sagte ihm; Julia. Sie war krank und brauchte Schutz, vielleicht auch vor ihrem eigenen Mann.

Julias Unterlippe zitterte, doch sie saß aufrecht und entschlossen da.

„Es ist mein Leben, Peter. Es ist mein Recht!"

„Nein!"

Das hier war schlimmer als eine Affäre. So viel schlimmer. Wäre Peter heimgekommen und hätte einen Nebenbuhler auf seiner Frau vorgefunden, wäre sie durchgebrannt und hätte ihm eine Postkarte von Hawaii geschickt, es wäre nur ein Tausendstel so schlimm gewesen das. Wie konnte sie ihm das nur antun? Warum wollte sie immer noch sterben?

Dumpf schüttelte er den Kopf, sah das Grauen in seinem Kopf, wie er es niemals in einem Film gesehen hatte.

Julia erhob sich, stand fast kerzengerade da.

„Es ist meine Entscheidung", sagte sie leise.

Er schlug zu.

Er schlug mit einer schweren Hand am Ende eines langen

Armes zu, der rasch vorschnellte. Der Schlag wirbelte sie herum und warf sie auf die Knie aufs Sofa. Ihr Gesicht prallte von der Wand ab, die sie gemeinsam neu gestrichen hatten, eine Woche, nachdem sie eingezogen waren. Als Julia sich schluchzend zusammenkrümmte, bemerkte Peter distanziert den Blutfleck, der jetzt den Horizont über der Rückenlehne des Sofas verunzierte.

Er beugte sich über sie, stützte eine Hand neben dem Blut an die Wand, die andere auf die Armlehne des Sofas.

„Nein!", brüllte er abermals.

„Aufhören!", schrie jemand.

Peter schaute sich um und erblickte Anton Eichleitner im Flur. Der Junge stand da und umklammerte den Riemen der knallroten Tasche über seiner Schulter mit beiden Händen, als verhindere der, dass er aus großer Höhe abstürzte. Selbst vom anderen Ende des Zimmers aus und im Halbdunkel konnte Peter sehen, dass er zitterte.

„Lass sie in Ruhe!", rief er. Die Worte vibrierten und splitterten vor Angst.

„Anton, geh raus!", schluchzte Julia ihm hinter ihren Händen hervor entgegen.

Doch er tat es nicht. Er stand einfach nur da und zitterte und starrte Peter an. „Aufhören!"

Peter richtete sich auf, und Julia duckte sich von ihm fort. Ohne sie auch nur noch einmal anzusehen, schritt er durchs Wohnzimmer.

Anton wich zurück, stieß gegen den Tisch im Flur und warf

die Vase mit den welken Nelken um. Einen Ausdruck resignierten Entsetzens auf dem Gesicht, sah er Peter auf sich zukommen; dann trat er im letzten Moment zur Seite, als ihm klar wurde, dass Kelly gar nicht auf ihn zukam.

Peter ging an ihm vorbei, ohne ihn eines Blickes zu würdigen, und schloss leise die Haustür hinter sich.

Langsam sackte Anton auf die kalten Steinfliesen, den Rücken gegen das Treppengeländer gelegt, die Arme fest um die Knie geschlungen.

Julia schaute vom Sofa auf und sah, dass Peter fort war und dass Anton im Flur hockte.

Sie berührte ihren Mund, wo warmes Salz aus ihrer Lippe sickerte, und versuchte, mit dem Schluchzen aufzuhören. Unbeholfen schob sie sich rückwärts vom Sofa und kroch auf Knien über den Boden; sie traute ihren Beinen nicht zu, sie durchs Zimmer zu tragen. Dann kniete sie neben dem Jungen im Flur und legte die Arme um ihn.

„Ist ja gut", sagte sie. „Es ist okay. Peter hat einfach die Nerven verloren. Er hat`s nicht so gemeint. Er war einfach völlig fertig und hatte Angst."

Er saß nur apathisch da und starrte stumm an die Wand.

Sie blickte zu Boden und sah, dass er mitten im Blumenwasser saß.

„Anton!", sagte sie und streichelte über seinen Arm. „Sag doch was. Was ist los?"

Er antwortete nicht, und Julia begann, sich wegen etwas anderem als ihr und Peter ernsthafte Sorgen zu machen. Sie schüttelte Anton an den Schultern und sah, wie er blinzelte, also tat sie es noch einmal. „Was ist los, Anton?"

Endlich sah der Junge sie mit immer noch verängstigten Augen an. Seine Lippen zitterten, als er flüsterte: „Nichts. Gar nichts. Ich hatte nur so furchtbare Angst."

66

Sternkopf breitete seine Klage auf dem billigen braunen Bettüberwurf aus. Er hatte fast alles, was er brauchte.

Er konnte es kaum erwarten, dass dieser Fall hier offiziell abgeschlossen war. Eben erst hatte ihn der Polizeipräsident über Julia Kellys Anruf informiert. Er sagte ihm, dass er eine schriftliche Bestätigung benötigte von Julia Kelly, für eventuelle disziplinarische Maßnahmen gegen Höness.

Der Gedanke daran, wie dieser Besuch ablaufen würde, erregte Sternkopf wie Pornografie.

Ihm war klar, dass vielleicht nicht gerade eine Beförderung heraussprang, wenn man seinen Boss anschwärzte, doch er war sich sicher, dass ihm daraus schon irgendwelche Vorteile entstehen würden. Er freute sich mit blanker Lust darauf, endlich kritische Worte aus einem anderen Mund als dem seinen zu hören. Vermutlich ließ sich Höness gerade mit der alten Frau Müller volllaufen. Zusätzlich würde er noch vermerken, dass Höness seit Anbeginn seines Aufenthaltes in Hintersee, ständig nach Alkohol roch. Man konnte ja nie wissen. Bei diesem Gedanken schämte Frank Sternkopf sich, Polizist zu sein. Er verstaute seine Notizen und das vorbereitete Blatt Papier in seinem Aktenordner und legte ihn aufs Bett. Dann kämmte er sich und stellte mit Erschrecken fest, dass wieder ein Büschel Haare im Kamm waren. Hoffentlich hatten der Fall und der ganze Stress hier ein baldiges Ende.

Anton saß am Küchentisch, die Hände um die allererste Tasse gelegt, die er je von Julia Kelly angenommen hatte. Er trug eine Hose von Peter. Julia hatte ihm gesagt, wo er im Kleiderschrank im Schlafzimmer eine finden würde. Es war komisch gewesen, den Schrank der Kellys aufzumachen, aber auch nicht seltsamer, als ihre Haustür zu öffnen. Er hatte ein paar anprobiert, bis er eine frisch gewaschene Jeans fand, die einfach nur zu groß war anstatt vollkommen lächerlich auszusehen. Peter hatte die gleich schlanke Figur wie Anton, nur das er sechs Zentimeter länger war, deshalb rollte Anton die Hosenbeine hoch.

Seine Hose und Unterhose hatte er in den Wäschekorb gelegt, wie Julia ihm es gesagt hatte, und dann war er wieder hinuntergegangen, als gerade der Kessel pfiff.

Jetzt saßen sie sich gegenüber, und Anton sah zu, wie Julia so tat, als fehle ihr nichts. Er wusste, dass das nicht stimmte. Er hatte gesehen, wie ihre Hände gezittert hatten, als sie Tee machte, und er hatte gesehen, wie sie zusammengezuckt war, als sie die Tasse an ihre aufgeplatzte Lippe gesetzt hatte. Sie sahen sich fünfzehn Minuten nur an und sagten nichts, bis Julia schließlich das Wort ergriff: „Du hast deinen Tee gar nicht getrunken, Anton."

Der Tee war nicht mehr heiß, aber Anton trank ihn trotzdem - ihr zuliebe - und sah, dass „dieses Geschenk" ihr Lächeln deutlich besser machte.

„Ich möchte, dass du das hier nimmst", sagte sie, stand auf und kramte in einem Schrank. Sie holte eine Dose heraus, nahm unter einigen Schwierigkeiten den Deckel ab und reichte ihm dann ein dickes Bündel Zwanzig-Mark-Scheine. Er nahm es zögerlich an, obwohl sich ihm dabei der Magen umdrehte. „Warum fragte er? Warum ich?"

Julia ging auf ihn zu und erwiderte: „Danke, Anton" und „Mach`s gut" und umarmte ihn so fest, dass es ihm Tränen aus den Augen quetschte, die seine Nase entlangrollten und auf ihren blauen Pullover fielen.

Auf halbem Weg den Hügel hinunter blieb Anton stehen, zog die Geldscheine aus der Tasche und fächerte sie auf. Selbst im Dunkeln konnte er erkennen, dass es ungefähr achthundert Mark waren. Er holte aus und schleuderte die Scheine mit aller Kraft in den Nachthimmel, wo der beißende Wind sie davonwehte. Dann senkte er den Kopf und ging weiter, in einem Blizzard aus Schnee und Geld.

Nachdem Anton gegangen war, nahm Julia das Messer, das Peter ihr gegeben hatte, und mühte sich damit langsam die Treppe hinauf. Anton hatte die Schranktür offen stehen und ein paar von Peters Uniformhosen auf dem Bett liegen lassen. Julia lehnte ihre Krücken gegen die Wand und machte sich daran, sie wieder zusammenzufalten und weg-zuräumen. Die vertraute Anstrengung dieser Aufgabe wärmte und beruhigte sie. Als sie den Kopf hob und sich anschickte, die letzte Hose fortzuräumen, bemerkte Julia, dass daran ein Knopf fehlte.

67

Peter hob das Gesicht zum Himmel und spürte, wie die federleichten Schneeflocken auf seiner Haut langsam zu heißen Nadeln wurden. Er öffnete die Augen und stellte überrascht fest, dass er auf einmal im Badezimmer unter der Dusche stand. Er schüttelte sich. Bestimmt war er geistig abgedriftet und hatte kurz vor sich hingeträumt.

Verblüfft fiel ihm auf, dass er die Rollos der beiden kleinen Fenster nicht zugezogen hatte. Das war für ihn zur Ge-wohnheit geworden, seit er damals auf dem Zauntritt auf der anderen Seite des Tals gestanden und genau in den Raum geblickt hatte. Aber wie dem auch sei - es war spät - nach Mitternacht, schätzte er -, und im Badezimmer waber-te dichter Dampf.

Er stand wohl schon lange unter der Dusche.

Peter hatte Hunger. Bärenhunger. Sogar durch das Rau-schen des Wassers konnte er seinen Magen knurren hören. Langsam drehte er sich um, blinzelte sich das Wasser aus den Augen, dann wischte er darüber und schaute abermals auf das Fenster. Obwohl die dunkle Glasscheibe nur das erleuchtete Bad widerspiegelte, flackerte irgendetwas in ihrer Mitte. Verdutzt blickte Peter über seine Schulter, um zu sehen, was so eine Spiegelung auslösen könnte, doch hinter ihm war nur das Spiegelschränkchen, dessen Scheiben vom Dampf beschlagen waren.

Peter trat unter der Dusche hervor und wischte einen Streifen auf dem kleinen Seitenfenster frei. Durch diesen Streifen konnte er recht deutlich sehen, dass es brannte.

Der Müller-Hof brannte!

Der fehlende Knopf veränderte alles für Julia. Sie betrachtete den losen Faden über dem verbliebenen Zwillingsbruder des Knopfes und war wie vor den Kopf geschlagen, dass es so sein konnte. Dass es das hier war - dieses einsame schwarze Fädchen -, das sie dazu bringen konnte, an dem Mann zu zweifeln, den sie von ganzem Herzen liebte, während die Ohrfeige das nicht vermocht hatte.

Dass war doch nicht logisch, dass Peter einen Knopf von seiner eigenen Uniformhose als Beweisstück einreichte, wenn er versuchte, Jürgens Spuren zu verwischen. Das war nicht logisch gewesen, als sie es zu Höness gesagt hatte, und jetzt war es noch unlogischer.

Es sei denn, Peter hatte nicht gewusst, was er tat. Oder was er getan hatte. War das möglich?

Julia saß vollkommen regungslos da und starrte auf die Stelle, wo der Knopf gewesen war. Sie tastete nach Klarheit, nach einem winzigen Halt an irgendeiner Wirklichkeit, die sich nicht anhörte wie der Plot eines Horrorfilms.

Sie schauderte.

Bevor sie Peter kennenlernte, war sie als Pflegerin in einer psychosomatischen Reha-Klinik in Isny beschäftigt gewesen. Bei ihrer Ausbildung hatte sie auch an Vorlesungen über multiple Persönlichkeitsstörungen teilgenommen. Die meisten der Patienten waren „nur" aufgrund von Burnout, Depressionen und traumatischen Erlebnissen in der Klinik gewesen, die schwereren Fälle wie Schizophrenie kamen nach Irsee bei Kaufbeuren. Ihr damaliger Vorgesetzter, Prof. Dr. Faltermayr verwies circa 2-3 % seiner Patienten in diese Spezialklinik, wo anscheinend manche Menschen von inneren Stimmen gesagt bekommen, wenn sie etwas Böses tun sollen. Bekanntestes Beispiel war ein renommierter Hochschulprofessor namens Nash aus den USA, der jahrelang unter Verfolgungswahn litt und „nebenbei" tagsüber seine Studenten unterrichtete. John Nash erkrankte mit Ende zwanzig an Schizophrenie. Nash zeigte auf einmal zunehmend antisemitische Tendenzen und neigte zu starken Gewaltausbrüchen. 1961 sahen sich seine Ehefrau und Mutter gezwungen, Nash in eine Nervenheilanstalt einzuweisen. 1964 wurde seine Schizophrenie so stark, dass er für längere Zeit in eine psychiatrische Klinik eingeliefert werden musste. Trotz der schweren Krankheit brachte er mehrere bedeutende Publikationen heraus, und unterrichtete später wieder.

Litt Peter an ähnlichem? Wusste er manchmal nicht mehr was er tat? Gespaltene Persönlichkeiten wurden solche

Personen genannt, erinnerte sich Julia. Ein Fall war ihr bekannt, als ein Mann wegen Vergewaltigung seiner Gefängnisstrafe entgangen war, nachdem das Gericht anerkannt hatte, dass eine seiner „Teilpersönlichkeiten" das Verbrechen begangen hatte.

War ihr Mann auch so ein Fall? War ihm als kleinem Jungen womöglich etwas Schreckliches zugestoßen, das seinen Verstand in mehrere brüchige Stücke hatte zerspringen lassen?

Sie dachte an das Foto von dem sorglosen Kind. Irgendwas hatte Peter verändert, irgendein Trauma. Hatte es etwas mit Jürgen Auer zu tun? Mit dem Brand auf dem Müller-Hof? Mit Pferden? Hatte Höness tatsächlich recht gehabt? Julia zitterte bei dem Gedanken. Auch sie selbst war für ihn eine riesige Belastung, sodass sein labiles Nervenkostüm bestimmt noch mehr strapaziert wurde. All diese Dinge könnten an dem geladenen Gewehr einer beschädigten Psyche den Abzug betätigt haben.

Hatte er das Erbrochene beseitigt? Hatte eine Teilpersönlichkeit den Knopf verloren, und Peter hatte ihn nur gefunden? Sie glaubte, dass Peter die Wahrheit sagte. Andererseits war „seine" Wahrheit vielleicht nicht die richtige Wahrheit? Trotzdem hatte sie keine Angst vor Peter. Sie würde ihm jederzeit ihr Leben anvertrauen. Den Fremden in ihm jedoch fürchtete sie.

Jäh stand sie auf und wäre beinahe hingefallen. Der Wackelpudding in ihren Beinen kam nicht allein von der Krankheit. Sie versuchte, sich nicht sicher zu sein. In ihrem Kopf, mit ihrem Intellekt, bemühte sie sich, zu rationalisieren, Hypothesen aufzustellen, Peters Widersprüche zu rechtfertigen, um ihre eigenen Schlussfolgerungen zu widerlegen. Doch ihr Körper setzte sich darüber hinweg und ließ sie vor lauter Adrenalin schlottern.

Sie hörte, wie sich die Haustür öffnete. Peter?

Ihre Panik wurde nur von ihrer Unentschlossenheit aufgewogen. Sie musste sich vor ihm verstecken! Und doch erschien ihr das lächerlich. Sich vor Peter verstecken? Sie würde sich doch vorkommen wie eine Vollidiotin.

Er rief nicht von der Haustür aus nach ihr. Er rief sonst immer von der Haustür aus nach ihr, damit sie wusste, dass er es war. Vielleicht war er es ja gar nicht?

Der Gedanke trieb sie zum Handeln an. Die Hose noch immer in der Hand, ließ sie sich zu Boden gleiten und rollte unter das Bett.

Sie hörte die Stufe in der Mitte der Treppe knarren und spürte, wie ihr die Angst das Rückgrat hinabrieselte. Peter achtete immer darauf, diese Stufe auszulassen.

Wer war das, der da die Treppe herauf auf sie zukam?

Unter das Bett zu kriechen schien plötzlich das Klügste zu sein, was sie jemals getan hatte, auch wenn sie sich grauenhaft verwundbar vorkam. Wenn er sie jetzt sah, konnte sie sich nicht wehren. Er würde sich bücken, sie an den Knöcheln packen und sie hervorzerren wie ein Schwein bevor es geschlachtet wurde.

Der Mann kam den Flur herunter und trat ins Schlafzimmer. Julia hielt den Atem an. Sie sah nur schwarze Hosen und Stiefel, an denen immer noch Schnee klebte. Peter ging nie mit Stiefeln nach oben. Sie unten an der Treppe auszuziehen war etwas, das ihm zur zweiten Natur geworden war. Der Mann schritt quer durchs Zimmer, als gehöre es ihm. Kein Zögern, keine Zurückhaltung, keine Angst, dass er entdeckt werden könnte. Julia hörte, wie eine Schublade aufgezogen und wieder zugeschoben wurde, und sah zu, wie die Stiefel wieder hinausgingen.

Nach ein paar Minuten hörte sie die Dusche angehen. Sie furchte die Stirn. Es musste Peter sein! Vor Erleichterung fing sie an zu weinen.

Und doch hielt irgendetwas sie davon ab, unter dem Bett hervorzukommen. Es war nicht die Tatsache, dass er sie geschlagen hatte. Irgendwie erschien ihr das jetzt völlig nebensächlich. Es war etwas anderes. Der fehlende Knopf, das wortlose Eintreten, die Stiefel im Obergeschoss, all das hatte jetzt mehr Bedeutung für sie. Irgendetwas veranlasste sie, dort auf dem staubigen Teppich zu liegen und sich vor dem Ehemann zu verstecken, den sie liebte, bis schließlich Erschöpfung und Angst, verbunden mit dem vertrauten, heimeligen Rauschen der Dusche, sie in absoluten Tiefschlaf lullten.

68

Höness erwachte von dem Getöse der Flammen. Es war nicht das Knistern eines Kaminfeuers, sondern das knackende Brüllen eines Hochofens, begleitet von etwas, das sich anhörte wie Schüsse aus Kleinkaliberwaffen.

Er schaute auf die Uhr: zwei Uhr früh. Unbeholfen wälzte er sich aus dem Bett und torkelte geradewegs in den an der Wand befestigten Fernseher hinein, woraufhin er beinahe k.o. zu Boden gegangen wäre. Sein Magen protestierte gegen diese plötzliche Aktivität, und er rülpste sich vornehmes Cinzano-Aroma in die Nase.

Er kam wieder auf die Beine und riss den Vorhang zur Seite. Draußen sah er zwei oder drei Silhouetten, angestrahlt von dem brennenden Bauernhaus hinter ihnen. Eine Reihe Ziegel platzten in einer lauten Salve vom Dach weg und zischten wie Feuerwerkskörper im hohen Bogen in den weißgetupften Schneehimmel. Unbeholfen angelte er sich seine feuchten Schuhe vom Heizkörper, zog den Mantel über sein Unterhemd und rannte hinaus. Ein neuerliches Torkeln verriet, wie kurz es erst her war, dass er das Haus verlassen hatte, das jetzt ein flammendes Inferno war.

Ginkel, Kraus, Gebauer und Sternkopf schütteten Wasser auf die Klinke der Haustür - anscheinend ein Versuch, diese so weit abzukühlen, dass man die Tür öffnen konnte. So wie es aussah, benutzten sie dazu Blumentöpfe und schöpften Wasser aus einem alten Trog im Hof. Ginkel stolperte mit einer Leiter auf dem Hof herum, die viel zu kurz war, um etwas anderes damit anzustellen, als sie alle zu gefährden. Währenddessen brüllte Gebauer wiederholt und völlig unwillkürlich: „Frau Müller!" Zehnmal hintereinander.

Was für ein Haufen verschissener Feiglinge und Idioten!

„Wo ist sie?", überschrie Höness das Gebrüll des Feuers, doch Gebauer und Ginkel schüttelten nur den Kopf.

„Feuerwehr?", brüllte Helmut Höness erneut mit der obli-

267

gatorischen Handy-am-Ohr-Geste, und Sternkopf schrie: „Ist unterwegs!"

Das schaffen die nie, dachte Höness. Die sind viel zu langsam und blöd.

Große Dampfwolken gesellten sich zu dem Rauch, der aus dem Dach des Hauses quoll, als die Flocken des wieder einsetzenden Schneefalls, auf die Schindeln zischten und fauchten wie Fett in der Bratpfanne.

„Helfen Sie ihnen!", schrie er sechs - bis sieben Anwohner an, die nur rumstanden und gafften. Am liebsten hätte er seine Pistole gezogen und sie sofort erschossen.

Er zog seinen Mantel aus und rannte zum Wassertrog. Rasch tauchte er ihn ins Wasser, in dem scharfe Eisbrocken trieben, und zog ihn dann wieder über. Die eisige Kälte auf der Haut spürte er kaum. Er zerrte sich den Mantel bis zum Hinterkopf hoch und stürzte auf die Haustür zu, gerade als Ginkel und Gebauer sie mit der Leiter aufbrachen.

Sternkopf versuchte, ihn aufzuhalten, stellte sich ihm in den Weg, griff wie ein durchgedrehter Fan nach seinem Mantel.

„Tun`s Sie`s nicht. Sie sind betrunken, Höness!"

Sein Chef sah ihn nur mit wirrem Blick für wenige Sekunden an, und Sternkopf hatte Angst, dass er seine Waffe ziehen könnte. Stattdessen rammte ihm Höness seinen Ellenbogen auf die Nase, sodass Sternkopf sie mit beiden Händen hielt und jaulte wie ein verwundetes Tier.

Höness stürmte an ihm vorbei und schrie: „Aus dem Weg!"

Die Gaffer und seine Kollegen schüttelten fassungslos den

Kopf. Die Flammen waren an den Vorhängen und an den Wänden emporgeklommen, doch die Bodenfließen aus Stein waren für Feuer ein abschreckender Gegner. Die Flaschen und Gläser, die er erst vor ein paar Stunden zurückgelassen hatte, standen noch immer auf dem Tisch. Rauch nahm ihm weitgehend die Sicht und streckte jetzt auch lange, scharfe Krallen in seine Kehle und begann, in seiner Lunge zu stechen. Er hustete, spuckte und schützte sein Gesicht vor der Hitze, die vom anderen Ende des Raumes auf ihn einstürmte, während er sich immer weiter dorthin tastete, wo, wie er wusste, das Sofa war. Einmal stolperte er und stieß sich den Oberschenkel schmerzhaft am Küchentisch.

Auf halbem Weg dachte Höness, dass er das hier vielleicht lieber nicht tun sollte. Der Rauch machte ihm das Atmen schwer, und Dampf stieg von seinem Mantel auf, während seine ungeschützten Hände, Arme und Beine ungemütlich heiß wurden. Er zauderte.

Fast hätte er kehrtgemacht.

Doch der Gedanke, wieder in den Schnee hinauszutaumeln und für seine Tollkühnheit nichts als ein bisschen Husten vorweisen zu können, war ihm ein Gräuel.

Getrieben von Sturheit und süßem Wermut schob er sich weiter durch den Raum, bis er Hilde Müller bäuchlings auf dem Sofa liegen sah. Ihre getigerte Katze rannte wie wild auf ihrem Körper hin und her, als sei sie das letzte Stück Treibgut nach einem Schiffsuntergang. Er streckte die Hand aus, um ihren Arm zu packen, und die gut gefutterte Katze fuhr sofort ihre rasiermesserscharfen Krallen aus, um ihn abzuwehren.

Scheiße!

Höness fiel auf die Knie, kauerte sich einen Moment lang unter seinem Mantel zusammen und hustete, bis er würgen musste. Hier unten war die Luft etwas besser, und Höness beugte sich vor, als würde er beten, bis sein Kopf die Steinfliesen berührte, damit er besser durchatmen konnte. Als er sich erholt hatte, blickte er mit tränenden Augen auf und sah, was an der Wand hinter dem Sofa stand.

Sie hat`s gewusst!

Er erkannte die Schrift augenblicklich, obwohl sie dreißig Zentimeter hoch an eine Wand geschmiert worden war. Dass er jemals behauptet hatte, sie könne mit der Handschrift von Jürgen Auer identisch sein, war lächerlich. Jetzt sah er das, wo die Buchstaben so übergroß waren. Und anscheinend mit Blut geschrieben.

Höness packte Hilde Müllers Arme und riss sie ruckartig vom Sofa. Die Katze funkelte Höness wütend an und er trat nach ihr, sodass sie das Weite suchte. Er rollte die alte Frau auf den Rücken und fuhr zurück, als er die blutigen Höhlen sah, wo ihre Augen gewesen waren. Jürgen Auer war nicht der Killer. Der Mörder war hier gewesen! Dieses kranke Schwein hatte die alte Frau vor seinen Augen massakriert.

Plötzlich war nicht mehr genug Luft da. Er japste, brauchte sogar noch mehr als sonst gegen den Schock und fand so viel weniger, als er wollte, sodass sich der Schock innerhalb einer heißen, blinden Sekunde in Panik verwandelte.

Er musste hier raus. Blitzschnell!

Höness kam halb auf die Beine, taumelte, stieß sich den Kopf am Tisch, fiel auf die Knie, rollte, kroch, rang am Boden nach Atem. Seine Lunge drohte zu platzen, sein Kopf zu bersten, er fand den Weg zur Tür nicht und rollte sich schließlich zusammen und würgte Galle in seine Hände, die nach Cinzano schmeckte.

Er musste hier raus. Er musste es Sternkopf sagen. Er wusste jetzt, wer der Killer war. Er musste...

Atmen. Er musste Luft holen.

Doch er konnte nicht. Er konnte nicht mehr...

Die Tür am anderen Ende der Küche wurde plötzlich aus den Angeln gesprengt und ließ einen Feuerball herein, der Hilde Müller und das vollgehaarte Sofa wie Zunder in Flammen aufgehen ließ und dann quer durch den Raum auf Höness zurollte.

Mit dem Audi kam Peter nicht mehr weiter. Der Schneesturm der seit einer Stunde wie wild tobte, nahm ihm die Sicht, aber er tat sein Möglichstes, trotzdem schnell voranzukommen, und gab dabei zu viel Gas. Auf halbem Weg der Einfahrt zum Müller-Hof hinauf, kam der Audi 80 jäh in einem Graben zum Stehen, den Peter nicht einmal sehen konnte, als er ausgestiegen und nach vorn zum Kühler gegangen war. Er verschwendete keine Zeit damit, den Wagen auszugraben, sondern eilte einfach zu Fuß zum Hof hinauf, so wie er es als Junge immer getan hatte, als alles begann.

Sternkopf brüllte ein paarmal nach Höness und setzte eine besorgte Miene auf. Seine Kollegen standen mit offenem Mund da, wechselten Blicke und bekamen das mit der besorgten Miene sehr viel besser hin, während sie einander alle stumm dieselbe Frage stellten: Sollen wir auch da rein? Ginkel brüllte etwas Unverständliches und stürzte davon, in die Nacht hinein.

Das Küchenfenster barst, als wäre drinnen eine Bombe explodiert. Helle neue Flammen leckten aus der Öffnung, als das Feuer sich alle Mühe gab, der Enge des Hauses zu entkommen und den Hof und die Anwesen dahinter zu erreichen.

„Da geht mir keiner mehr rein!", brüllte Sternkopf. „Ich will nicht, dass noch jemandem was passiert!"

Er sah ihre Erleichterung und war seinerseits erleichtert, dass niemand darauf bestehen würde, gemeinsam irgendetwas Heroisches zu unternehmen. Dann rannte trotzdem jemand an ihm vorbei ins Haus.

Es war Peter Kelly!

Peter war gerade rechtzeitig eingetroffen, um Sternkopf brüllen zu hören, dass niemand mehr da reingehen sollte, und ihm war klar, dass sich mindestens eine Person in diesem Inferno befinden musste.

Noch ehe er sich dazu entschlossen hatte, rannte er ins Haus. Die Hitze war wie ein Schlag ins Gesicht, und augenblicklich stieg Dampf von seinem nassen Haar und seinen feuchten Kleidern auf. Der Rauch lähmte ihn fast. Er blieb wie angewurzelt stehen, dann machte er blind ein paar Schritte, die Hände tastend vor sich ausgestreckt.

Er stieß mit dem Oberschenkel gegen den Tisch und trat gleichzeitig auf etwas, das hart war und doch nachgab. Peter tastete zu seinen Füßen herum und fand einen glitschigen Arm. Er packte ihn mit beiden Händen und tappte rückwärts zur Tür hinaus, dabei schleifte er den Körper hinter sich her. Die anderen in der Nähe des Türeingangs drängten sich heran, halfen mit, ihn aus der Gefahrenzone zu ziehen.

Es war Höness!

Nur die Hälfte des einen Ärmels und der obere Teil seines Mantels bedeckten ihn noch - seine Unterwäsche bestand nur noch aus verkohlten Fetzen. Sein linkes Schienbein war ein wüstes rot-schwarzes Chaos, wie der vordere Rand eines Lavastroms; hier und da schaute das Muttergestein des Knochens hervor. Der Rest des Beines war dunkelrot und roh, mit Blasen auf der Haut des Oberschenkels. Seine feuchten Schuhe hatten seine Füße vor dem Schlimmsten bewahrt, doch das war bei einem Toten nur ein sehr schwacher Trost. Da waren keine kosmetischen Operationen mehr erforderlich.

Felix Ginkel kniete sofort nieder, um nach Lebenszeichen zu suchen. „Atmet nicht. Kein Puls", verkündete er und begann zu reanimieren.

Peter wusste, dass das vergebliche Mühe war, während er hustete und spuckte, bevor er keuchte: „Ist da sonst noch jemand drin?"

„Wahrscheinlich die alte Frau Müller", meinte Gebauer.

Peter wandte sich wieder dem Haus zu, doch Sternkopf und Kraus stellten sich ihm in den Weg.

„Sie kann unmöglich noch am Leben sein", sagte Sternkopf. „Bleiben Sie hier."

„Aber vielleicht ja doch!", rief Peter. Wieder bekam er einen Hustenanfall und versuchte, sich an ihnen vorbeizudrängen.

„Bleiben Sie hier, Kelly!", wiederholte Sternkopf. „Das ist ein Befehl!"

Wütend starrte Peter ihn an, und Sternkopf hätte beinahe abwehrend die Hand gehoben.

Dann ein Schrein von Ginkel: „Er lebt!"

Alle drehten sich um und sahen auf ihn und Höness hinab, der jetzt geräuschvoll und unregelmäßig atmete und mit Armen und Beinen zuckte, als hätte er einen epileptischen Anfall.

„Scheiße", knurrte Gebauer. „Glaubt ihr, er hat einen Gehirnschaden?"

„Wo bleibt denn dieser Scheißkrankenwagen?", rief Ginkel.

„Rufen Sie die Rettungsleitstelle an, Kraus.", befahl Sternkopf. „Sagen Sie, ein Polizist ist schwerverletzt." Er musste jetzt Verantwortung demonstrieren und die Kollegen langsam auf seine Führungsqualitäten aufmerksam machen.

Kraus klappte sein Motorola auf und irrte auf der Suche

274

nach Empfang auf dem Hof herum. Kelly machte sich daran, Schnee auf die verbrannten Beine von Höness zu häufen, und die anderen taten es ihm rasch nach.

„Das wird schon wieder", meinte Sternkopf. „Unkraut vergeht nicht." Er beugte sich über den Kopf von Höness. „Chef, können Sie mich hören?"

Die Augen von Kommissar Höness flackerten und rollten nach oben weg, dann fanden sie Halt und richteten sich halbwegs fokussiert auf seine Sondereinheit und auf Peter Kelly, die auf ihn herabblickten.

„Mord", flüsterte er heißer.

„Was, Chef?" Sternkopf hielt sein Ohr ganz dicht vor die Lippen von Höness.

„Mord", keuchte dieser abermals schwach.

Diesmal verstand Sternkopf. „Er hat `Mord` gesagt."

Die anderen starrten ihn verwirrt an. Sternkopf zuckte die Achseln und begriff - dass er aufgrund der schweren Verletzung seines Chefs - jetzt vollständig das Sagen hatte, zumindest bis er von höherer Stelle einen neuen Vorgesetzten bekam. Das konnte aber dauern, und solange musste er die Crew von seinen Führungsqualitäten überzeugen. Ihm schwoll sichtlich die Brust, als er sich über Höness`s ausgestreckter, halb von Schnee begrabener Gestalt aufrichtete. Von der Ferne hörten sie die Sirenen der Feuerwehr.

„Ginkel und Kraus, ihr schließt den Schlauch an und helft den Burschen der Feuerwehr, aber nur außerhalb des Gebäudes. Vielleicht könnt ihr noch irgendwelche Spuren ent-

275

decken.“

Ein VW Passat kam langsam die schneebedeckte Straße hoch. Am Steuer saß ein Mann, vielleicht Mitte fünfzig mit graumelierten Haaren und einem Hut auf.

„Wer ist das?“, fragte Sternkopf, obwohl er den Mann schon am ersten Tag sah.

„Dr. Hiddler“, entgegnete Peter. „Ich hab ihn angerufen, als ich hier raufstürmte. Ich wusste, dass er viel schneller als der Notarzt ist.“

Sternkopf wandte dem Tatort den Rücken und holte eine Taschenlampe aus seiner Jacke. „Kommen Sie, Kelly. Wir werden uns gemeinsam mal ein bisschen hier umsehen.“

Sie ließen den orangeroten Feuerschein und die Hitze hinter sich, die den Hof in eine riesige Pfütze verwandelte, und traten in die Dunkelheit hinter dem Stall. Abseits der ganzen Aufregung war es erschreckend friedlich. Was Hilde Müller in dem brennenden Haus anging, hatte er ein sonderbares Gefühl. Er fragte sich, ob ihre getigerte Katze wohl auch verbrannt war.

Sie kamen an dem alten Putzplatz mit dem gerippten Betonboden vorbei, wo der Schmied immer die Ponys beschlagen hatte. Peters Erinnerungen schwelgten in der Vergangenheit, als viele Kinder hier, entzückt mit ihren Augen rollten beim Anblick der vielen schnuckligen Ponys.

Aus den Augenwinkeln hatte er etwas Regelmäßiges am Rand des Putzplatzes gesehen. Drei oder vier dunklere

Flecken im Schnee, für die seine Erinnerung keine sofortige Erklärung liefern konnte.

Er blieb einige Schritte hinter Sternkopf zurück und ging hinüber, um nachzusehen.

Fußabdrücke!

Er zog sein Handy und schaltete die integrierte Taschenlampen-Funktion ein. Nicht so hell und breit wie bei einer richtigen Taschenlampe, aber besser als nichts. Er betrachtete die Vertiefungen im Schnee genauer. Am Boden jedes fast fünfundzwanzig Zentimeter tiefen Abdrucks war kein Sohlenprofil zusehen, nur ein zarter Zuckerguss aus frischen Flocken, die im künstlichen Licht glitzerten. Peter folgte der Spur mit dem dünnen Handy-Strahl. Sie führte den Hügel hinunter - direkt auf sein Anwesen zu!

„Julia", brüllte er in die Nacht, als könne sie ihn vielleicht hören. Durch den Schrei aufgeschreckt, stand Sternkopf auf einmal neben ihm. „Was ist, Peter?"

„Mein Haus", stieß Peter hervor, und zeigte dorthin, wo das Badezimmerlicht zwei Wiesen weiter gelb und viereckig leuchtete. „Er ist zu meinem Haus gegangen. Meine Frau! Sie ist allein. Ich habe sie allein gelassen!"

Dann rannte er los, jagte in langen, unbeholfenen Schritten durch den Schnee.

Sternkopf lief ihm ein paar Schritte nach und blieb dann stehen. „Peter! Warten Sie!" Doch Kelly achtete nicht auf ihn.

„Scheiße!", fluchte Sternkopf und machte kehrt. Wenn der

Killer wirklich in Kellys Haus war, brauchte er Verstärkung. Vielleicht hatte er Kellys Frau als Geisel genommen. Wieder auf ebenem Boden angelangt, rutschte und schlidderte er zurück auf den Hof und war beinahe erstaunt, dass es hier auch ohne ihn weitergegangen war. Das Haus brannte noch immer, aber zwei Löschfahrzeuge der Feuerwehr waren mittlerweile eingetroffen und bekamen die Flammen immer mehr unter Kontrolle. Er sah auch Doktor Hiddler, der im Pyjama kniend, eine Herzdruckmassage bei Höness durchführte. Er sah ihm zu, bis Hiddler nach zwei Minuten seinen silbergrauen Kopf schüttelte. „Tot.", sagte er leise.

„Was? Sind Sie sicher, Doktor?"

„Absolut. Mausetot!"

Sternkopf dachte an die angefertigte Akte und die Zeugenaussage von Julia Kelly, von der er gehofft hatte, sie würde dafür sorgen, dass Höness unehrenhaft und ohne Pensionsansprüche entlassen wurde.

So eine Kacke.

Jetzt war das Gegenteil der Fall. Man würde Höness als furchtlosen und großen Helden feiern. Vielleicht bekam er noch nachträglich einen Verdienstorden oder eine Tapferkeitsmedaille beim Begräbnis. Alles umsonst.

Wer als Held stirbt, bleibt immer ein Held.

Nichts war fair. Scheiß ungerechte Welt.

69

Als Julia erwachte, hatte sie Staub auf den Lippen und einen Abdruck des Teppichs auf der Wange.

Sie wusste, wie sich ein leeres Haus anhörte, und zwar genau so. Das Telefon war unten. Sie wusste nicht, wie viel Zeit sie hatte, und sie konnte sich den Rückweg nicht leisten. Ihre erste Verteidigungslinie fiel ihr wieder ein, und sie humpelte auf den Flur und versuchte, das Bücherregal an die Treppe zu schieben. Doch mit ihren geschwächten Händen und den instabilen Handgelenken war das ein hoffnungsloses Unterfangen, das sie sehr bald aufgeben musste.

Sie überlegte, ob sie an die Wand hämmern sollte, um ihre Nachbarin, die alte Frau Lacher, zu alarmieren, und entschied sich dagegen. Was konnte denn eine Vierundachtzigjährige Frau schon ausrichten? Stattdessen ging sie ins Gästezimmer, holte die Hakenstange, öffnete die Falltür zum Dachboden und schaffte es schließlich - nach mehreren Versuchen -, den Ring an der Ziehleiter zu fassen zu bekommen und sie herunterzuziehen.

Dann schob Julia das Messer, das sie laut Peters beharrlichem Drängen stets bei sich tragen sollte, in die Gesäßtasche, nahm die Campinglaterne vom Nachttisch und setzte einen unsicheren Fuß auf die erste Sprosse.

Sie brauchte fast eine Viertelstunde, um die Leiter hinaufzuklettern. Ein Dutzend Mal rutschte sie ab - schlug sich die Ellenbogen an, zerschrammte sich die Finger; einmal hätte sie sich beinahe den Unterarm aufgerissen - und musste mehrmals nach Luft ringend Halt machen, an eine obere Sprosse geklammert, die Knie auf den unteren, damit ihre Beine etwas ausruhen konnten. Je länger sie sich abmühte, und je höher sie emporklomm, desto verzweifelter strebte sie dem Viereck aus Dunkelheit entgegen.

Die Ironie des Ganzen entging ihr nicht. Sie hatte versucht, sich umzubringen. Würde es vielleicht wieder tun. Und hier versuchte sie jetzt, sich vor einem Mörder zu verstecken, der ihr das abnehmen würde.

Dieser Selbsterhaltungstrieb war ein Schock für Julia. Als sie es endlich geschafft hatte und sich in den trockenen, kalten Bodenraum hinaufzog, der nach Holz und Mäusedreck roch, konnte Julia sich zehn Minuten lang nicht mehr bewegen. Sie würgte vor Anstrengung und schluchzte vor Schmerzen.

Und dann kam der Tiefschlag, als sie feststellte, dass sie die Leiter nicht hinter sich hochziehen konnte. Sie zerrte und weinte, doch ihr Griff war schwach und ihre Arme kraftlos, und die Leiter war für so etwas ohnehin nicht gedacht. Sie konnte es nicht ändern, also bemühte sie sich, eine schwere Holzkiste über den Einstieg zu schieben, doch die blieb an einem Balken hängen, und sie hatte ihre letzten Energiereserven verbraucht. Wieder weinte sie vor hilflosem Zorn. Sie konnte nur noch mit ihrer nicht gezündeten Lampe und ihrem Messer in eine Ecke kriechen, sich in einen stockfleckigen alten Sessel kauern und darauf warten, dass der Mörder nach Hause kam.

70

Peter war ein sportlicher Mann, doch durch den mittlerweile zwanzig Zentimeter tiefen Schnee zu rennen war auch für ihn äußerst anstrengend. Seine Lunge brannte, und sein Herz drosch gegen seine Rippen wie ein Irrer in einem Käfig. Seine Stiefel und seine Hose waren bis weit über die Knie hinauf durchnässt und schienen aus etwas zu bestehen, das am Schnee kleben blieb und jedes Mal an seinen Beinen zerrte, wenn er versuchte, sie zu heben, um einen Fuß vor den anderen zu setzen.

Trotzdem schaffte er es über die erste Wiese; seine Augen passten sich so gut an, dass er sogar die Lücke in der Hecke sah, die ein Tor anzeigte. Er kletterte so schnell hinüber, dass seine Beine zurückblieben und er auf der anderen Seite kopfüber im Schnee landete, ehe er aufsprang und abermals losrannte.

Ungeachtet des unebenen, rutschigen Untergrunds und des Windes, der die Flocken gegen ihn trieb, ließ die Angst ihn schneller sein, als er es jemals für möglich gehalten hätte. Sie ließ den Schneesturm verschwimmen, sodass er durch eine Schneekugel rannte, die heftig geschüttelt wurde. Er wusste nicht mehr, wo oben und unten war.

Hin und wieder sah er die Spuren, denen er folgte, doch sie kümmerten ihn eigentlich nicht mehr. Sein Ziel war jenes Badezimmerfenster. Es war ihm egal, wohin der Mörder wollte, solange es nicht zu ihrem Anwesen war. Solange er nicht zu Julia wollte. Nicht Julia! Nicht Julia!

Die Worte hämmerten den Rhythmus seines kopflosen Wettrennens über den Schnee.

Er zog sein Handy aus der Tasche und schaute auf das Display, doch es hatte kein Netz. Er warf das Telefon von sich wie Ballast. Die Abdrücke im Schnee bogen sachte nach rechts ab. Das Tor der zweiten Wiese war irgendwo rechts von ihm und ging auf die Straße hinaus. Peter konnte sich diesen Umweg nicht erlauben und rannte geradewegs den Hügel hinunter. Er würde gleich über eine Hecke hechten müssen. Oder durch sie hindurch. So oder so, sie würde ihn nicht aufhalten. Die Hecke ragte vor ihm auf, riesig und schwarz mit ihrem fröhlichen Schneezuckerguss. Seiner Größe wegen hatte Peter in der Schule Hochsprung trainiert. Sehr gut war er nicht, aber er erinnerte sich an die Grundlagen. Er wurde schneller, drehte sich im letzten Moment und schnellte seinen Körper in einem nicht ungraziösen Bogen auf die Hecke. Rasch tastete er nach irgendetwas, das ihm Halt geben könnte, packte handvollweise Zweige und Dornen und zog sich über die anderthalb Meter breite Fläche, die unter ihm nachgab und stach und knackte wie gesplittertes Holz, ehe er auf der anderen Seite gleich neben Julias Auto auf den Boden plumpste. Ein Knirschen war zu vernehmen, und er zuckte zusammen, als er auf seinem Bund Haustürschlüssel landete. Er rollte etwas schlecht ab, und spürte den Schmerz in seiner Schulter, trotz des weichen Untergrunds.

Er durfte jetzt nicht schlappmachen. Er rieb über seine schmerzende Schulter, stand auf und ging zur Haustür. Sie war geschlossen, aber nicht abgeschlossen. Seine Schuld. Sie für andere Leute offen lassen, damit Julia nicht aufstehen musste. Sie waren hier doch auf dem Land, das hier war sein Heimatdorf. Sie hatten sich doch immer sicher gefühlt. Er sog Luft in seine brennende Lunge und drückte die Tür auf.

Alles war wie immer.

Rasch spähte er ins dunkle Wohnzimmer, doch der Fernseher war aus, obwohl das Feuer noch immer sanft hinter dem Kaminzimmer loderte.

Kein Licht in der Küche. Leise ging er hinüber. Sie war leer, und die Waschmaschine summte.

Die dunkle Treppe hinauf, bei jedem Schritt innehalten und nach einem Eindringling lauschen. Die Stufe auf halber Höhe auslassen, die so knarrte.

Das Bücherregal oben an der Treppe war ein wenig verschoben worden, was Peter schmerzhaft mit der linken Schulter feststellte. Unweigerlich entfuhr ihm ein Keuchen.

Totenstille. Wo war Julia?

Licht schimmerte unter der Badezimmertür. Peter ging hinein. Die Luft war noch immer ein wenig warm und feucht von der Dusche vorhin. Seine Eingeweide krampften sich ruckartig zusammen. Am Wasserhahn war Blut!

Am Wasserhahn. War Blut.

Er trat näher ans Waschbecken. Der Blutfleck war unverkennbar - als hätte jemand den Hahn mit einer blutigen Hand auf - und wieder zugedreht. Ein kleines Rinnsal tröpfelte auf das Porzellan hinunter.

Wild sah er sich um, die Augen auf dieses eine Ziel eingestellt, und fand mehr. Zwei Tropfen auf dem Boden, eine Schliere neben dem Wäschekorb, etwas, das wie ein halber Handabdruck aussah am Außenrand des Waschbeckens - vier leicht gespreizte Streifen, wo jemand Finger aufgelegt hatte, die keine Abdrücke hinterließen.

Scharf wandte Peter sich zum Gehen und bemerkte eine Bewegung dicht neben seinem Kopf, die ihn zusammenfahren und abwehrend die Hand hochreißen ließ. Fast hätte er gelacht. Er war vor seinem eigenen Spiegelbild in der Tür des Badezimmerschränkchens erschrocken.

Dann blieb er wie angewurzelt stehen. Auf dem noch immer beschlagenen kalten Glas des Spiegels stand eine Botschaft, und er hatte keinen Zweifel, dass sie an ihn gerichtet war;

Julia ist die Nächste!

„Julia!", schrie er in ersticktem Grauen, rannte ins Schlafzimmer und klatschte auf den Lichtschalter. Sie war nicht da. Er rannte in die Rumpelkammer. Leer. Peter suchte nicht mehr nach dem Mörder, er fürchtete ihn auch nicht mehr. Er wollte nur seine Frau sehen. Das Gästezimmer. Sein Kinderzimmer. Sie war nicht dort, doch hinter der Zimmertür war die Bodenleiter heruntergelassen worden.

„Julia?", zischte er, jetzt von Neuem wachsam. Er konnte sich nicht vorstellen, wie Julia ohne Hilfe die Leiter heruntergeholt haben könnte, von hinaufsteigen ganz zu schweigen. Oder ohne Zwang.

Auf halber Höhe der Leiter war eine lange Blutschliere zu sehen. Er biss sich auf die Lippe, um keinen Laut von sich zu geben, und spähte in das schwarze Loch hinauf. Es gab kein Licht auf dem Dachboden; sie benutzten immer eine Campinglaterne. Eine Laterne, die die nicht mehr an ihrem üblichen Platz auf dem Nachtisch stand. Peter packte die Leiter und stieg langsam in die Finsternis hinauf.

Von seinem geheimen Platz aus sah der Killer ungerührt zu, wie Peter Kelly vorsichtig die Leiter emporklomm. Er wusste, was er dort oben finden würde, und er wusste, dass das hier bald vorbei sein würde. Er war traurig, aber irgendwann musste es das Finale geben. Nur noch wenige Minuten, dann war das hier alles zu Ende.

Unweigerlich.

71

Sternkopf und sein Team hatten sich verfranzt.

Sie waren langsamer als Kelly über die Wiesen gelaufen, weil sie keine Ehefrau auf der anderen Seite hatten, der Gefahr drohte, und weil sie nicht so gut in Form, so schnell oder so groß waren wie er. Der Schnee war ein Problem - sowohl der, der auf dem Boden lag, als auch der, der ihnen ins Gesicht peitschte.

Sie folgten Kellys Spuren bis dorthin, wo diese anscheinend geradewegs in eine Hecke führten.

„Scheiße!", knurrte Sternkopf.

Sie konnten das erleuchtete Fenster des Hauses auf der anderen Seite der Hecke sehen, doch es schien keine Möglichkeit zu geben, dorthin zu gelangen.

„Hier muss es doch ein Tor geben", sagte Sternkopf, also begannen sie, danach zu suchen; sie teilten sich in zwei Gruppen, und jede ging in eine Richtung an der Hecke entlang. Ginkel versuchte eine Stelle zum Durchkriechen zu finden, lernte jedoch rasch eine ganze Menge über Schlehdorn und Weidedraht. Sie trafen sich dort wieder, wo Peter Kellys Spuren sich nunmehr mit frischem Schnee füllten, und Sternkopf wandte sich der Straße zu und begann, nach einem Weg um die Hecke herum zu suchen.

Julia fuhr beim Klappern der Leiter zusammen. Der gelbe Lichtfleck in den Bodendielen wurde von einem Schatten verdunkelt, und sie erhob sich aus dem Sessel und tastete nach dem Messer.

„Wer ist da?", fragte sie mit zitternder Stimme.

„Ich bin`s", rief Peter unendlich erleichtert. „Ist alles okay, Schatz?"

„Komm nicht hier rauf!"

Sein Kopf und seine Schultern waren bereits durch die Bodenluke, und sie konnte sehen, wie er den Kopf schieflegte und mit zusammengekniffenen Augen in die Dunkelheit spähte. Versuchte, sie auszumachen.

„Liebling, was ist denn los?"

Er stieg noch eine Sprosse höher, sodass er bis zur Taille in den Bodenraum ragte.

„Bleib weg!"

Peter blieb regungslos stehen. In Julias Kopf wirbelte alles durcheinander. Das war doch lächerlich. Das da war Jonas. Er war gekommen, um ihr zu helfen, nicht, um ihr etwas zuleide zu tun. Aber sie brauchte ein paar... Erklärungen.

„Ich habe die Stelle gefunden, wo der Knopf fehlt!", stieß sie hervor.

Von allen Dingen, die er als Nächstes von Julia zu hören erwartet hatte, war das wirklich das Allerletzte auf der Liste. Peter hätte fast gelacht. Hätte es auch getan, hätte er das Zittern und die Furcht in Julias Stimme nicht hören können.

„Was denn für ein Knopf?"

„Der Knopf, den du auf Brunhilde Beslers Dach gefunden hast. Er gehört zu deiner Uniformhose."

„Nein, tut er nicht. Ich habe nachgesehen, als ich das Ding gefunden habe. Was soll das alles, Julia? Wie bist du hier raufgekommen?"

„Tut er doch, Peter. Ich habe eine Uniformhose von dir gefunden, an der ein Knopf fehlt."

Peter begriff immer noch nicht, wie das seiner Frau solche Angst machen konnte, dass sie sich auf dem Dachboden versteckte. Sie war doch immer so sachlich und so vernünftig gewesen. Er verstand einfach nicht...

Urplötzlich ließ nackte Panik seine Haut von Kopf bis Fuß kribbeln. „Julia, hast du irgendwas genommen? Tabletten?"

287

„Nein! Peter! Irgendetwas ist hier los, aber mit dir, nicht mit mir! Ich glaube… ich glaube, irgendetwas stimmt mit dir nicht, Peter."

Er war nicht überzeugt. Der hysterische Tonfall ihrer Stimme machte ihm Sorgen. Er schickte sich an, ganz durch die Bodenluke zu klettern, doch ihr Aufschrei ließ ihn innehalten.

„Bleib da!"

„Okay. Okay, Julia. Ich rühre mich nicht von der Stelle. Ich bleibe, wo ich bin."

Ein erleichtertes Aufschluchzen kam aus der Dunkelheit.

„Schatz, hast du die Laterne?"

„Ja."

„Kannst du sie anmachen? Damit ich dich sehen kann. Damit wir reden können."

Sie zögerte, dann hörte er, wie sie im Dunkeln herumhantierte, wie sie Tränen hinunterschniefte. Er achtete darauf, nur ja keine Bewegung zu machen, während sie abgelenkt war; sie klang labil genug, um jeden Augenblick durchzudrehen.

Die Laterne leuchtete unnatürlich weiß neben ihr auf und ließ ihr verhärmtes Gesicht gespenstisch aussehen, während das Messer in ihrer Hand funkelte.

Er sah ihre aufgeplatzte, geschwollene Lippe.

„Julia! Was ist passiert? Bist du hingefallen? Im Badezimmer ist Blut!"

Sie berührte ihre Lippe mit einem zitternden Finger. „Das warst du, Peter. Als du mich geschlagen hast."

„Was?"

Julias Stimme klang klein und niedlich. „Vorhin."

„Ich habe dich nicht geschlagen! Das würde ich nie tun! Was zum Teufel läuft hier eigentlich?"

„Du erinnerst dich nicht daran", flüsterte sie.

„Julia, bitte, du machst mir Angst. Bitte sag mir, was passiert ist. Wieso bist du hier oben? Ist er zurückgekommen? Hat er dir was getan, Julia?"

„Wer?"

„Der Mörder. Der Mann, den ich zur Hintertür rausgejagt habe! Ist er zurückgekommen? Julia, sag es mir!"

„Du erinnerst dich nicht", wiederholte sie. „Du weißt nicht mehr, was passiert ist. Du warst jemand anderes."

„Julia, ich bin ich. Ich bin nur ich."

Er wusste nicht, was er sonst sagen sollte. Julia musste irgendetwas genommen haben. Er wollte sich nicht auf ein merkwürdiges, drogenbedingtes Gespräch mit ihr einlassen. Er war der Dorfpolizist, der hier für Recht und Ordnung sorgte. Vielleicht würde er sie ins Krankenhaus bringen müssen.

„Julia, ich komme jetzt rauf, okay?"

„Nein!"

„Schatz, ich muss, ich… „

„NEIN! Bleib stehen!"

Wieder hielt er inne, noch immer auf der Leiter, aber jetzt mehr im Bodenraum als draußen.

Sie bemühte sich, das Zittern in ihrer Stimme zu unterdrücken. „Peter, du musst mir zuhören. Bitte."

„Ich höre ja zu", erwiderte er, obgleich er in Wirklichkeit überlegte, ob er sich auf sie stürzen könnte, oder ob es wohl gefährlich wäre, so wie sie mit dem Messer vor sich herumfuchtelte.

„Peter…", begann sie - und dann fing sie an zu weinen. „Peter, ich glaube, du hast den Knopf in der Nacht verloren, als du Brunhilde Besler umgebracht hast."

„Julia!..."

„Hör zu! Du hast gesagt, du würdest mir zuhören."

„Tue ich doch", beteuerte er, und diesmal stimmte es.

„Das warst nicht wirklich du, Peter. Ich weiß, du würdest nie, niemals jemandem etwas tun. Das glaube ich nicht nur einfach nicht, das weiß ich. Aber ich glaube, irgendein… Teil von dir hat Frau Besler und all die anderen umgebracht. Ich weiß nicht, warum, aber ich befürchte…, du bist vielleicht psychisch kr…"

„Sei still!"

Julia verstummte bei Peters Worten, die mit einer leisen, gepressten Vehemenz hervorkamen, die sie bei ihm noch nie erlebt hatte.

„Peter?", fragte sie vorsichtig.

„Sei still! Du weckst ihn noch auf!"

Julia schwankte ungläubig. Das war nicht Peters Stimme. Sie war rauer und älter, und sein Gesicht hatte sich verändert. Julia suchte nach der Weichheit in Peters Augen und fand nur schwarzes Nichts.

„Wer ist da?", flüsterte sie.

„Geht dich nichts an", blaffte er.

„Wen wecke ich auf?"

„Den Jungen. Wir lassen ihn schlafen."

„Wer ist wir?"

„Ich und Peter. Allerdings war der wirklich verdammt noch zu überhaupt nichts nutze. Macht seine Arbeit nicht."

Julia hielt den Atem an. „Was ist Peters Arbeit?"

„Den Jungen beschützen, natürlich. Das war schon immer sein Job."

„Und wer bist du?"

Eine lange Pause entstand.

„Ich bin der Killer."

Irgendetwas in Julia hoffte, dass sie vielleicht träumte, doch die Kälte und der Geruch von Mäusedreck und das Messer in ihren Händen kamen ihr sehr real vor. Sie gab sich allergrößte Mühe, ganz sanft und schlicht zu sprechen, um diesen Menschen nicht zu provozieren, der nicht mehr ihr Mann war.

„Wer ist der Junge?"

Der Junge ist wir. Er ist der, der wir früher gewesen sind."

„Wovor müsst ihr ihn denn beschützen?"

Schweigen.

„Wie kann Peter den Jungen schützen?"

Der Mann, der nicht mehr Peter war, zuckte die Schultern, machte aber ein verschlagenes Gesicht. Er wusste es.

„Wieso braucht der Junge Schutz? Was ist ihm passiert?"

„Sei still!" Der Mann, der nicht mehr ihr Ehemann war, stellte einen zornigen Fuß auf die Bodendielen. „Du weckst ihn noch auf!"

Julia sprach rasch und behutsam, versuchte, an dem Killer vorbeizureden und Peter zu erreichen. „Hat es etwas mit dem Brand damals zu tun, Peter? Auf dem Müller-Hof? Hat dir dort jemand etwas getan?"

„Nicht! Bitte nicht!"

Riesige Tränen traten Peter in die Augen, und sein Gesicht entspannte sich augenblicklich zu etwas so Jungem, Verletzlichem, dass Julia heftig schluckte. Wie durch Zauberei stand plötzlich der kleine Junge, der an ihrem Krankenhausbett gewartet hatte, hier auf dem Dachboden.

„Peter?", flüsterte sie.

Der Mann, der wie ein Teenager wirkte, rieb sich mit dem Ballen einer Hand die Tränen weg. „Bitte sprich nicht davon. Bitte mach nicht, dass ich es sagen muss." Dann verbarg er das Gesicht in den Händen, und seine junge Stimme klang halb erstickt. „Wo sind wir hier? Ich will nicht hier sein. Mach, dass ich nicht hier sein muss."

Es brach ihr das Herz. Sie empfand tatsächlich Schmerzen, als würde jenes zarte Organ entzweigerissen, und unwillkürlich legte sie eine Hand auf die Brust und ballte den blauen Pullover in der Faust zusammen.

„Peter", flüsterte sie heiser. „Ich bin schwanger!" Vielleicht war es ein Fehler, ihm das zu sagen.

Langsam nahm Peter die Hände vom Gesicht und sah sie an, als verstehe er nicht, was sie eben gesagt hatte. Julia schluchzte tief auf vor Erleichterung, als sie ihren Mann wieder dort stehen sah.

„Ich würde doch niemals jemandem etwas tun, Julia. Das weißt du doch. Jetzt, wo wir bald zu Dritt sind." Er schien nicht außergewöhnlich überrascht zu sein, dass er Vater wurde. Vielleicht hatte er es schon geahnt.

Es war, als hätte es die letzten Minuten nie gegeben. Keinen Killer mit kalten, toten Augen, keinen von Erinnerungen gepeinigten kleinen Peter Kelly. Erinnerungen an etwas so Schreckliches, dass es Peter auseinandergesprengt hatte. Wenn irgendetwas diese empfindliche Balance gestört hatte, so war sie die Einzige, der sie die Schuld daran geben konnte. Sie war der Umkipppunkt gewesen. Julia brannte innerlich vor Scham über ihr selbstsüchtiges Handeln. Mit einer einzigen egoistischen Handvoll Tabletten hatte sie es geschafft, dass Peter aus den Fugen zu gehen begann. Oder gab es noch einen anderen Auslöser? Trotz des Schocks war Julia plötzlich sehr stolz auf Peter. Er hatte den Jungen in seinem Innern beschützt wie eine Tigerin ihr Junges.

Mit einem schmerzhaften Stich wurde ihr klar, dass Peter mehr ein Vater gewesen war, als sie jemals eine Mutter sein würde. Er hatte sich so sehr bemüht und seine Sache so gut gemacht. Der Junge war zu einem guten Menschen herangewachsen, hatte einen guten Beruf ergriffen und hatte sie geliebt wie kein anderer. Er hatte Rückschläge und Trauer durchlitten, und nichts hatte ihn gebrochen.

Bis sie ihn etwas fatal aus der Bahn geworfen hatte.

Und jetzt war ihr alles klar. Tränen ließen alles vor ihren Augen verschwimmen. „Ich weiß, du liebst mich, Peter."

„Natürlich liebe ich dich!"

Julias Tränen strömten jetzt schnell und reichlich - denn im Herzen wusste sie, dass das, was sie gleich sagen würde, wahr war. „Peter, du hast die Nachrichten geschrieben! Als ich sie eingehender betrachtete, fielen mir die Ähnlichkeiten an der Schrift auf. Aber eines ist noch viel schlimmer; ...in dir ist jemand, der will, dass ich tot bin!"

„Was? Du bist verrückt!"

„Ich verstehe es. Du musst den Jungen beschützen. Du musst für ihn stark sein. Und was die Polizei auch noch nicht weiß: Die getöteten alten Frauen, hatten auch was mit dem Müller-Hof zu tun, sie waren dort in dem damaligen Reit-Verein, bevor er nach dem mysteriösen Brand aufgelöst wurde."

„Julia, Schatz, ich weiß nicht, wovon du redest. Bitte komm doch jetzt mit nach unten..."

Er streckte ihr die Hand entgegen - so wie er es vor dem

Altar getan hatte. Damals hatte sie ihm ihre Hand gegeben, und er hatte ihr den Ring an den Finger gesteckt und geschworen, sie für alle Zeit zu lieben.

„Du hast die Falschen umgebracht, Peter."

Sie war übergeschnappt.

„Ich habe niemanden umgebracht, Julia. Ich schwöre es dir. Komm einfach mit mir nach unten, damit wir uns richtig unterhalten können. Bitte?"

Julia starrte seine ausgestreckte Hand an und hob den Blick dann mit einem Ausdruck so hilfloser Verzweiflung zu seinen Augen, dass er zusammenfuhr.

„Peter", würgte sie hervor. „Du hast ja immer noch die Handschuhe an."

Peter blickte auf seine Hand hinunter. Sie schimmerte straff und seltsam im weißen Licht der Laterne, und er hielt sie hoch, um sie besser betrachten zu können. Er trug fast durchsichtige Chirurgenhandschuhe!

Warum? *Warum?*

Mit verständnislos gefurchter Stirn starrte er seine Finger an, alle glatt und bleich und aus Plastik. Langsam hob er die andere Hand und sah, dass sie genauso beschaffen war. Er kam sich völlig orientierungslos vor; wieso hatte er diese Handschuhe an? Das ergab doch keinen Sinn.

„Ich liebe dich von ganzem Herzen, Peter. Aber du bist krank. Du weißt nicht mehr was du tust. Das muss aufhören." Julias Stimme war ein tonloses Flüstern. Keinerlei Hoffnung lag mehr darin.

Peter antwortete nicht - er war noch immer gebannt vom Anblick seiner schimmernden Finger.

„Das ist der Job, den du machen solltest, Peter", sagte Julia und stieß sich mit Händen, die nicht zitterten, das Messer in die Kehle.

„NEIN! NEIN! NEIN!"

Binnen zwei Sekunden hatte Peter sie erreicht und fing sie auf, ehe sie hinfiel. Das Messer steckte in ihrer Halsschlagader, Blut pumpte im Rhythmus ihres Herzens aus ihrem Hals, während sie einen ganz kleinen maunzenden Laut von sich gab, wie ein Kätzchen in einem Karton.

Den ganzen Lärm machte Peter. Er schrie ihren Namen und schrie um Hilfe und versuchte, die Blutung mit den Händen zu stoppen, dann zerrte er sie auf die Luke zu. Er berührte die Leiter kaum, landete mit seiner Frau in den Armen irgendwie unten auf dem Boden, dann die Treppe hinunter, auf halbem Weg rutschte er aus, schlug sich den Kopf an und fiel in den Flur, hielt Julia in einem wirren Durcheinander aus Blut und Armen und Beinen umklammert.

Er hob das Gesicht von den kalten Steinplatten, setzte sich auf und zog sie auf seinen Schoß, sagte wieder und wieder ihren Namen, wie ein Talisman, der vor schlimmen Dingen schützt. Wenn er nur immer weiter Julia sagte, würde sie nicht sterben. *Nicht sterben.*

Ihr Kupferhaar war dunkel vor dickem Blut, und ihr Gesicht war bespritzt und verschmiert. Ihre Augen waren noch offen und fanden die seinen.

„JuliaJuliaJuliaJulia…"

„Geh nicht", flehte er. „Bitte geh nicht weg."

Doch er konnte nichts tun, außer sie festhalten und zusehen, wie das Licht in ihren Augen ausging.

Hier auf dem kalten Boden hinter der Haustür, wo Julia schon einmal versucht hatte, ihrem Leben ein Ende zu machen, hatte sie es schließlich geschafft. Er nahm sein Handy und rief den Notruf an. Vielleicht konnte noch ein anderes Leben gerettet werden. Danach legte er ihren Kopf behutsam auf seine Knie und zog das Messer aus ihrem Hals. „RAUS MIT DIR!", schrie er gellend. RAUS!"

Dann nahm er das Messer und rammte es sich in den Bauch.

Die Wände waren dick und aus Stein, doch Barbara Lacher wurde von Peter Kellys Aufschrei „NEIN! NEIN! NEIN!" geweckt. Etwas Schreckliches musste geschehen sein, nie hatte sie jemanden so laut brüllen hören. Sie war vierundachtzig, und hatte noch den Krieg miterlebt. Es war ihre verdammte Pflicht, ihren jungen Nachbarn zu helfen, also zog sie Mantel und Stiefel an. Sie hörte Peter erneut schreien: „RAUS MIT DIR!", als sie auf die Haustür zuhielt, doch niemand stürmte an ihr vorbei, also ging sie hinein.

Sie fand beide am Boden liegend vor, also ging sie Handtücher holen, um die Blutungen zu stillen. Sie sah das Messer neben den beiden in einer Blutlache liegen, also fasste sie es nicht an, für den Fall, dass es ein Beweisstück war. Sie rief die Polizei an und berichtete, dass zwei Menschen in ihrem Haus überfallen und niedergestochen worden waren.

Dann ging sie zurück zu Peter und bemerkte mit verwirrtem Stirnrunzeln die Handschuhe an seinen Händen.

Sie kannte Peter Kelly, seit er hier in Hintersee in den Kindergarten ging. Er war immer artig und hatte ihr sogar häufiger beim Einkaufen geholfen, als sie nach einem Sturz monatelang nur an Krücken ging. Seine Frau war auch eine hilfsbereite nette Frau, und dann bekam sie diese grauenvolle Erkrankung. Sie wusste, dass waren gute Menschen. Peter war immer ein guter Junge gewesen.

Daran konnte es keinen Zweifel geben.

Sie zog ihm die Handschuhe aus und warf sie in die Glut des Kaminfeuers, wo sie stanken und qualmten und dann in den Flammen schmolzen, gerade als Sternkopf und sein Team durch die Tür gestürmt kamen.

72

Peter wollte nicht überleben und hatte sich alle Mühe gegeben, es nicht zu tun, doch die Ärzte waren gut und die Schwestern unbarmherzig wachsam.

Sternkopf bestand darauf, ihn nach Hause zu fahren. Er redete während der ganzen Fahrt. Über jene Nacht.

Er sagte Peter, was für ein Glück er gehabt hätte, dass Frau Lacher etwas von Erster Hilfe verstand und dass der Notarzt, der bereits wegen Höness unterwegs gewesen war, umgeleitet worden war, um sein Leben zu retten.

„Es war so knapp", erklärte Sternkopf ihm. „Sie hatten unglaubliches Glück."

Glück. Ja. Peter nickte.

Höness war tot. Hilde Müller war tot. Julia war tot. Der Müller-Hof war zerstört. Fußabdrücke mit Fischgrätprofil, die vor der Hintertür entdeckt worden waren, waren jenseits des Schutzes des Dachübergangs im Schnee nicht mehr zu finden gewesen. Sie hatten das Messer, doch es waren keine Fingerabdrücke daran, außer denen von Julia.

„Bestimmt hat sie sich gewehrt, Peter", sagte Sternkopf in einem widerwärtigen pseudo-mitfühlenden Tonfall, der eigentlich nichts als Geilheit war. „Irgendwann muss sie das Messer gepackt haben. Sie war sehr tapfer."

Ja, nickte Peter. Sehr tapfer.

Der Schnee war fast geschmolzen, als ob der Winter sich mit den Toten verabschiedet hätte, als sie sein Anwesen erreichten. Es war jetzt Mitte März. Sternkopf folgte Peter hinein, obwohl dieser sich verzweifelt danach sehnte, allein zu sein.

Frau Lacher wartete in der Tür und umarmte ihn. „Du bist ja nur noch Haut und Knochen", sagte sie. „Im Ofen steht eine Pizza mit Meeresfrüchten. Salat hab ich auch gemacht."

Er nickte und bedankte sich bei ihr und wünschte sich, sie hätte sich nicht die Mühe gemacht. Auch nicht die, sein Leben zu retten. Beide zögerten zu gehen, doch er hatte ihnen nichts mehr zu sagen, und Frau Lacher besaß den Anstand, sich zu verabschieden, obwohl sie nebenan wohnte. Sternkopf quasselte vom Flur her weiter sinnloses Zeug, während Peter langsam die Treppe hinaufging, einen Arm schützend über dem Bauch, wo der Stich noch juckte und schmerzte. Sein robustes Nokia-Handy in der Innentasche seiner Jacke, hatte einen Teil der Wucht abgefangen, als er sich das Messer in den Bauch rammen wollte, sodass die Klinge nicht voll sein Ziel traf. Außer einer Narbe würde ihn in einigen Monaten nichts mehr an den Einstich erinnern.

Auf der Treppe lag ein neuer Teppich. Nirgendwo Blut.

Im Gästezimmer war die Leiter hochgeschoben und die Bodenluke geschlossen. Er fragte sich, wer wohl das Haus geputzt hatte und ob sie wohl auch auf dem Dachboden sauber gemacht hatten.

Dann stand er vor dem Spiegel. Blitzsauber. Er starrte hinein. Julia hatte gesagt, in ihm wäre jemand, der ihren Tod wollte. In seinen Augen konnte er es nicht sehen. Er fürchtete sich vor der nächsten Nacht allein im Bett.

Es klingelte an der Haustür. „Peter?", schrie jemand am Eingang.

Dr. Hiddlers väterliche Stimme. „Ich komm gleich runter, Doktor", erwiderte Peter und lief langsam zur Haustür.

Der Arzt fiel ihm mit Tränen in den Augen um den Hals.

„Mein Beileid, Peter, für Julia. Grauenvoll was in dieser Nacht passierte, aber es gibt auch noch Wunder im Leben."

„Welches Wunder?", fragte Peter. Ungläubig sah er den Dorfarzt an.

„Julia wird vom Himmel herabsehen. Ich komme eben vom Krankenhaus, Peter. Das kleine Leben mit siebeneinhalb Monaten im Bauch Ihrer Frau konnte wenigstens gerettet werden. Ihre Überlebenschance liegt laut Chefarzt bei 99 Prozent. Sie können sie morgen sehen.

Sie haben eine Tochter!"

Möchten Sie wissen, wie es fünfzehn Jahre später, weitergeht mit Peter Kelly und seiner Tochter?

In „**PARANOID**" geht`s weiter. ISBN: 9783739211732.

Autor: Wolfgang Hiller

Ab Juli 2016:

„**Magische Moore**". Die 18 schönsten Moore im Allgäu und Oberschwaben.

Anfang 2017, erscheint voraussichtlich das Buch; „**Kinderschänder**". Inspiriert nach wahren Ereignissen, eines Falles, der sich zwischen 1999 – 2014 in Deutschland abspielte.

FSC

www.fsc.org

MIX

Papier aus ver-
antwortungsvollen
Quellen

Paper from
responsible sources

FSC® C105338